JEAN-LUC BANNALEC

Jean-Luc Bannalec est le pseudonyme d'un écrivain allemand qui a trouvé sa seconde patrie dans le Finistère sud. Après *Un été à Pont-Aven* (2014), il écrit la suite des aventures du commissaire Dupin dans *Étrange printemps aux Glénan* (2015), *Les Marais sanglants de Guérande* (2016), *L'Inconnu de Port Bélon* (2017), *Péril en mer d'Iroise* (2018), *Les Disparus de Trégastel* (2019) puis *Les Secrets de Brocéliande* (2020) et *Enquête troublante à Concarneau* (2021). Plus récemment a paru *Crime gourmand à Saint-Malo* (2022), repris en poche sous le titre *Meurtre gourmet à Saint-Malo*. Tous ses romans ont été publiés aux Presses de la Cité et repris chez Pocket.

MEURTRE GOURMET
À SAINT-MALO

ÉGALEMENT CHEZ POCKET

LES ENQUÊTES DU COMMISSAIRE DUPIN

UN ÉTÉ À PONT-AVEN
ÉTRANGE PRINTEMPS AUX GLÉNAN
LES MARAIS SANGLANTS DE GUÉRANDE
L'INCONNU DE PORT BÉLON
PÉRIL EN MER D'IROISE
LES DISPARUS DE TRÉGASTEL
LES SECRETS DE BROCÉLIANDE
ENQUÊTE TROUBLANTE À CONCARNEAU
MEURTRE GOURMET À SAINT-MALO

JEAN-LUC BANNALEC

MEURTRE GOURMET À SAINT-MALO

Une enquête du commissaire Dupin

Traduit de l'allemand
par Pierre Malherbet

Les Presses de la Cité

Titre original :
BRETONISCHES SPEZIALITÄTEN
KOMMISSAR DUPINS NEUNTER FALL

Cet ouvrage a précédemment paru sous le titre :
Crime gourmand à Saint-Malo

#lisez! engagé
www.lisez.com
Pour plus d'information :
Imprimé sur du papier issu de forêts gérées durablement.

ISBN 978-2-266-33216-3
Dépôt légal : avril 2023

À L.

À Stefan

Keuz a-raok ne vez ket,
Keuz war-lerc'h ne dalv ket.
Regret avant on n'a pas,
Regret après ne sert pas.

Proverbe breton

LE PREMIER JOUR

— Du brillat-savarin, s'il vous plaît.

Le commissaire Dupin, du commissariat de Concarneau, en avait l'eau à la bouche. Il avait hésité un très court instant, mais il était incapable de résister. C'était l'un de ses fromages préférés. Tendre, rare, divin. Triple crème. Qui révélait toute sa saveur sur une baguette croustillante, encore chaude.

S'il le fallait, Dupin pouvait endurer bien des privations, mais le fromage… impossible d'y renoncer, il faisait partie de son alimentation de base et venait immédiatement après le café. Suivaient la baguette et le vin, indispensables aussi. Puis la bonne charcuterie. Et, bien entendu, l'entrecôte. Sans parler des langoustines. S'il était honnête, rares étaient les aliments qui ne lui étaient pas indispensables.

Dupin allait et venait devant l'étal de fromages du marché de Saint-Servan, dans la partie sud de Saint-Malo.

— Et un morceau de langres, s'il vous plaît.

Le lieu était très animé. On sentait que la semaine venait de commencer ; les gens gardaient l'esprit encore léger. Le langres comptait également parmi les fromages favoris de Dupin. Une pâte molle, entre l'orange et le rouge, au lait cru de vache de la région Grand-Est. Son affinage, de plusieurs semaines, lui donne un goût intense, piquant et épicé.

— Puis… dit-il en feignant d'hésiter, une rouelle du Tarn.

Un chèvre aux arômes équilibrés et aux légères notes de noisette.

Il y avait là des dizaines de variétés différentes, les unes à côté des autres, les unes au-dessus des autres. Fromages de chèvre, de vache, de brebis, de toutes les formes, de toutes les tailles, de toutes les couleurs. Un vrai bonheur.

Les Fromages de Sophie, annonçait un panneau surplombant l'étal, dont les effluves se mêlaient aux parfums alléchants des stands voisins : herbes aromatiques fraîches, épices d'ici et d'ailleurs, saucissons et pâtés, tomates cœur-de-bœuf, bien rebondies, fraises et framboises, fruits secs ou confits, pâtisseries irrésistibles. Un orchestre d'arômes. Tout faisait envie.

— Essayez cette tomme bretonne, monsieur, elle nous vient de la ferme de La Moltais. Pas très loin de Rennes. C'est de la vache aux saveurs étonnamment fruitées, un peu soutenues. Une texture remarquable. Vous m'en direz des nouvelles.

La jeune femme aux cheveux courts et foncés, portant des lunettes et un foulard bleu ciel autour du cou, lui en tendit un petit dé. Le descriptif de la fromagère était superflu. Rien qu'à la vue le commissaire se serait laissé séduire.

— Prenez donc, lui intima une dame âgée, aux cheveux d'un blanc remarquable, qui se tenait dans la file d'attente, derrière lui.

Son ton était sévère, ses sourcils froncés.

— Vous vous trouvez devant l'un des meilleurs fromagers, jeune homme ! Et nous en avons beaucoup. De toute évidence, vous n'êtes pas d'ici.

Ça sonnait comme un reproche.

Elle avait tout de suite décelé l'étranger en lui – sans qu'il puisse dire ce qui l'avait trahi. Certes, il se trouvait tout au nord, non loin de la frontière normande. Saint-Malo faisait pourtant pleinement partie de la Bretagne. En annonçant à Nolwenn et Le Ber qu'il devait se rendre dans la cité malouine pour assister à un séminaire, il avait senti que l'affaire était compliquée. La ville semblait jouir d'un statut à part ; tous deux, son extraordinaire assistante et son inspecteur principal, ne s'y étaient rendus qu'une seule et unique fois, alors qu'ils étaient allés à de très nombreuses reprises partout ailleurs en Bretagne. Sans compter, ce qui rendait la chose hautement suspecte, qu'ils ne lui avaient pas dispensé leurs habituels et nombreux conseils comme à chaque fois qu'il quittait Concarneau. Nolwenn et Le Ber s'étaient contentés de lui servir la célèbre devise : « Ni français ni breton, malouin suis. » L'inspecteur avait fait rapidement allusion au commerce du textile et aux corsaires, œuvrant pour la couronne, qui avaient incroyablement enrichi la cité entre le XVIe et le XIXe siècle. Riche, puissante, indépendante : la petite ville était devenue une audacieuse puissance maritime, qui n'avait rien à envier à ses rivales. C'est ainsi que l'esprit malouin s'était formé : triomphant, souverain, fier. Pour les étrangers, dont faisaient partie Nolwenn et Le Ber, c'était plutôt : arrogant, hautain, prétentieux. Mais ce qui les hérissait le plus, c'était l'incroyable outrecuidance du Malouin : revendiquer de n'être pas breton ! À l'inverse, leur refus d'être français leur attirait la plus chaleureuse des sympathies en Bretagne. Leur rébellion contre toutes les formes de domination, leur amour inconditionnel de la liberté, leur détermination à préserver celle-ci quitte à en mourir, tout cela était si breton que Le Ber, à la fin d'un exposé d'une brièveté inattendue, en était arrivé à un paradoxe osé : Saint-Malo, précisément par son refus d'être bretonne, était « une ville tout ce qu'il y a de plus bretonne, et même originellement bretonne ». Puis il avait même consenti à une louange : la région était, il fallait bien l'admettre, le cœur gastronomique de la Bretagne. « Un festin de Lucullus ! Toute la région, pas seulement Saint-Malo, mais aussi Dinard et Cancale. »

— Cette tomme est affinée pendant dix semaines avec des ingrédients secrets, expliquait la commerçante, ce qui tira Dupin de ses pensées. Les spécialités fromagères bretonnes ont de plus en plus de succès, depuis quelques années. De jeunes artisans, notamment, proposent des affinages extraordinaires.

Dupin était ravi de pouvoir ainsi goûter les produits. Selon lui, c'était indissociable de tout passage sur un marché. Le samedi matin, lorsqu'il quittait celui de Concarneau, il était généralement repu. Le commissaire aimait ces paradis culinaires dont l'abondance, la profusion lui provoquaient un délicieux vertige. En contrepoint de cette richesse gastronomique, il y avait aussi les éventaires débordant d'ustensiles de cuisine, notamment de casseroles et de couteaux, et Dupin avait un faible pour les bonnes lames.

Le marché de Saint-Servan était des plus remarquables, en raison de son emplacement au centre d'un quartier animé, et du bâtiment qui l'abritait, construit dans les années 1920. Le sol était recouvert de grands carreaux beiges, des colonnes de briques couleur rouille ponctuaient les allées sur toute leur longueur et des arcs métalliques décoratifs surplombaient les travées. Mais le plus impressionnant, c'était le nombre de vitres : il y en avait partout où techniquement il avait été possible de faire entrer la lumière. Quant aux encadrements des portes et des fenêtres, ils étaient peints en bleu canard.

— J'en prendrais bien une grosse tranche, dit Dupin, qui se laissait tenter.

— Et avec ceci ? (La fromagère souriait.) J'aurais par exemple…

— Non, merci, c'est très bien comme ça.

Il fallait se montrer raisonnable.

En un tournemain les fromages furent pesés et tout aussi rapidement emballés dans un papier bleu clair siglé *Les Fromages de Sophie*, puis la jeune femme les tendit au commissaire, qui affichait un air proche du ravissement.

Il savait que ce n'était pas une bonne idée d'acheter autant de fromage. D'acheter du fromage tout court, d'ailleurs. D'après les quatre pages de l'emploi du temps bien détaillé de son séminaire, ils découvriraient chaque soir un restaurant différent, et seraient largement nourris dans les jours à venir.

Il avait tout d'abord pris deux petits noirs au Café du Théâtre, à l'angle de la place bordée d'arbres devant le marché. Puis la déambulation à travers toutes ces victuailles avait achevé de lui remonter le moral. En arrivant le matin même à sept heures cinquante-huit à l'École de police, il était d'une humeur massacrante ; cela n'avait fait qu'empirer jusqu'à la pause de midi. Pourtant cette journée de début d'été était radieuse. Tout le monde, à Concarneau, avait mis le commissaire en garde contre le froid et la pluie, y compris début juin, « dans le Grand Nord ». Mais il faisait vingt-huit degrés, le soleil tapait, et le ciel était d'un bleu azur uni.

Sa bonne humeur, hélas, ne serait que passagère. Dans vingt minutes il lui faudrait être de nouveau au séminaire. De telles formations étaient un vrai cauchemar pour Dupin ; celle-ci plus que les autres. Voilà un mois, le préfet avait débarqué à Concarneau et s'était planté devant lui avec un grand sourire : « J'ai du neuf, un grand honneur pour vous, commissaire. » Il n'avait pas compris ce qu'il lui voulait, mais avait immédiatement ressenti de l'appréhension. À juste titre. Au cours de la première semaine de juin, un « séminaire unique en son genre » se tiendrait à l'École nationale de police de Saint-Malo, l'une des plus renommées de tout le pays. Chaque préfète, chaque préfet de chacun des quatre départements bretons (trois femmes et un homme) avait choisi un ou une de ses commissaires pour l'y accompagner. Ce ne pouvait être pire – y penser était déjà une torture : lui et Guenneugues, ensemble, pendant quatre jours, du lundi matin au jeudi soir, pendant d'interminables heures. D'ordinaire, Dupin s'employait à écourter au maximum ses entrevues avec le préfet. En renonçant définitivement, à la fin de l'automne précédent, à l'offre qu'on lui faisait à Paris, il avait perdu le statut spécial, et agréable, dont il jouissait. De la même manière, le préfet avait retrouvé tout son mordant. La petite guerre d'usure avait repris depuis longtemps. La conclusion de Guenneugues avait été le pompon : « Sachez que ce séminaire extraordinaire représente également une reconnaissance de votre engagement infatigable à tous. C'est pour cette raison que les collègues de Saint-Malo ont imaginé un programme de temps libre particulièrement séduisant. Vous verrez ! »

L'hébergement collectif au sein de l'École nationale de police faisait partie d'un « *teambuilding* intensif ». Une effroyable pensée lui avait traversé l'esprit : des préfets et des commissaires dans des dortoirs, partageant des sanitaires. Après avoir d'abord envisagé de succomber à une grippe sévère au cours du mois suivant, ce qui l'aurait privé de sortie, il s'était mis à la recherche d'un petit hôtel accueillant sur Internet. Il avait vite trouvé : la Villa Saint-Raphaël. Le préfet avait très mal accueilli cette nouvelle, ce dont se moquait Dupin.

Il était arrivé dans la jolie maison d'hôtes au cœur de Saint-Servan la veille au soir après avoir fait un tranquille voyage à l'intérieur des terres bretonnes. Il n'aurait pu trouver plus agréable villégiature ; sa chambre, sous le toit, était ravissante, à l'égal de l'ensemble de la propriété et de son vaste jardin. Dupin ne savait pas encore précisément quel serait le sujet de ce « séminaire unique en son genre ». Ni les documents reçus en amont ni le discours de bienvenue passionné de la préfète d'Ille-et-Vilaine n'avaient pu éclairer sa lanterne. La fonctionnaire avait parlé d'« amélioration des relations de travail concrètes et opérationnelles » entre les quatre départements, puis elle avait ajouté, en souriant, que le plus important cependant serait de profiter de l'ambiance décontractée de Saint-Malo pour faire connaissance et de passer ensemble quelques jours constructifs et agréables. Elle le pensait vraiment. Cela correspondait d'ailleurs aux mises en garde de Nolwenn et de Le Ber : les fiers Malouins soignaient leur image. « Un séminaire de flics devient une véritable opération de relations publiques… » C'était injuste de leur part, pensait Dupin. Si Concarneau avait été la ville d'accueil, on aurait aussi immédiatement attiré l'attention sur ce que la région avait à proposer. L'éternelle compétition entre Bretons : qui était le meilleur ? Qui était le plus breton ? Un couplet vieux comme le monde.

Quoi qu'il en soit, c'était assez curieux, tous ces préfets et commissaires rassemblés. Dupin n'avait pu s'empêcher de songer à la réunion annuelle des druides dans la forêt des Carnutes, dans les albums des aventures d'Astérix et Obélix.

Le commissaire lâcha un profond soupir avant de se diriger vers la sortie du marché. « On reprend à quatorze heures pile ! » l'avait averti Guenneugues en quittant le séminaire. Il n'était pas loin de l'École, qui était une sorte de petit village. « Quatre hectares, leur avait dit la préfète, idéalement situés, non loin de la vieille ville et de ses fameux remparts connus dans le monde entier… »

Le regard du commissaire s'arrêta sur un étal où les charcuteries paraissaient délicieuses. Des saucisses bretonnes, du jambon cru, cuit ou fumé.

— Puis-je vous aider ? l'interpella un charcutier.

— Je…

Des cris stridents l'interrompirent.

Juste à côté, à quelques mètres tout au plus.

Des râles horribles. De douleur. Le commissaire se tourna aussitôt. À droite, un imposant stand d'épices.

Tout au bout du stand, à côté d'une des colonnes, se produisait quelque chose.

Les cris cessèrent d'un coup, remplacés par des voix paniquées.

Dupin se dirigea à la hâte vers la scène, prêt à intervenir, les muscles bandés.

Le chaos. Des badauds regardaient, hagards, ou partaient en courant. Deux femmes hurlaient, de la peur sur le visage.

Elles se turent d'un coup.

Sur le carrelage étincelant, une femme étendue sur le côté droit, recroquevillée, inerte. Son chemisier de lin blanc s'était coloré de rouge au niveau de la poitrine. On distinguait des déchirures dans l'étoffe. Et, le plus macabre, un couteau planté en plein cœur.

Dupin se retrouva aussitôt à ses côtés, il s'agenouilla, posa son oreille contre sa bouche, lui prit le pouls au poignet, puis à la carotide.

Il attrapa son portable dans une poche de son jean, appuya sur quelques touches, passant dans l'instant en mode professionnel :

— Commissaire Dupin. Envoyez-moi immédiatement une ambulance au marché de Saint-Servan. Je suis au grand stand d'épices, pas loin de la sortie. On a poignardé une femme. Elle est inconsciente. Coups de lame au niveau du cœur… (Il regarda rapidement alentour et son regard tomba sur l'étal de couteaux devant lequel il venait de passer.) Un couteau de cuisine, il est encore dans la blessure. Et… envoyez la police.

Dupin peinait à sentir le pouls, très faible.

— Un médecin ! Y a-t-il un médecin ? lança-t-il aussi fort qu'il pouvait, toujours accroupi. Je suis de la police. Cette femme est grièvement blessée…

Quelques curieux s'étaient attroupés autour de lui mais personne ne faisait mine de vouloir l'aider.

Dupin avait un mauvais pressentiment : plus un son ne sortait de la bouche de la victime.

— Elle est partie dans cette direction, la femme qui a fait ça…

Une jeune fille, qui pouvait avoir douze ou treize ans, s'était approchée du commissaire et montrait la sortie.

— Elle vient de passer par là, puis à gauche.

Le commissaire se releva.

— C'est vrai ! (Sans doute sa mère, âgée d'une quarantaine d'années, aux cheveux courts, qui s'approchait à son tour, poursuivant :) Les deux femmes se sont disputées, puis l'une a poignardé l'autre. Tout est allé très vite. Elle a pris un couteau sur le stand d'à côté. Elles étaient toutes les deux près de la colonne, j'ai tout vu du coin de l'œil. Allez-y ! Rattrapez-la !

Il hésita. Il ne pouvait laisser la victime ainsi.

— Je m'occupe d'elle. Je suis institutrice et secouriste à l'école.

Elle se pencha au-dessus de la victime.

Le commissaire bondit. La police et les secours allaient arriver d'un moment à l'autre.

Il n'était pas armé. Grossière erreur.

Il courait.

Il atteignait déjà la sortie, dans la rue Georges-Clemenceau.

Il aperçut une femme qui s'éloignait à grandes enjambées tout en jetant des coups d'œil nerveux autour d'elle.

Il accéléra.

Une fois au bout de la rue, il avait déjà gagné quelques mètres sur elle.

La fugitive prit à gauche, rue de Siam.

Par malchance, le commissaire n'avait qu'une vague idée du plan de la ville, mais il avait le sentiment que la mer n'était pas loin ; le port de plaisance devait se trouver à proximité – il y était passé la veille.

La femme traversa. Elle avait repéré son poursuivant et jetait de temps en temps un regard par-dessus son épaule sans ralentir sa foulée.

L'écart entre eux s'amenuisait encore. Le commissaire mobilisa toutes ses forces. Les maisons alignées donnaient maintenant sur la mer et le port de plaisance.

Le commissaire comprit quel était l'objectif de la fugitive : un parking. La chaussée bifurquait, suffisamment large pour accueillir deux rangées de véhicules.

Encore quelques mètres, puis la femme se faufila entre deux voitures. Les feux arrière de l'une d'entre elles clignotèrent deux fois.

Encore vingt mètres. Il devait accélérer.

Elle était dans sa voiture, le moteur vrombit.

Encore dix mètres.

La voiture recula, d'un bond en arrière. La femme braqua à droite. Freina brutalement. Elle allait passer la première.

Le commissaire était arrivé au niveau du Land Rover, un petit modèle, bleu sombre. Il savait qu'il n'aurait qu'une fraction de seconde. Il attrapa la poignée de la porte arrière gauche.

Au même moment, le Land Rover fit un nouveau bond, en avant cette fois-ci. Le commissaire, déséquilibré par la force de l'accélération, perdit l'équilibre, lâcha la poignée. Alors qu'il s'effondrait sur le côté gauche, la voiture s'élança le long de la file de véhicules stationnés.

Aussitôt relevé, le commissaire se mit à courir.

Une fois sortie du parking, elle devrait s'insérer dans la circulation, à gauche, et peut-être ralentir – espérait-il.

En vain. Le Land Rover accéléra et s'engouffra dans la rue. Les voitures garées barraient la vue à Dupin. Il n'entendait que le bruit du moteur, puis un coup de klaxon, un son métallique assourdissant, et encore un autre.

Le commissaire déboula à l'extrémité du parking, se mit à courir au milieu de la rue.

Il aperçut les feux arrière du véhicule, qui prit à gauche au carrefour suivant.

Dupin regarda rapidement autour de lui : un sérieux accrochage avait eu lieu. Une voiture qui tentait d'éviter la fugitive avait heurté d'autres véhicules à l'arrêt, et venait d'être percutée à son tour.

Dupin courut vers la première voiture. Le conducteur, un homme d'une trentaine d'années, ouvrit la portière.

— Êtes-vous blessé ?

— Je… oui, enfin non. Je n'ai rien.

Il avait l'air entier.

Un piéton, témoin de toute la scène, arriva à grandes enjambées et sortit son téléphone.

— J'appelle les secours !

Les voitures arrivant en face s'étaient également arrêtées, certains chauffeurs descendaient pour porter assistance.

Dupin se dirigea vers une petite Peugeot dont la carrosserie arborait des bandes colorées, comme les voitures de rallye. Le conducteur, un jeune homme aux cheveux courts, regarda le commissaire par la vitre baissée.

— Commissaire Dupin, se présenta-t-il. Il me faut votre véhicule.

L'homme mit un temps à comprendre ce que Dupin voulait dire. L'attitude, le regard et le ton du commissaire attestaient pourtant du sérieux de sa demande.

— Je…

— Descendez.

C'était une sommation. Pas une invitation.

Le jeune homme lui lança un regard furtif avant d'obtempérer. Dupin prit place dans la voiture.

— Et… comment je la récupère ?

Le commissaire était déjà au volant.

— Passez la prendre un peu plus tard à l'École de police…

Dupin referma la portière et démarra dans un crissement assourdissant, à percer les tympans. Ce n'était pas pour rien que les voyous étaient si friands de ces cylindrées.

Au bout de la rue, il prit à gauche. Un dédale de ruelles. Nulle trace du Land Rover. Dupin partit du principe que la fugitive devait privilégier les axes principaux. Il emprunta la rue la plus large. Au bout de cent mètres, un virage à gauche, puis tout droit. Devant lui se trouvaient deux autres voitures qu'il doubla sans difficulté – la petite Peugeot se manœuvrait avec une facilité déconcertante. Peu après, le commissaire se retrouva sur un important boulevard. Il prit spontanément à l'opposé de la ville.

Ce qu'il venait de faire n'avait probablement aucun sens. Mais ça valait mieux à ses yeux qu'une défaite par abandon.

Il se dirigea vers un carrefour au milieu duquel se dressaient de grands arbres. L'heure n'était plus aux dépassements hasardeux.

De l'autre côté du carrefour, la voie était plus large encore. Dupin freina – un embouteillage.

— Ah, super ! lâcha-t-il.

Aucune trace d'un Land Rover bleu sombre – l'imposant car scolaire, à quelques voitures de là, pouvait le dissimuler. La circulation s'écoulait doucement. Jusqu'à un autre carrefour. Puis un panneau annonça la N176, une quatre-voies, l'autoroute bretonne.

Le bouchon prit subitement fin, sans qu'on sache bien pourquoi. En un clin d'œil, la Peugeot monta à cent vingt kilomètres/heure. Dupin devrait très prochainement se décider : vers le Mont-Saint-Michel et la Normandie, donc vers l'est, ou vers Saint-Brieuc, c'est-à-dire vers l'ouest.

— Bon sang !

Il crut apercevoir une voiture bleue, haute sur roues, loin devant lui, sur la N176 en direction de Saint-Brieuc. Son téléphone sonna. Ce n'était pas le moment.

Dupin mit pleins gaz, le moteur rugit.

La nationale décrivait une légère courbe permettant au commissaire d'apercevoir plus précisément la voiture prise en chasse.

Aucun doute. C'était bien le Land Rover. Cette fois, il ne le laisserait pas s'échapper !

Encore que… Il avait beau faire, il ne parvenait pas à dépasser les cent soixante-dix kilomètres/heure. L'écart ne cessait de se creuser sans que le commissaire y pût quoi que ce soit.

Il ne lui restait plus qu'à regarder la fugitive s'évanouir dans la nature au volant de son 4 × 4.

— Ce n'est pas possible !

Il en frappa presque le volant.

Elle l'avait battu.

— Quelle merde !

La sonnerie de son portable retentit de nouveau. Il l'attrapa de la main droite. Il continuait de rouler à toute allure sur la file de gauche, comme pour conjurer sa défaite.

— Oui ? s'écria-t-il, en colère.

— Guenneugues à l'appareil. (Voix fâchée.) Ça fait dix-huit minutes qu'on vous attend. Cet après-midi, on travaille en binôme. Quand pouvons-nous compter sur votre auguste présence ?

— Je…

L'idée lui traversa l'esprit de raccrocher sans autre forme de procès. Ce n'était pas recommandé.

— Dupin, votre comportement n'est pas digne de…

— Il y a eu une violente attaque à l'arme blanche, sur le marché de Saint-Servan. Il y a quelques minutes à peine. J'étais… J'ai presque été le témoin de l'agression. (Il fallait la jouer fine, lui faire comprendre qu'il n'aurait pu agir autrement et qu'il ne l'avait fait qu'à son corps défendant.) Mais je me suis retrouvé là par le plus grand des hasards, naturellement. Une femme en a poignardé une autre. Elle s'est enfuie. Je n'avais pas d'autre choix que de la prendre en chasse dans l'exercice de mes…

— Ah ah ! l'interrompit le préfet, sur un ton plus avenant. C'est donc pour cela que la préfète et sa commissaire sont parties aussi rapidement… Que s'est-il vraiment passé, Dupin ?

— Je n'en sais pas davantage, monsieur le préfet.

Il était sincère. En même temps, le flatter en l'appelant par son titre ne pouvait pas faire de mal. Sans compter que le commissaire peinait toujours à prononcer son nom, même après neuf ans.

— Et où êtes-vous ?

— Sur la N176 en direction de Saint-Brieuc, monsieur le préfet. J'ai perdu la voiture de vue. (Il ne pouvait le cacher plus longtemps.) Malheureusement.

— Comment ça ?

Dupin roulait maintenant sur la file de droite, attendant la prochaine sortie. Il lui en coûtait, mais il était contraint de rebrousser chemin.

— Je suis dans une petite voiture. Elle ne dépasse pas les cent soixante-dix kilomètres/heure.

— Qu'est-ce que ça veut dire ? Pourquoi êtes-vous…

— Je vous expliquerai. Je n'ai pas de kit mains libres, je dois me concentrer sur la route.

— Bien. Alors je vous verrai ici…

Le commissaire raccrocha.

À peine avait-il posé l'appareil sur le siège passager qu'il sonna de nouveau.

Un numéro inconnu.

— Oui ?

— Commissaire Louane Huppert. (Froid, le ton.) Votre collègue du séminaire.

La commissaire de Saint-Malo…

— Je vous écoute.

— Je me trouve à l'endroit du meurtre, commissaire, là où…

— Elle est décédée ?

— Oui. Blanche Trouin est décédée sur place. Une institutrice affirme qu'un commissaire de Concarneau l'aurait laissée sur place et…

— Était-elle déjà morte à l'arrivée des secours ?

La commissaire ne releva pas.

— … et qu'il se serait lancé à la poursuite de la meurtrière. Ce qui aurait conduit à un accident de la circulation. Les témoins ont décrit aux collègues des scènes de film. Tout le quartier est sens dessus dessous. C'est…

— Vous avez donc déjà l'identité de la victime ?

— Oui. Et mieux encore. Nous savons également qui est la meurtrière.

Dupin n'en revenait pas.

— Vous savez donc qui j'ai poursuivi dans son Land Rover bleu foncé sur la N176 ?

— Vous avez quoi ?!

— Alors ? De qui s'agit-il ?

— Donc, ce qu'on raconte de la voiture « empruntée » est vrai également ? Une Peugeot 208 ?

— C'était la seule chance d'attraper cette femme…

Il fallait que Dupin prouve qu'il avait été indispensable de réquisitionner la voiture – sans toutefois en dire trop sur le déroulement des faits, compte tenu de son échec cuisant.

— Mais elle m'a échappé. Qui est-ce ?

— Vous l'avez laissée s'enfuir ?

— Ma voiture n'était pas assez puissante. Vous connaissez la victime et sa meurtrière ?

— Direction Saint-Brieuc ou Normandie ?

— Saint-Brieuc.

— Où vous a-t-elle semé, approximativement ?

— Au niveau de la sortie en direction de Quévert, en gros.

— Bien. La victime, Blanche Trouin, répondit enfin la fonctionnaire, est une cheffe renommée. Propriétaire d'un restaurant à Dinard, Le Désir. Une étoile au guide Michelin. Quarante-quatre ans.

— Et la meurtrière ?

— Lucille Trouin.

— Pardon ?

Dupin avait dû mal entendre.

— Sa sœur. Deux ans plus jeune. Cheffe également. Son restaurant se trouve à Saint-Malo. Aucune étoile, mais ça ne saurait tarder.

Dupin laissa s'installer un silence. Cette histoire semblait bien étrange. Il avait quitté la quatre-voies.

— Vous savez que vous n'aviez aucune compétence pour faire ce que vous avez fait.

Ce n'était même pas une question rhétorique. Rien de plus qu'un simple constat.

— J'en suis bien conscient. (Se montrer aimable semblait la chose à faire, en cet instant précis.) Mais je voulais aider. Je me suis trouvé sur les lieux par hasard et… (Un solide argument venait de lui traverser l'esprit.) Notre séminaire ne porte-t-il pas précisément sur l'intensification de notre collaboration ? C'est pour cette raison que j'ai agi de la sorte.

Là, clairement, il exagérait.

— Savez-vous, poursuivit-il en changeant de sujet, ce qui s'est passé au marché ? Y a-t-il des indices qui expliqueraient son geste ?

— Dupin… (Ni « commissaire » ni « monsieur », rien.) Je vous prierai de bien vouloir revenir au marché. Au stand d'épices de Blanche Trouin. On s'y retrouve dans quelques minutes.

— L'étal devant lequel ça s'est passé était celui de la victime ?

La commissaire avait raccroché.

En tout cas, compte tenu de ce qui lui était reproché, la conversation ne s'était pas trop mal déroulée.

Il atteignit un grand carrefour – il semblait y en avoir des centaines autour de la ville –, chercha sa route. Il lui fallait prendre l'itinéraire le plus rapide pour regagner Saint-Servan.

Quelle drôle d'histoire. Certes, les homicides au sein du cercle familial sont de loin les plus fréquents. Mais que s'était-il passé entre les deux sœurs ? Quelle sinistre tragédie avait pu conduire à ce geste ?

À peine dix minutes plus tard, Dupin garait la voiture sur le parking du port de plaisance. Pas loin de l'endroit où avait stationné le Land Rover. Le commissaire compta cinq patrouilles, sirènes hurlantes, qui partaient à la poursuite de la meurtrière.

Il pénétra dans le marché, atteignit l'étal aux épices. Des parfums puissants l'accueillirent : coriandre, gingembre, cardamome, cumin, et aussi curry. Les travées étaient bouclées, les marchands avaient dû abandonner leurs commerces.

Sur la scène de crime, un groupe s'était formé. Au moins une douzaine de policiers, des fonctionnaires de la police technique et scientifique, des secouristes (dont les deux ambulances étaient garées devant l'entrée), le légiste, qui semblait attendre, l'air un peu perdu, à côté du corps. À l'extrémité du cercle, Dupin aperçut l'institutrice et sa fille, prises en charge par un policier.

La commissaire Huppert se tenait un peu à l'écart ; elle parlait avec un secouriste. Elle était très grande, presque autant que Dupin, mince, des cheveux châtains coiffés en une tresse, des yeux verts remarquablement vifs.

— Bien. Emmenez le corps au labo.

Elle se tourna vers Dupin.

— Pour la scientifique, il n'y a plus rien à faire. On connaît déjà tout. La victime, la cause de la mort, l'heure, et même la meurtrière. Seuls manquent (elle le formula avec un grand calme, prosaïque) le mobile et la fugitive. Tout le monde savait que les deux sœurs ne pouvaient pas se supporter. Mais…

Elle le regardait, la mine grave.

— Alors, Dupin, qu'avez-vous vu ? Entendu ? Qu'est-ce que vous avez remarqué ?

— Seulement des cris. Je n'ai assisté ni à la dispute ni à l'assassinat.

Le commissaire récapitula ce qui s'était passé en quelques phrases concises, depuis le premier cri de douleur jusqu'à la poursuite, à pied d'abord puis en voiture. Sa collègue l'écoutait attentivement.

— La secouriste, continua Dupin en faisant un signe de tête dans sa direction, m'a remplacé ici.

— Je sais. Blanche Trouin n'avait aucune chance. À l'arrivée des secours, elle était déjà décédée.

Le téléphone du commissaire sonna sur la dernière syllabe. Nolwenn.

— Un instant. Je reviens tout de suite.

Avant que sa collègue ait pu dire quoi que ce soit, il s'était éloigné. Il murmura :

— Ce n'est pas le meilleur moment…

— C'était vous ?

— Quoi ?

— Cette course-poursuite sur la N176 ?

— Je n'ai fait que…

Sans doute en avait-elle eu vent sur les fréquences réservées à la police. On avait lancé un avis de recherche pour le Land Rover. Toutes les forces de l'ordre de Bretagne étaient maintenant sur ses traces.

— Et vous l'avez laissée filer ?

Il n'était pas rare que son assistante lui fasse des critiques. Mais cette fois elle semblait particulièrement acerbe.

— Je n'ai qu'un conseil à vous donner, poursuivit-elle énergiquement. Tenez-vous loin de tout ça, commissaire. C'est du ressort de Saint-Malo. Ils savent tout mieux que tout le monde. Et ça ne fonctionne pas de la même manière, là-bas.

Jamais encore sa formidable assistante n'avait exigé de lui qu'il se tienne en dehors d'une affaire ; ses sentiments à l'égard de la cité corsaire semblaient fortement l'influencer.

— Je suis précisément avec la commissaire, Nolwenn. Sur les lieux du crime.

— N'y mettez pas le doigt, commissaire. Vous aurez des ennuis. Concentrez-vous sur le séminaire et revenez vite chez nous.

Elle conclut sur une parole d'apaisement :

— Ou concentrez-vous sur la nourriture. Vous avez quelques beaux dîners au programme.

— Je dois vous laisser, Nolwenn.

Il attendit un peu avant de raccrocher, pour ne pas paraître rustre.

— À bientôt, commissaire.

Bien sûr qu'elle avait raison ! S'il s'immisçait dans cette affaire, il s'exposait à des problèmes considérables. Tout en téléphonant, il avait cherché du regard le sac en papier bleu clair avec ses fromages. En vain.

Il retourna vers sa collègue, qui ne l'avait pas lâché des yeux.

— Mon assistante, à Concarneau.

— Nolwenn.

Un peu de fierté lui revint, du coup. La renommée de la policière l'avait précédée.

— Que voulez-vous dire précisément lorsque vous affirmez que les deux sœurs ne pouvaient se supporter ?

— Disons qu'elles manifestaient une forte animosité l'une vis-à-vis de l'autre. Y compris en public. C'était une rivalité ouverte.

— Ce devait être bien plus que la rivalité habituelle entre sœurs. Tous les membres d'une fratrie sont en concurrence. Mais pour en arriver à de telles extrémités, il faut un élément déclencheur sacrément puissant…

— C'est certain, fit la commissaire d'un ton sec.

Elle semblait dire : « Banale déduction. »

— Leur connaissait-on de la famille ? Des relations ? Des enfants ?

— Aucune n'avait d'enfant. Les parents sont décédés. La plus âgée était mariée. Je me rends chez son époux, maintenant. La plus jeune a une relation suivie. J'irai voir son compagnon tout à l'heure. Rapportez la voiture que vous avez… empruntée. (Apparemment, elle semblait vouloir officier seule.) À l'École de police, comme vous en avez fait la promesse à son propriétaire. Puis retournez au séminaire.

Ça n'avait pas l'air d'une provocation ; il n'y avait pas la moindre pointe d'ironie dans sa voix.

— Quant à moi, je n'aurai plus le loisir d'y assister, continua-t-elle en se détournant de Dupin. C'est bien regrettable.

Il faillit riposter énergiquement. Cependant, l'enquête relevait bel et bien de la commissaire de Saint-Malo, quoi qu'il puisse en dire. C'est donc elle qui échapperait au séminaire – ce qui lui restait en travers de la gorge.

À quinze heures quinze, Dupin avait regagné la salle B12 du bâtiment principal de l'École nationale de police.

En raison de l'absence de la commissaire Huppert et de la préfète de Rennes, ils n'étaient plus que cinq. La commissaire du Morbihan avait dû annuler sa participation à la dernière minute à cause d'un accident de bateau. C'est pourtant elle que le commissaire Dupin aurait souhaité connaître davantage. Elle succédait à Sylvaine Rose, qui avait été nommée préfète du département de Loire-Atlantique – lequel, s'il faisait historiquement partie de la Bretagne, en avait été soustrait lors du démembrement de la fin du XVIIIe siècle.

Personne n'avait soufflé mot de l'affaire. À l'arrivée de Dupin, on avait constitué les binômes. Il s'était retrouvé avec le commissaire des Côtes-d'Armor, à l'air plutôt débonnaire. Ils devaient inscrire sur des cartes de couleur les points d'amélioration de la coopération entre les départements, ainsi que les leviers sur lesquels agir pour optimiser la collaboration entre préfets et commissaires. Il hésitait : allait-il noircir des dizaines de cartes, ou aucune ? Il ne parvenait pas à arracher ses pensées de l'horrible meurtre du marché, et des deux sœurs.

Il avait consulté sous la table son smartphone au sujet des sœurs Trouin et de leurs restaurants. C'était impressionnant. Notamment dans le cas de Blanche, la victime : une véritable vedette. Depuis sa première étoile, décernée voilà deux ans, elle était sur le point de figurer au rang des plus grands chefs, aussi célèbres que des artistes, parmi lesquels on ne comptait guère de femmes. Le nombre d'entretiens qu'elle avait donnés ou de portraits qui lui étaient consacrés, dans les journaux ou les magazines en France comme à l'international, était tout bonnement stupéfiant. Il en allait quasiment de même pour la cadette : Lucille Trouin semblait suivre les traces de son aînée. Toutes deux avaient manifestement été inspirées par leur père, chef également, dans un bistrot sans prétention mais hautement apprécié. On citait leurs propos (ceux de Lucille Trouin surtout), faisant état de leur concurrence. Elles semblaient n'en pas faire mystère. Lorsque l'aînée avait obtenu son étoile, la cadette avait assuré qu'elle en aurait bientôt une. Dans une des interviews, Lucille

Trouin parlait de « l'avantage injuste » de sa sœur, qui pouvait puiser dans les recettes que leur père lui avait léguées. Manifestement, Blanche s'était découvert une passion pour la cuisine alors qu'elle n'était encore qu'une enfant, tandis que Lucille s'était réalisée plus tardivement, vers vingt-cinq ans. Dupin n'avait pas déniché grand-chose sur le père. Hormis cette âpre rivalité, rien ne pouvait expliquer un tel crime. Quant aux recherches concernant la possible localisation de la fugitive, elles n'avaient encore rien donné.

Le premier jour du séminaire s'acheva à dix-sept heures quinze par un discours empreint de pensée positive de la part du formateur.

— Venez, Dupin. Expliquez-moi dans les détails ce qui s'est passé, lui demanda son binôme, le commissaire Gaston Nedellec, une fois le formateur sorti.

Tous les participants étaient restés à leur place. Dupin répéta l'histoire, puis ils se séparèrent.

À dix-huit heures trente, la *team* (ils n'avaient que ce mot à la bouche) devait se retrouver à la porte Saint-Louis, dans la vieille ville, pour une visite guidée. Bien entendu, Dupin s'était demandé s'il pouvait y échapper. Puis s'était ravisé – ce n'était pas très judicieux de faire faux bond dès le premier soir.

Il arriva au rendez-vous avec quelques minutes de retard. À pas rapides il rejoignit la porte sud, l'une des huit imposantes portes fortifiées qui permettent d'entrer dans la vieille ville.

De fortes bourrasques, chargées de sel et d'iode, soufflaient depuis la mer ; on les voyait fouetter la Manche, pousser de grandes vagues devant elles. Le ciel restait d'un bleu immaculé. À gauche se trouvait une imposante jetée ; elle partait d'un coin des fortifications de la ville pour s'enfoncer loin dans l'embouchure de la Rance en décrivant une élégante avancée vers Dinard.

La haute saison n'avait pas encore commencé, mais les touristes étaient déjà là. Saint-Malo était une destination prisée tout au long de l'année, essentiellement pour de courts séjours. Les digues permettent de distinguer les Bretons des touristes. Les mêmes scènes se jouent dans toute la Bretagne. Les estivants s'aventurent jusqu'à leur extrémité pour profiter de la vue spectaculaire sur les flots mugissants. Alors, poussées par des bourrasques, les lames se brisent violemment contre les ouvrages, formant de hautes fontaines jaillissant de nuages d'écume. Le spectacle de la nature se transforme en une bonne douche pour les aventuriers. Qu'importe la manière dont ils sont habillés, ils finissent trempés de la tête aux pieds. Dupin en observa deux qui criaient et s'enfuyaient en courant.

La *team* s'était rassemblée sous la porte, à l'abri du vent. Guenneugues, à qui l'uniforme donnait l'occasion de se pavaner, ne put se retenir de fanfaronner :

— Et bien entendu, c'est vous qu'on attend, commissaire ! Cet aimable monsieur… (il désigna un homme trapu, aux cheveux rares et aux lunettes rondes, portant une veste en tweed vieillotte) va nous faire visiter les fortifications. Le célèbre tour des remparts. Il nous donnera des explications sur la ville, et…

Une femme sèche que Dupin n'avait pas encore remarquée, et qui ne faisait pas partie de la *team*, s'éclaircit la gorge et intervint :

— Il s'agit d'Étienne Monnier, le célèbre historien de la ville de Saint-Malo. (L'homme opina du chef.) Et nous aurons le privilège de le suivre à travers les étapes de l'histoire glorieuse de la ville.

— C'est une assistante de la commissaire Huppert, chuchota le commissaire Nedellec à Dupin. Elle représente notre hôte. Sachez aussi qu'il n'y a rien de neuf concernant la traque de Lucille Trouin. Je viens de lui demander. Cette dame serait au courant, je pense.

Dupin acquiesça d'un signe de tête.

— Maintenant que nous sommes au complet, poursuivit l'assistante, nous allons pouvoir entamer le programme de la soirée. Nous terminerons la visite de la ville par la Maison du Beurre de Jean-Yves Bordier, artisan dont la réputation n'est plus à faire et maintes fois récompensé. Nous aurons un aperçu de l'histoire culturelle du beurre et nous pourrons dîner dans son bistrot Autour du Beurre.

Dupin avait une faim de loup ; il n'avait rien mangé d'autre que le gâteau fait maison servi pour le petit déjeuner à la Villa Saint-Raphaël. Il connaissait le beurre Bordier. La crémerie était légendaire. Le beurre, en Bretagne, est un emblème.

— J'aimerais vous assurer… (elle marqua une pause, ménageant ses effets) que nous vous avons concocté un emploi du temps aux petits oignons. Et ce grâce à notre préfète. Vous allez découvrir quelques-unes de nos incontournables spécialités gastronomiques. Certains de nos chefs sont parmi les plus doués des environs, de toute la Bretagne, même. Bientôt, vous pourrez pousser leurs portes… (Elle s'interrompit un instant, la mine grave.) Malheureusement, l'établissement de

Blanche Trouin est fermé jusqu'à nouvel ordre, et nous avons dû annuler notre passage à La Noblesse, le restaurant de Lucille Trouin. (On la sentait mal à l'aise.) Quoi qu'il en soit, le reste de notre programme vous donnera un aperçu des spécialités malouines. Vous trouverez beaucoup d'établissements rue de l'Orme, centre culinaire de la ville où nous arriverons dans un instant, comme le restaurant nippo-breton de Bertrand Larcher où nous dînerons demain.

Quoi qu'on puisse dire de ce séminaire, ses à-côtés n'étaient pas dénués d'intérêt, songea Dupin, non sans reconnaissance. Du moins la partie culinaire.

— « Voyages et aventures », telle est la devise de notre cuisine, dont la renommée est internationale, selon le chef du Saint-Placide, où nous nous rendrons le dernier soir. On pourrait l'appliquer à la ville entière. Une histoire faite d'entreprises hasardeuses couronnées de succès.

Dupin aimait cette devise, mais appréciait moins le pathos de l'assistante. Une devise qui pouvait s'appliquer à toute l'existence : voyages et aventures…

La fonctionnaire du commissariat se mit en route.

— Allons-y. On va monter sur les remparts, une vraie partie d'escalade.

Dupin fermait la marche.

— Alors, commença l'historien d'une voix sonore où l'on sentait poindre une belle érudition, concernant le meurtre qui vous préoccupe tant : vous n'êtes pas sans savoir que toute l'histoire de l'humanité foisonne de drames fomentés au sein d'une même fratrie, depuis l'Antiquité… (Il marqua un arrêt.) Mais revenons plutôt à notre excursion. (Il reprit son parcours.) Contrairement à la ville, les fortifications ont été largement épargnées par les terribles bombardements de la Seconde Guerre mondiale ; certaines murailles remontent au XIIe siècle. Les maisons d'armateurs au style classique, datant du XVIIIe siècle, et qui confèrent à la ville son allure si caractéristique (d'un geste de la main droite maintes fois répété, il désigna le centre-ville, vers l'église), ont été reconstruites à l'identique après la guerre. Jamais, au grand jamais, un ennemi n'aura pu venir à bout de nos murs. Saint-Malo a toujours résisté.

Le commissaire Nedellec s'était mis au niveau de Dupin, en retrait, tandis que les deux préfètes et Guenneugues avaient rejoint le premier petit groupe.

La voix de l'historien, d'une portée remarquable, se projetait jusqu'au-delà des dernières marches :

— Chateaubriand, l'un des fils les plus illustres de la ville, et l'un de nos auteurs les plus connus, a écrit que la ville close de Saint-Malo n'était pas plus étendue que le jardin des Tuileries à Paris, et qu'elle avait donné au monde plus de personnalités célèbres que de nombreuses autres cités, bien plus grandes… En plus des corsaires qui ont dominé les océans du globe pendant presque trois siècles, des inventeurs, physiciens, médecins et des auteurs internationalement connus sont venus au monde dans cette ville. Jacques Cartier, par exemple, qui a découvert le Canada, pays avec lequel nous entretenons de très étroites relations. Pierre Louis Moreau de Maupertuis, quant à lui, figure parmi les plus grands naturalistes français et contribua à la diffusion des théories de Newton, enfin, René Duguay-Trouin conquit le port de Rio de Janeiro. Saint-Malo est reliée au monde entier.

— Trouin. Comme les deux sœurs, murmura le commissaire Nedellec.

Ils étaient arrivés au-dessus du mur à l'impressionnante largeur. De chaque côté, un à-pic – un garde-fou de pierre prévenait de la chute. Le vent soufflait deux fois plus fort qu'au pied de la fortification. Clair, vivifiant.

— Mais, continua leur guide en se dirigeant vers le nord, reprenons depuis le début. Tout a commencé par un foyer de population à Saint-Servan, plus précisément sur la petite presqu'île d'Alet, là-bas. (Il indiqua la direction correspondante.) Au cours du Ier siècle avant Jésus-Christ, les Celtes s'y rassemblèrent, et ce qui n'était alors qu'un point de convergence devint une petite ville après la conquête de la Gaule.

« Depuis le début », en effet. Il n'avait pas menti.

Sans se faire remarquer, Dupin s'était légèrement éloigné. C'était bien assez ; le vent l'empêchait d'entendre et de se laisser aller à la contemplation du paysage – cette lumière fascinante, ces couleurs. La Côte d'Émeraude. Il se doutait qu'il y avait une bonne raison d'avoir donné ce nom poétique à la bande côtière qui relie le cap Fréhel à Cancale, mais il n'aurait pu imaginer à quel point cela correspondait à la réalité : la mer démontée, couronnée d'une écume étincelante, scintillait de reflets couleur d'émeraude – des tons plus clairs vers le rivage, des taches plus sombres et énigmatiques à l'horizon. Au pied des imposantes murailles s'étirait une plage d'un blanc aveuglant. Les vagues qui s'y fracassaient faisaient tourbillonner le sable, et des myriades de grains brillaient dans les eaux tourmentées. On apercevait plusieurs îlots, dont les teintes, anthracite, marron et vert, se combinaient en touches impressionnistes. Sur une île de plus grande taille s'élevait, solitaire, battue par les flots, une forteresse téméraire. En face, Dinard, dont on apercevait quelques-unes des imposantes villas. Au-delà, vers l'ouest, le regard portait jusqu'au cap Fréhel, qui s'enfonçait, majestueux, très loin dans la mer. Le panorama, les couleurs envoûtantes, comme les puissantes bourrasques sous le soleil du soir qui rayonnait de mille feux, tout cela était enivrant.

Dupin se fit violence pour rejoindre le groupe.

Un escalier abrupt les conduisit sur une esplanade aux pelouses carrées où s'élevait une statue de bronze.

— Voici le monument érigé à la mémoire de Jacques Cartier. Faisons un bond dans l'histoire : au VIe siècle, Maclou, moine et missionnaire, l'un des sept saints fondateurs de Bretagne, quitte le pays de Galles pour venir sur la presqu'île de la cité d'Alet…

C'était très singulier. Il n'y avait qu'une ruelle très étroite, en bas, entre les imposantes murailles sur lesquelles ils se trouvaient et les hautes maisons – si on détournait le regard de la mer, on voyait directement chez les gens. Salle à manger, cuisine, salon.

Dupin eut une idée. La propriétaire de la Villa Saint-Raphaël, où il était descendu, était originaire de Saint-Malo et il y avait fort à parier qu'elle aurait des informations à lui donner sur les deux sœurs. Elle connaissait bien le milieu gastronomique de la ville corsaire, rien que la veille elle lui avait suggéré une douzaine de bons plans culinaires. Il avait d'ailleurs essayé l'un d'eux, à dix minutes à pied, sur le petit port de Saint-Servan.

Dupin laissa le groupe repartir et prit son portable. Son regard croisa rapidement celui du commissaire Nedellec, il crut y déceler un air de conspiration. Peu après, Nedellec s'était à son tour éloigné.

— Villa Saint-Raphaël, bonsoir !

Dupin reconnut la voix chaleureuse de la propriétaire – Emmanuelle Delanoë, peu ou prou du même âge que lui, très attirante, quelque peu mystérieuse ; elle dégageait une aura particulière.

— Bonjour, Georges Dupin, le commissaire de…

— Oui, bonjour, commissaire. Que puis-je faire pour vous ?

Tout à fait sympathique.

— Les sœurs Trouin, entre lesquelles il y a eu cette terrible tragédie, vous les connaissez ?

Il allait droit au but, il n'avait pas beaucoup de temps.

— Bien entendu. Et toutes les deux personnellement. On ne peut pas dire que nous étions amies, mais nous discutions volontiers lorsque nous nous croisions. Et c'était assez régulier. Vous savez, la ville n'est pas bien grande. Comme nous ne faisons pas de restauration à l'hôtel, nous leur envoyons souvent des clients. Et avec mon mari, on aimait beaucoup aller dans leurs restaurants.

Dupin ne s'était pas trompé.

— Et sauriez-vous quelque chose qui expliquerait ce drame ? (Il marqua une pause. Il devait faire attention, elle devait connaître tout le monde, ici.) Pure curiosité, rien de plus. Je n'ai rien à voir avec l'enquête en cours. Elle relève de la commissaire Huppert. Une policière très compétente.

— La commissaire Huppert, je vois, dit-elle.

— Il a dû se passer quelque chose de très grave entre les deux sœurs.

— Il y a bien une chose que je sais… Mais pas de quoi expliquer le geste de Lucille.

Dupin se redressa, sur le qui-vive.

— Racontez-moi ça.

— Une amie m'a dit que Blanche voulait débaucher le sous-chef de Lucille, Colomb Clément. On dit que c'est un génie. Il n'a que trente-deux ans, il est extraordinairement doué, très ambitieux. Quoi qu'il en soit, il joue un rôle très important dans son restaurant, La Noblesse. Ça fait d'ailleurs un bail que Lucille ne s'y rend plus chaque soir.

Une absence lourde de conséquences ?

— Lucille Trouin est-elle au courant de ce débauchage ?

— Je l'ignore.

— Y a-t-il d'autres personnes qui le sont ?

— Je ne crois pas.

— Ç'aurait été un coup dur pour Lucille Trouin, non ?

— Ça ne fait aucun doute. Est-ce suffisant pour un meurtre, monsieur Dupin ?

— Et comment votre amie sait-elle ça ?

— C'est la sœur du sous-chef. Il lui a raconté. Il a dit aussi que ça devait rester secret.

— Ça remonte à quand ? Votre amie vous a-t-elle donné d'autres informations ?

— C'était la semaine dernière. Colomb Clément lui a rendu visite. Elle n'a fait qu'évoquer cela, puis nous n'en avons plus parlé.

— Blanche Trouin lui avait donc fait une offre sérieuse. Vous savez quand c'était ?

— C'est sans doute assez récent, je pense.

— Je comprends. Autre chose que vous auriez remarqué ?

— Non, rien.

Du coin de l'œil, le commissaire avait constaté que le groupe s'était passablement éloigné.

— Merci pour tout.

— Mais volontiers. Dites-moi si je peux vous être utile en quoi que ce soit.

Il avait bien quelques recherches à effectuer, mais cette femme n'était pas son assistante, et puis ce n'était pas son affaire.

Dupin resta un moment immobile. Quelle signification pouvait avoir ce renseignement ? S'il y en avait une. Bien sûr, il ne pensait pas que ce puisse être le mobile du crime… mais si ç'avait été l'étincelle qui avait mis le feu aux poudres ? On avait déjà vu ça. Les rancœurs s'accumulent… jusqu'à l'explosion.

Dupin prit quelques notes rapides dans son carnet Clairefontaine rouge, puis il rejoignit le groupe.

— Consacrons-nous maintenant au sujet qui vous intéresse toutes et tous, disait l'historien avec une joie manifeste. Les corsaires. D'abord, contrairement à une erreur fort répandue, ils n'ont rien à voir avec les pirates. Ces derniers, sans foi ni loi, naviguaient sous pavillon noir, ils étaient belliqueux et ne servaient que leurs intérêts. Les corsaires étaient dans la légalité, au service de la couronne et du royaume de France. À nous autres, Malouins, on délivrait des lettres de course…

— Mais dans la pratique, c'était la même chose, n'est-ce pas ? (La préfète des Côtes-d'Armor, plutôt trapue, au regard toujours renfrogné, avait dû juger nécessaire d'apporter une précision.) J'ai lu, il y a peu, que certains pirates agissaient selon un code moral plus strict que celui des corsaires, qui accomplissaient leurs missions avec une grande cruauté et en y mettant du… cœur. Par ailleurs, tous les corsaires étaient aux ordres de marchands malouins parmi les plus roublards ; ils ont même fondé des sociétés anonymes pour accomplir leurs pillages. Nombre de riches armateurs ont fait agrandir les caves de leurs demeures, creusant jusque sous la mer. Elles communiquaient les unes avec les autres. Ces immenses souterrains leur permettaient de dissimuler au roi une bonne partie du butin, de l'or, de l'argent, des pierres précieuses en grande quantité.

Le guide fronça les sourcils avec humeur.

— Je crois que nous devons nous méfier des interprétations historiques hasardeuses. Ce fier chapitre de l'histoire de notre ville…

Dupin n'écoutait que d'une oreille. Il était perdu dans ses pensées. Que tirer de ce que lui avait confié sa logeuse ?

— … les corsaires devaient capturer les bâtiments de commerce de nations ennemies, mission tout à fait honorable, récupérer leur cargaison, faire prisonnier l'équipage et le libérer contre rançon. Mais on leur confiait une autre tâche : escorter nos navires commerciaux. Contre les attaques de la marine anglaise, la plupart du temps. Les Britanniques redoutaient la croix blanche sur fond bleu du pavillon des corsaires malouins. Les océans n'ont jamais connu plus intrépides navigateurs.

Les abordages avec les Anglais n'avaient sans doute pas manqué de leur attirer des sympathies de toute la Bretagne. Aujourd'hui encore, probablement. Dupin garda en tête de le raconter à Nolwenn.

— Il me semble que vous devriez également parler de la traite atlantique. (La préfète tenait dur comme fer à compléter les informations données par l'historien.) Ce sinistre commerce triangulaire entre l'Afrique, l'Amérique et Saint-Malo…

— Un bien sombre chapitre, vous avez raison, admit l'historien d'un air extraordinairement supérieur.

— On achetait quantité d'esclaves en Afrique, l'or noir, contre de la verroterie. On les revendait ensuite aux immenses plantations de cannes à sucre du Nouveau Monde en réalisant d'énormes marges.

— Oui, une terrible histoire. Qui, cependant, ne concernait pas tous les corsaires. La réalité offre de nombreuses facettes. Pensez seulement aux délices que ces marins ont rapportés en France et en Europe. Le rhum, les épices, le moka… tout ça, on le doit aux corsaires malouins. Autrefois, on pouvait humer le parfum de leurs navires avant de les apercevoir !

Dupin accorda ce point aux corsaires : si on leur devait le café, ce ne pouvait être de mauvaises gens.

— Pour finir, j'aimerais vous nommer quelques-uns des plus célèbres. Pierre Porcon de La Barbinais, par exemple. Une bien curieuse légende. Après l'échec de négociations de paix entre le dey et le royaume de France, le corsaire, qui servait d'estafette, retourna à Alger, où on lui trancha la tête. Il y a aussi…

Une sonnerie de téléphone stridente, désagréable, l'interrompit.

L'assistante du commissariat, qui était restée étonnamment silencieuse pendant la visite, réagit promptement.

— Oui ?

Elle se tenait figée, le portable écrasé sur l'oreille.

— Oh ! Je comprends… Oui… Bien entendu, oui, je m'en charge… Au revoir.

Tous la regardaient avec curiosité.

— Je… (Elle offrit un regard confus à l'assistance.) Ils l'ont. (Une pause.) Ils ont Lucille Trouin.

Dupin n'aurait pas pensé que ça irait si vite.

— Elle a été arrêtée à Loudéac. À la gare. On a reconnu sa voiture.

Elle était tout de même allée assez loin.

— Le juge des libertés et de la détention a requis son placement en détention provisoire, compléta l'assistante.

— Et… a-t-elle dit quelque chose, au sujet de son crime ? demanda Gaston Nedellec.

— Elle n'a été arrêtée qu'il y a une demi-heure, et elle va être conduite à Saint-Malo.

— La commissaire Huppert ne lui a pas encore parlé ? Lucille Trouin n'a rien dit du tout ? demanda Dupin.

— Non.

— Je reviens tout de suite.

Sans plus d'explications, le commissaire prit à droite après l'extrémité nord-ouest des fortifications et composa le numéro de la commissaire Huppert.

— Bonjour, c'est le commis… c'est Georges Dupin. (Il parlait à voix basse. Il regarda derrière lui par mesure de précaution.) Je voulais vous dire quelque chose…

— Faites.

— Je viens de…

Il s'arrêta net. Il n'avait pas pensé à ce qu'il pourrait dire pour que l'information ait l'air fortuite.

— Je vous écoute.

— Je viens de parler à la propriétaire d'une maison d'hôtes à Saint-Malo. Je pense y passer quelques jours avec ma compagne à la fin de l'été…

— Et ?

— Elle m'a raconté qu'elle était amie avec la sœur du sous-chef de Lucille Trouin. Celle-ci lui aurait confié que Blanche Trouin voulait le débaucher. Et lui aurait même fait une offre. Il n'y a pas longtemps.

Dupin attendit.

— Et c'était ce que vous vouliez me dire ?

— Vous le saviez sans doute déjà, mais je voulais m'en assurer…

— Merci, Dupin. À bientôt.

— Attendez… Lucille Trouin, est-ce que vous lui avez déjà…

Elle avait raccroché.

Aucune idée de ce que ça pouvait signifier. Qu'elle était déjà au courant ? Qu'elle pensait que c'était un fait notable ?

Il soupira, haussa les épaules et regarda en direction de la mer. Le long des remparts, il y avait des rochers escarpés affleurants et une plage étroite battue par les vagues moutonneuses. Une intrépide mouette se posa à moins d'une longueur de bras de Dupin – elle le regarda, semblant le défier.

Le commissaire retourna d'où il était venu, les mains dans les poches.

Pour une fois, il n'était pas le seul en retard. Tout le monde l'était. Plus d'une demi-heure. La visite guidée avait duré bien plus longtemps que prévu.

Ils n'arrivèrent à destination que peu avant vingt heures – la rue de l'Orme.

C'était bel et bien le paradis sur terre. Les maisons étaient si proches les unes des autres qu'aucune automobile ne pouvait circuler dans la petite rue aux pavés rouges. Une bonne table succédait à une autre. Le Breizh Café, une extraordinaire crêperie du gastronome renommé Bertrand Larcher. À côté, son restaurant nippo-breton, l'Otonali, dans lequel ils dîneraient le lendemain. Juste en face, la Maison du Sarrasin, un petit magasin où l'on trouvait tous les produits à base de blé noir : chips, miel, moutarde, biscuits, caramel… sans même parler des traditionnelles galettes. La Noblesse, le restaurant de Lucille Trouin, était situé tout contre. On avait accroché un panneau à la porte : *Fermeture exceptionnelle*. Le restaurant se trouvait dans l'une de ces anciennes et sublimes demeures, pas plus de dix mètres de long mais à plusieurs étages. À côté du restaurant, il y avait une crémerie, spécialisée dans le fromage breton, qui appartenait aussi à Lucille Trouin, comme l'avait indiqué le commissaire Nedellec. Les deux sœurs avaient manifestement étendu leurs affaires au-delà de leurs restaurants.

Plus loin dans la rue, un très joli bar à huîtres, à l'ambiance très agréable. On y servait des huîtres de Cancale. Il y avait également une boutique du chef à qui l'on devait la devise « Voyages et aventures » pour caractériser la gastronomie locale ; il y présentait une de ses spécialités, le baba au rhum. Et encore une boucherie-charcuterie traditionnelle, puis une épicerie fine, une rhumerie et un restaurant de poisson aux marquises vert émeraude.

— La rhumerie appartient au compagnon de Lucille Trouin, souffla Nedellec à Dupin. Il s'est spécialisé dans le rhum et il a ouvert des boutiques ici, à Saint-Servan, à Dinard et à Cancale. Il vend aussi en ligne. Il s'implique également dans la fromagerie de sa compagne.

Des informations intéressantes, pas seulement parce qu'elles démontraient l'esprit entrepreneurial qui animait le couple, mais parce qu'elles prouvaient que Dupin n'était pas le seul à s'intéresser à l'affaire.

— Et voilà, nous y sommes.

L'assistante du commissariat affichait un sourire satisfait.

La Maison du Beurre, dont la devanture était parée de bois bleu clair sur lequel le nom *Bordier* s'affichait en lettres blanches, n'était pas très grande, on s'y sentait bien. Dedans, une sélection des meilleurs fromages. En face de l'entrée, la pièce majeure : la vitrine à beurres. Sur un plateau de marbre noir s'élevait une étonnante montagne de beurre. Demi-sel, la classique qualité bretonne. Autour, de jolis petits paquets de différentes variétés : aux oignons de Roscoff, aux algues (arborant des tons rouges), au piment d'Espelette ou encore au poivre du Sichuan.

Deux employées affables et souriantes les attendaient.

— Bonsoir, nous vous souhaitons la bienvenue chez Jean-Yves Bordier. Après un court aperçu de l'histoire du beurre et de sa fabrication (c'était la plus jeune qui parlait, tout en désignant l'arrière-boutique, qui recelait des produits exquis qui avaient échappé à Dupin), vous pourrez déguster quelques-unes de nos spécialités dans notre bistrot, juste à côté.

— Si vous voulez bien me rejoindre ?

La seconde jeune femme, aux boucles blondes et portant des lunettes rondes, les fit entrer dans l'arrière-boutique, où ils découvrirent le petit musée de la Maison du Beurre, plongé dans la pénombre. Sur les murs, les différentes étapes de la production se déclinaient dans des caissons éclairés de l'intérieur. Au milieu de la pièce, des ustensiles en bois, utilisés jadis pour fabriquer le beurre.

La jeune femme se plaça devant le coffret intitulé *L'origine du beurre*.

— Vers 6000 avant Jésus-Christ, les chasseurs-cueilleurs nomades d'Asie et du Proche-Orient remarquèrent qu'une crème particulière se formait lorsqu'on brassait du lait. Ils avaient découvert le beurre. (Cette conclusion rapide est de bon augure, se dit Dupin.) Dans le monde entier, ou presque, le beurre est devenu l'aliment gras de base pour toute préparation culinaire – exception faire du bassin méditerranéen, où l'huile d'olive remplit cette fonction.

La frontière qui sépare le beurre et l'huile d'olive et qui scinde l'Europe, et la France, en deux parties figure au nombre des possibilités presque infinies de revendiquer une identité bretonne.

Dupin crut lire sur le visage de ses collègues qu'il leur tardait autant qu'à lui d'aller dîner. Il se sentait faible tant il avait faim.

— Un marketing agressif a fait qu'on a prêté à l'huile d'olive toutes les qualités et au beurre tous les défauts. En réalité (il y avait dans sa voix comme une pointe de ferveur), c'est tout le contraire. Le bon beurre, comme le prouvent les recherches les plus récentes, est excellent pour la santé. Il est synonyme d'une cuisine raffinée. Ce rejet injuste du beurre a commencé avec les Romains et les Grecs (là, on retourne loin en arrière, se dit Dupin), qui le nommaient « le gras des Barbares ». À l'inverse de beaucoup d'autres civilisations, les Égyptiens, les Phéniciens, les Carthaginois, ou toutes celles du nord ou du centre de l'Europe, qui consommaient du beurre…

Une sonnerie stridente l'interrompit. L'assistante du commissariat décrocha.

— Oui ?… Vraiment ?… C'était ça ? Rien de plus ?… Jamais ?

Une réponse relativement longue à l'autre bout du fil.

— Bien… Oui, merci… À bientôt.

Elle se tourna vers le groupe.

— La commissaire Huppert a auditionné une première fois Lucille Trouin en présence de son avocat. C'est… (elle bafouillait) c'est très… bizarre. Lucille Trouin a annoncé qu'elle ne dirait rien : « Pas un seul mot. Quoi qu'il puisse se passer »…

Une pause. L'assistante prit le temps de réfléchir. Puis :

— C'est d'ailleurs ce qu'elle avait dit aux fonctionnaires qui l'ont ramenée à Saint-Malo. Ça n'a aucun sens. Ça pourrait même aggraver son cas.

— C'est bien ce qu'elle a dit ? demanda Dupin. « Pas un seul mot. Quoi qu'il puisse se passer » ?

— On dirait bien.

— Étrange… (Guenneugues, évidemment, qui ne pouvait faire autrement que mettre son grain de sel.) Qu'est-ce que ça veut dire ? Elle ne veut pas expliquer la raison de son acte ? Ne veut pas l'admettre ?

— Manifestement, dit la fonctionnaire dans un haussement d'épaules.

— On verra ça, intervint la jeune préfète du Morbihan aux cheveux roux. Elle va bien finir par se montrer raisonnable.

— Tout à fait, acquiesça la préfète trapue des Côtes-d'Armor, la cheffe de Nedellec.

— Je n'en suis pas si sûr, je trouve que ça ne sent pas bon.

Guenneugues n'avait pas voulu leur laisser le dernier mot. Sa dernière phrase était aussi vague que menaçante.

Un silence embarrassant se fit, dont tira profit l'employée pour poursuivre son exposé :

— Au Moyen Âge (enfin un bond vers l'avant ! souffla le commissaire in petto), l'Église interdit la consommation de beurre pendant les périodes de jeûne. C'est Anne de Bretagne, la dernière duchesse de Bretagne, qui obtint le droit pour sa cour, comme pour tout le duché, de consommer du beurre toute l'année. Ça participe également de l'excellence du beurre breton…

— Pardonnez-moi, je dois m'absenter momentanément, interrompit le commissaire Nedellec en se rendant à pas rapides vers la sortie. Un coup de téléphone perso.

— C'est cela, oui, grommela Dupin.

Il s'éloigna des coffrets rétroéclairés, pensif.

— Je dois également téléphoner, dit l'assistante de la commissaire Huppert. Pour le travail.

— J'aimerais, poursuivit la jeune femme, qui n'entendait pas se laisser perturber, vous parler d'un autre aspect du beurre : il a longtemps été utilisé dans les cosmétiques comme produit miracle, jusqu'au XXe siècle.

Dupin se passa la main dans les cheveux. C'était décidément très étrange. Ce qui normalement advenait à la fin d'une enquête en marquait ici le début : la meurtrière était déjà identifiée et arrêtée. Mais elle ne comptait pas s'exprimer.

Ce faisant, Lucille Trouin pouvait se nuire à elle-même. Si son geste était dû à un accès de colère, l'avouer serait sa meilleure défense, elle devait absolument le faire savoir. Rendre cette pulsion crédible d'un point de vue émotionnel. Sans attendre. Et c'est à ça qu'elle renonçait… Était-elle sous le choc ? Son silence ne faisait que renforcer la question qui s'était posée dès le début : ce crime avait-il bien été perpétré sous le coup de l'émotion ? Rien de plus ?

Le scénario tournait dans sa tête. À n'en pas douter, sur le marché, l'émotion avait dû jouer un rôle important. Si Lucille Trouin avait prémédité son crime, elle n'aurait sans doute pas choisi un lieu public. Or rien n'est plus public qu'un marché couvert animé. Elle aurait essayé, comme tous les meurtriers de sang-froid, de commettre le crime parfait. De ce point de vue, nul doute qu'elle était mue par une pulsion. Mais peut-être y avait-il autre chose ? Un calcul derrière tout ça ? Ce pouvait être un mélange de pulsion et de préméditation : il ne restait plus qu'à déterminer la part de l'une et de l'autre…

— … notre atelier, poursuivait la jeune femme, réunit tous les savoir-faire liés à la production du beurre. L'un des plus anciens secrets concerne une technique consistant à brasser le lait avec énergie et précision, afin d'extraire le plus possible d'eau, réduisant ainsi le beurre à son essence. Pour finir, il est travaillé avec des outils en bois spécifiques, ce qui lui donne sa consistance soyeuse…

Une sonnerie. Le portable de Dupin, un SMS.

Nolwenn. Une seule phrase : « Tenez-vous à distance. »

Elle était vraiment sérieuse.

— … le plus important, c'est bien sûr le choix du lait. Une qualité et une fraîcheur extraordinaires. Ce qui signifie que le beurre a un goût et une consistance différents à chaque saison. Vous verrez, une fois au bistrot, que le beurre du début de l'été a un goût marqué par les nombreuses variétés d'herbe qui poussent à cette époque de l'année. Et vous retrouverez les arômes des pâtures où paissent nos vaches élevées en bio…

— Ne serait-ce pas le parfait moment pour nous rendre au restaurant ? demanda la préfète à l'air renfrogné, air que Dupin voulut bien ignorer tant sa proposition lui semblait sympathique.

— Vous m'ôtez les mots de la bouche, répondit la jeune femme.

À peine trois minutes plus tard, tous étaient installés dans une immense pièce, qui avait été auparavant une cave, et dont les murs de pierre brute rendaient l'atmosphère agréable, chaleureuse. Des poutrelles d'acier anthracite allaient du sol jusqu'au très haut plafond, où des rampes de spots dessinaient une belle mise en scène lumineuse. Des tables prévues pour deux avaient été accolées pour dresser leur grande tablée, la cave entière leur étant réservée. Au rez-de-chaussée, d'autres tables accueillaient les clients.

Dupin s'installa entre le commissaire Nedellec, qui avait fini son coup de fil « perso », et la préfète des Côtes-d'Armor. Ne manquait que l'assistante de la commissaire Huppert.

Dupin se réjouissait d'avance de déguster le pain frais et de goûter à chacun des beurres présentés sur de petites plaques de granit posées sur la table.

— Je vous souhaite la bienvenue, commença la femme menue d'une trentaine d'années, avec de longs cheveux châtains, qui venait de s'approcher de leur table. Je suis Elen Delacourt, votre cheffe cuisinière. C'est un grand plaisir de cuisiner pour vous ce soir.

— Sans aucun doute vous faites partie du cercle des chefs locaux, n'est-ce pas ? Vous connaissez les sœurs Trouin ? Selon vous, que s'est-il passé entre elles ? demanda le commissaire Nedellec sans autre forme de procès.

— Deux cheffes de grand talent. (Dans sa voix, une admiration non feinte.) C'est une tragédie absolue. Incompréhensible. Bien sûr qu'elles étaient en concurrence. Mais personne n'aurait pensé que ça puisse aller aussi loin.

Dupin écoutait tout en savourant le beurre aux oignons de Roscoff – sensationnel. Il attaqua le beurre aux algues, tout aussi savoureux.

— Les connaissiez-vous mieux que ça ? Étiez-vous amies ? poursuivit Nedellec.

— Amies, non. Nous nous estimions en tant que collègues.

— Lucille Trouin est pourtant quasiment votre voisine. (Nedellec s'efforçait de prendre un ton conciliant.) Ça permet de savoir certaines choses, non ?

— C'est-à-dire ?

— Je ne sais pas, une querelle ouverte ? Des tensions explosives ?

— Je n'ai rien entendu laissant penser cela, non.

Le beurre avec des petits morceaux de sarrasin était un rêve aussi.

— Sans doute y a-t-il eu entre elles deux, s'immisça Guenneugues, quelque chose de la plus extrême gravité…

— Et la résolution en revient à la commissaire Huppert, intervint la voisine de Dupin, d'un ton ferme. Quoi qu'il en soit, nous n'allons pas résoudre l'affaire ce soir à cette table.

— C'est bien vrai, abonda la préfète rousse du Morbihan.

Plutôt petite et menue, elle avait l'air perdue dans son grand uniforme aux épaulettes dorées – ce que compensait son énergique assurance.

Dupin était passé au beurre au yuzu, ce fruit légèrement amer, hybride de mandarine et de citron. Peu à peu il se sentait mieux.

— Voici les entrées !

Deux serveurs et une serveuse firent leur apparition.

— Nous commençons par des langoustines rôties aux asperges blanches, servies avec un carpaccio de pied de cochon et sa mousse de lait fumée, présenta la cheffe, ravie de pouvoir enfin changer de sujet. Le plat principal est composé d'une superbe lotte servie avec un consommé d'araignée de mer aromatisé au litchi, et un gargouillou de légumes d'été aux fines herbes et aux fleurs. Enfin, en dessert, nous aurons un soufflé de patates douces et carottes à l'orange et son sorbet de fromage frais ainsi qu'un plateau avec deux fromages bretons.

Dupin ne put retenir une question :

— Est-ce que vous, je veux dire la Maison du Beurre, vous êtes également spécialisés dans le fromage breton, comme Lucille Trouin ?

— Pas particulièrement. Mais, bien entendu, nous ne servons que les meilleurs produits. (La cheffe sourit.) Mesdames et messieurs, je vous souhaite une bonne dégustation.

Sur ce, elle tourna les talons et disparut, de même que les personnes de service.

En un rien temps, tous se retrouvèrent absorbés – personne ne se rendit compte que la préfète d'Ille-et-Vilaine, qui accueillait le séminaire, avait fait son entrée.

— Bonsoir, chers collègues. J'aimerais prendre place quelques minutes à vos côtés. Je viens de m'entretenir avec la commissaire Huppert.

Elle s'assit à l'une des places libres. La soixantaine, estima Dupin. Sa chevelure grise et son imposant uniforme soulignaient la personne d'expérience, et d'autorité.

— C'est un honneur de vous avoir à notre table.

Guenneugues se la jouait grandiloquent. À mille lieues de son homologue, épaulettes, boutons dorés et broderies sur les manches lui donnaient l'air d'un coq. Il était très grand, chauve, nanti d'un large visage à l'ovale peu commun, au teint continuellement rouge.

— Bien entendu, nous brûlons de savoir… poursuivit-il. Où en sont les investigations ? Nous venons juste de parler de l'affaire.

— L'enquête avance à grands pas, mais nous n'avons encore trouvé aucun mobile vraiment plausible ni déterminé le moindre événement qui aurait pu déclencher un acte d'ordre pulsionnel. La commissaire Huppert a pourtant déjà parlé à quelques personnes. Y compris, comme vous le savez, à Lucille Trouin – qui refuse de s'exprimer.

La préfète secoua la tête.

Une serveuse venait de déposer une assiette devant elle et elle la gratifia d'un sourire reconnaissant.

— Continuez votre repas, chers collègues…

Elle goûta l'entrée.

— C'est absolument succulent. Vraiment.

— Avec qui la commissaire Huppert a-t-elle parlé ?

Dupin venait d'avaler le dernier morceau de sa langoustine.

La préfète apprécia une deuxième bouchée. Elle prenait le temps de répondre.

— Pour commencer, avec Kilian Morel, l'époux de la victime, Blanche Trouin. Il est en état de choc. Ce n'est que trop compréhensible. Manifestement, il n'a pas la moindre idée de ce qui a pu se passer. C'est le cas également du compagnon de Lucille Trouin, que la commissaire a vu dans la foulée. Charles Braz.

— Ce type ne sait pas ce qui a pu se passer entre les deux sœurs ? (Nedellec n'y croyait visiblement pas.)

Il ignore ce qui a pu conduire sa compagne à tuer sa propre sœur ?

— Oui. Il avait l'air tout à fait décontenancé. Lucille Trouin l'avait appelé du commissariat. L'appel auquel elle avait droit. Elle n'a rien dit de ses motivations à monsieur Braz.

— Et avec qui d'autre la commissaire a-t-elle parlé ? s'enquit Dupin.

— Avec Flore Briard, la meilleure amie de Lucille Trouin, répondit la préfète. Elle aussi travaille dans le milieu de la gastronomie. À Dinard. Elle a acheté deux répliques de navires corsaires sur lesquels on fait de la cuisine de haute volée tous les soirs. Il lui arrive de travailler avec Lucille Trouin. Elle aussi ignore ce qui a bien pu se passer entre les sœurs.

Par réflexe, Dupin s'apprêta à ouvrir son petit carnet. Mais il n'en fit rien. Prendre des notes devant tout le monde n'était pas des plus indiqué. Mieux valait que cet échange prenne le ton d'une conversation informelle.

— Blanche Trouin avait deux amis qui lui étaient assez proches, continua la préfète. Ils devraient théoriquement savoir ce qui a ainsi altéré leurs rapports : Walig Richard, un antiquaire, et Joe Morel, le frère de son mari, qui est un genre de confident. La commissaire Huppert leur a également parlé, même si ce n'est que par téléphone. Ça n'a rien donné.

Huppert avait fait vite. Quant à la préfète, elle semblait tout à fait disposée à leur communiquer des renseignements, ce qui collait parfaitement à l'esprit de leur séminaire.

— La commissaire Huppert a aussi parlé à Colomb Clément, le sous-chef de Lucille Trouin. Tous deux se voyaient souvent.

Dupin tendit l'oreille.

— Blanche Trouin voulait le débaucher et lui avait fait une offre confidentielle. Il s'en est entretenu très ouvertement avec la commissaire. Il est sûr et certain que Lucille n'en savait rien. Blanche Trouin, d'après la déposition du sous-chef, vérifiée par Huppert, a fait part de ses plans à son mari. Mais nous ignorons si elle en a parlé à ses amis Walig Richard et Joe Morel.

— Quand, précisément, la commissaire a-t-elle vu le sous-chef ?

C'était la première fois qu'un léger étonnement se dessinait sur le visage de la préfète.

— Je l'ignore, commissaire.

— Peut-être ses amis savaient-ils ? fit Dupin. Et ils n'ont pas tenu leur langue. Je veux simplement dire (il ne devait pas paraître trop empressé) que Lucille Trouin aurait pu l'apprendre par hasard.

— Pour l'heure, nous n'en savons rien, admit la préfète. Nous n'avons pas pu trouver d'autres personnes qui soient proches des deux sœurs. Elles n'avaient pas beaucoup de vie privée ; de vraies *workaholics*, comme on dit de nos jours. La commissaire Huppert s'est déjà procuré les fadettes du téléphone de Blanche.

— Et du côté de la famille ? demanda Nedellec.

— Les parents sont décédés. Hormis une tante de quatre-vingt-treize ans, la sœur du père, qui habite à Rothéneuf, à l'est de Saint-Malo, il n'y a plus personne. Elle est très confuse, une démence avancée. Quoi qu'il en soit, selon la commissaire Huppert, elle ne semble pas vraiment réaliser ce qui s'est passé. Elle n'est d'aucun secours.

Dupin avait tout de même pris quelques notes, aussi discrètement que possible – son carnet Clairefontaine rouge ouvert sur la cuisse. Il ne lui avait pas échappé que Nedellec pianotait sur son téléphone, sous la table.

— Nous sommes actuellement en train de rechercher si quelqu'un aurait quelque chose de concret confirmant un éventuel conflit entre les deux sœurs allant au-delà de leur concurrence. Nous investiguons dans la sphère gastronomique, en vain.

Les assiettes étaient toutes vides et luisantes. Les entrées, manifestement, avaient connu un franc succès. Les serveurs apparurent, comme par magie, et s'empressèrent de débarrasser.

— Tout cela est bien mystérieux, remarqua Guenneugues d'une voix lourde de sens.

— S'il n'y a que les deux sœurs à savoir ce dont il retourne… Dans la mesure où l'une est morte et où l'autre refuse de parler, ça va être compliqué, résuma la supérieure de Nedellec en faisant une moue dépitée.

— Est-ce que parmi les personnes présentes au marché, demanda Dupin, quelqu'un aurait saisi ce qui a déclenché ce crime ? Personne ne s'est manifesté ?

— Les témoins que nous avons auditionnés n'ont rien entendu d'autre qu'un « Trop c'est trop ». Une collaboratrice de Blanche Trouin aurait quant à elle entendu un « Je te hais ». Rien de plus malheureusement, c'est très vague.

Ça avait au moins le mérite de formaliser une émotion forte.

— C'est allé très vite, quelques minutes, d'après la reconstitution de la commissaire. Blanche Trouin se trouvait devant le stand d'épices lorsque sa sœur cadette a fait irruption. Elles se sont retirées vers l'une des colonnes, là où le drame a eu lieu. Les autres vendeuses ne savaient rien non plus d'une brouille qui aurait dégénéré. Toute la matinée, Blanche Trouin aurait été « parfaitement normale », de fort bonne humeur comme à l'accoutumée.

La préfète se tut. Elle parut soudain épuisée.

— Blanche Trouin avait-elle pour habitude de tenir elle-même son stand ? demanda Nedellec, le front plissé. Elle avait mieux à faire, j'imagine. N'était-ce alors qu'un hasard ?

— Elle prenait plaisir à s'occuper directement de la vente. (La préfète semblait très bien informée.) Tous les lundis, elle était sur le marché. Tout le monde le savait. C'est le jour de fermeture de son restaurant.

— Se pourrait-il… (Dupin ne savait pas trop comment formuler cette question qui lui avait traversé l'esprit dans l'après-midi :)… qu'il y ait eu un quelconque conflit sur le strict plan culinaire ?

— Qu'est-ce que vous voulez dire ?

Lui-même l'ignorait ; mais la cuisine, c'était la passion des sœurs Trouin, leur obsession, leur vocation et leur profession.

— Leur style et leur philosophie se sont considérablement éloignés, si c'est le sens de votre question, relança la préfète. Blanche Trouin est connue pour revisiter avec ingéniosité les produits locaux, non sans une légère audace de temps à autre. Qu'on pense simplement à son concentré de nèfles. Tous ses ingrédients proviennent sans exception de la région, pour la terre comme pour la mer. Tel est son credo. Des pointes de fantaisie, des saveurs maîtrisées, ainsi naissent ses riches créations à base d'épices. Blanche Trouin est une excellente représentante de la nouvelle cuisine régionale. Elle entretient même son propre potager, qui lui fournit la plus grande partie de ses légumes.

Elle marqua une pause, le temps de boire une gorgée d'eau.

— À l'inverse, Lucille Trouin n'attache aucune importance à l'origine des produits ; elle se concentre sur les différentes saveurs qu'elle travaille avec une extrême finesse, y compris en recourant à divers microéléments. Elle se fournit dans le monde entier, sans chercher de lien spécifique avec la cuisine traditionnelle bretonne. Elle ne cesse de créer des combinaisons aromatiques, dont elle maîtrise toute la palette – du plus classique, et pur, jusqu'à ce qui sera extrêmement novateur…

Dupin n'était pas certain d'avoir précisément compris tout ce qu'avait énoncé la préfète – c'était pourtant intéressant. Sans doute partageaient-elles des points communs, mais leurs styles culinaires opposés devaient être en rapport avec leurs personnalités.

— Voici le plat, nous vous souhaitons une bonne continuation.

Les deux serveurs et la serveuse étaient réapparus. En un tour de main, une assiette se retrouva devant le commissaire Dupin.

Le dressage de l'assiette, avec sa lotte de ligne, le consommé d'araignée de mer aromatisé au litchi et le gargouillou, était absolument splendide. C'était presque dommage de manger. Presque, seulement.

— Laissons cctte horrible affaire de côté pour un moment, fit la préfète. Et consacrons-nous à ce délice.

À vingt-deux heures dix, l'équipe avait quitté le restaurant. La lotte comptait parmi les plus succulentes que Dupin ait jamais mangées. À vingt-deux heures trente, le commissaire entrait dans la cour de la Villa Saint-Raphaël. Qu'il quitta peu de temps après.

Il avait soudainement décidé de prendre un dernier verre au Bistrot de Solidor, afin de profiter de l'agréable port de Saint-Servan, où il s'était rendu la veille sur les conseils de son hôtesse. Une recommandation particulièrement judicieuse. Et ce n'était qu'à quelques pas.

Dupin s'installa près d'une vitre. Il avait vue sur la mer et le quai à l'extrémité du port. Le soleil s'était couché voilà peu, le ciel offrait des teintes d'un rose tendre – à l'horizon, quelques bandes plus intenses.

Dupin appréciait Saint-Servan et sa pointe qui s'enfonçait dans la mer ; la presqu'île, célèbre, d'Alet. C'était digne de figurer sur sa liste de lieux préférés. Les ruelles étroites, le port, les petites boutiques, les vénérables demeures, les anciennes maisons de pêcheurs, comme les villas à l'abri des regards. Partout des jardins, des parcs plus ou moins grands. Sans compter le marché couvert où la vie, dès le lendemain, reprendrait son cours, comme le Café du Théâtre, où il avait bu son café ce midi – un breuvage dont le monde entier, lui compris, pouvait se délecter grâce aux navigateurs malouins. Saint-Servan lui semblait déjà un quartier familier.

Extrêmement accueillant, le propriétaire convainquit sans trop de difficulté Dupin de déguster un rhum vieux de la maison J.M : « La boisson de la ville, et pas seulement depuis que c'est devenu la mode partout », à l'en croire. Pur. Sans glaçons. La distillerie, fondée par un curé de village, existait depuis 1790 en Martinique – l'époque des corsaires. Un rhum élaboré à partir de jus de canne fraîchement extrait, et non « avec une mélasse bon marché », expliqua le propriétaire. Dans le verre, un nectar marron aux reflets mordorés, aux notes de cuivre et de bronze.

— Des effluves de cannelle, de pomme cuite, de coriandre, parfaitement équilibrés avec des notes de vanille et de fruits tropicaux flambés, vanta le propriétaire. En bouche, un rhum souple, aux saveurs de moka, d'abricots secs et de banane flambée. Très ample et harmonieux, avec une pointe de menthe sur la fin.

Dupin en prit une belle lampée. Il était impressionné, ce qui n'échappa pas à son hôte.

— Divin, n'est-ce pas ? Élaboré à partir d'une source idyllique, et qui permet aux pauvres mortels d'oublier toutes leurs souffrances terrestres.

Il n'était pas de plus exquise promesse.

Et cela correspondait à la décision de Dupin. Il n'y avait aucun sens à vouloir mener des investigations en douce dans cette affaire si spéciale. À l'inverse de son enquête sur la Côte de Granit rose[1], Dupin n'avait aucune chance de mener une conversation « fortuite » avec qui que ce soit, et surtout pas avec les personnes

1. Voir, du même auteur, chez le même éditeur, *Les Disparus de Trégastel*.

que la commissaire avait déjà entendues. Il ne pouvait risquer le moindre conflit. Ce serait tout à fait déloyal. De plus, la commissaire lui donnait l'impression d'être compétente.

Il savoura une autre gorgée. Son regard glissait dans l'agréable établissement. Il bascula la tête et ferma les yeux.

L'ennuyeux, c'est que sa déformation personnelle ne lui laissait pas de répit et qu'il se sentait obligé d'enquêter. Presque responsable. Après tout, le meurtre avait eu lieu sous son nez. Et sa poursuite de la criminelle lui avait valu une humiliation.

Il contemplait le ciel du soir aux éclats roses. Il tourna la tête, son regard croisa celui du propriétaire, au bar. Il fit un signe de tête, discret, en direction de son verre vide. L'homme comprit immédiatement.

Jusqu'alors, il n'avait jamais été un grand amateur de rhum. Ce soir, il trouvait ça regrettable.

Une agréable fatigue l'enveloppait peu à peu.

Bientôt, il serait au lit.

LE DEUXIÈME JOUR

Cela ne lui arrivait pas souvent, mais cette nuit Dupin avait dormi du sommeil du juste, sans songer aux événements de la veille. Profondément, d'une traite. Le rhum accomplissait des miracles.

Ce matin, tout n'était qu'eau – il pleuvait à verse depuis des heures. Les flaques dans le jardin étaient depuis longtemps devenues de petits étangs au milieu desquels surnageaient des îlots herbeux. Cette météo, pourtant, ne parvenait pas à entamer l'excellente humeur du commissaire. Pas plus que le séminaire ni sa décision de ne pas intervenir dans l'enquête. Sa seule raison d'être triste : ne pas avoir entendu l'appel de Claire (l'inconvénient du sommeil profond). Ce qui, pour des raisons différentes, lui était déjà arrivé à elle plusieurs fois depuis son départ, au début de la semaine passée, pour quinze jours de formation en cardiologie à Boston. C'était maintenant à son tour de dormir profondément – il y avait peu de créneaux pendant lesquels ils pouvaient se parler. Dans le message qu'elle lui avait laissé, on entendait de la musique forte et des voix enthousiastes. Elle était avec des collègues

(Dupin avait surtout entendu des voix d'hommes) dans un bar. Dans les premiers jours, il lui avait envoyé quelques messages auquel elle n'avait répondu qu'une seule fois. Elle n'aimait pas les SMS.

Dupin s'était levé à sept heures pile, il avait bu un grand café au lait dans l'agréable salle du petit déjeuner, accompagné d'une généreuse tranche de gâteau aux baies fait maison. En chemin pour l'École de police, il avait marqué un arrêt spontané au Café du Théâtre – la place de parking libre devant la porte lui était apparue comme une invitation. Il avait pris un petit noir à la va-vite – à la télé, on ne parlait que du drame de la veille.

Le commissaire n'arriva à sa formation qu'avec un léger retard.

Ce matin, il leur fallait décider quels étaient, parmi les points abordés la veille (conflits de compétence, manque de personnel, attribution des fonds), les plus problématiques. Ils devraient alors s'y consacrer pour le reste du séminaire.

— Allez, au travail ! encouragea Guenneugues, une fois connu le programme de la matinée.

Voilà deux heures qu'ils travaillaient, il était un peu plus de dix heures. Le ciel n'en finissait pas de se déverser, la pièce était beaucoup trop chauffée, l'air moite.

C'en était fini de la bonne humeur de Dupin. Le formateur venait de leur faire un exposé sur l'efficience et l'efficacité, une de ses régulières *learning interventions*. Une conversation animée avait lieu.

— On peut être tout à fait efficient, mais complètement inefficace, il n'y a qu'à voir l'état du monde ! fit la préfète du Morbihan.

Selon Dupin, elle était dans le vrai.

— Pour moi, c'est l'inverse, intervint résolument Guenneugues. Sans efficience, aucune efficacité.

— Voyez-vous, cher collègue, commença la préfète sur un ton relativement résolu, il…

La porte s'ouvrit brutalement.

La préfète qui accueillait la formation entra en trombe, la mine sombre, suivie de près par la commissaire Louane Huppert, et leur balança un cinglant « Bonjour ! ».

— Ravi de vous voir, mesdames, les salua Guenneugues, c'est…

— On a une nouvelle victime, le coupa-t-elle. De toute évidence, un autre meurtre.

Pendant un instant, plus un bruit. Chacune, chacun s'était figé.

— Mais ce n'est pas possible ! lâcha enfin Guenneugues.

Ni la préfète ni la commissaire ne réagirent.

— Je ne suis pas surpris, dit le commissaire Nedellec à mi-voix. Cette histoire est loin d'être finie. Au contraire.

— On dirait bien. (L'accorte préfète des Côtes-d'Armor plissait le front.) Ça prend une sacrée tournure.

— Effroyable !

On lisait la même profonde préoccupation sur le visage de sa collègue rousse du Morbihan.

— Qui est-ce ? s'enquit Dupin.

— Kilian Morel, le mari de Blanche Trouin, répondit la commissaire Huppert.

— Où ça ? demanda Nedellec.

— Pas loin de chez eux. Vers La Moinerie. Le restaurant de Blanche Trouin est à Dinard, c'est à côté. Morel s'occupait des RH et de la compta pour le restaurant de sa femme. C'est un promeneur qui l'a trouvé.

— Son frère, dit Dupin sans bien savoir où il voulait en venir, est un ami et un confident de Blanche, n'est-ce pas ?

Il n'était pas évident de saisir tous les tenants et les aboutissants de la situation.

— Exact, acquiesça la commissaire Huppert.

— Ce qui signifie (les traits de la préfète d'Ille-et-Vilaine s'assombrirent encore tandis qu'elle parlait) qu'il y a un deuxième criminel. On tue de manière ciblée.

Elle respira profondément à plusieurs reprises avant de faire part de sa décision :

— J'aimerais discuter quelques minutes avec mes collègues. Je serai reconnaissante aux commissaires de nous laisser entre nous.

Des regards interrogateurs.

— Ce sera rapide.

Nedellec et Dupin se levèrent. Ils quittèrent la pièce avec la commissaire Huppert.

— Qu'est-ce que ça signifie ? demanda Nedellec à la commissaire, sitôt la porte refermée derrière eux.

Ils se trouvaient dans un long couloir, aux murs blancs, avec un plancher en bois. Ça sentait l'encaustique.

— Je dois téléphoner.

Huppert avait parlé d'une voix amicale mais déterminée.

— Allez, dites-nous ce qui se passe, la pria Nedellec.

— Vous le saurez bien assez tôt !

Sur ces mots, la fonctionnaire fit demi-tour et se dirigea vers les escaliers.

— Avec un peu de chance, espéra Dupin, ils vont interrompre notre séminaire…

Ce n'était pas tout à fait exclu tant cette affaire prenait de l'ampleur.

Nedellec fronça les sourcils.

— Veuillez m'excuser, je dois à mon tour passer un appel.

Avant que Dupin ait pu dire quoi que ce soit, il avait disparu.

La pluie avait cessé, il n'y avait plus le moindre nuage. Dupin alla à la fenêtre. Le soleil brillait. Ses rayons se reflétaient sur un monde détrempé – ils produisaient des éclats aveuglants dans la cour intérieure de l'École.

Le mari de Blanche Trouin était mort à son tour… La veille encore, ils savouraient leur petit déjeuner – ils n'étaient alors qu'insouciance et voilà qu'ils étaient morts, tous les deux.

Cette sordide affaire prenait d'incroyables proportions. Il ne faisait aucun doute qu'elle occuperait bientôt toute la Bretagne.

— Nous en avons fini.

La préfète qui recevait le séminaire venait les chercher, elle regarda de chaque côté du couloir. D'un côté s'approcha Dupin, de l'autre Nedellec, suivi par Huppert.

— Nous avons délibéré, dit-elle une fois qu'ils furent revenus dans la salle de séminaire.

La commissaire Huppert regardait le plafond, sans aucune réaction. Une sorte de sourire satisfait, et déconcertant, s'affichait sur le visage de Guenneugues.

— Commissaire Dupin, commissaire Nedellec (son ton annonçait des instructions catégoriques), à partir de maintenant vous ferez équipe avec la commissaire Huppert pour résoudre cette affaire. Vous rendrez des comptes à nous quatre. (Mine grave.) Comment pourrions-nous mieux renforcer la coopération entre nos départements qu'en travaillant sur une enquête commune ? Particulièrement compliquée, qui plus est.

— Pardon ?

C'était bien la dernière chose à laquelle Dupin aurait pu s'attendre.

Nedellec, pour sa part, fit part de sa profonde satisfaction :

— C'est une très bonne idée !

Le corps préfectoral opina du chef – avec gravité. Bien sûr, Guenneugues en rajouta :

— Jamais encore ça ne s'était produit ! Un événement qui fera date !

Quant aux sentiments de Dupin, ils étaient pour le moins ambivalents. Nul doute que cela valait mieux que le séminaire. Nul doute que cela répondait à son irrépressible besoin de travailler sur cette affaire. Mais cette enquête d'équipe… trois commissaires et quatre préfets… ça, ça lui restait en travers de la gorge. Il avait un tempérament de loup solitaire. Il lui avait fallu du temps avant de pouvoir travailler avec Nolwenn, Labat et Le Ber. Comment allait-il faire ? Avec neuf collègues ?! Et sur ordre, qui plus est !

— Entre vous trois, il n'y aura pas de compétition officielle. Nous en sommes convenus avec la commissaire Huppert (tous les regards glissèrent des préfets à l'officière de police sur le visage de laquelle on ne pouvait rien, mais alors absolument rien lire), qui a donné son accord formel de vous laisser le choix de la manière dont vous vous organiserez.

C'était déjà un peu mieux – ça laissait au moins présager d'une plus grande liberté.

— Au moment du dîner, vous nous ferez votre rapport, ajouta la préfète. Tous les quatre, nous avons décidé de poursuivre le séminaire, dont nous avons modifié l'axe principal. Nous allons nous pencher sur quelques-unes des formalités administratives qui rendent difficile au quotidien la coopération policière entre tous les départements bretons.

— Il me semble que, là encore, ça entrera dans l'histoire !

Guenneugues se pencha en arrière. Un large sourire barrait son visage rougeaud.

— Vous n'avez pas l'air enthousiaste, commissaire Dupin, lui dit la préfète. Notre résolution ne vous convient pas ?

Guenneugues grogna, d'une voix menaçante, avant même qu'il puisse répondre :

— Je vous assure que le Finistère est ravi.

Dupin se força à acquiescer avec un « Bien entendu » du meilleur tonneau.

— Bien, alors tout va pour le mieux. Résolvez cette affaire et montrez-nous que les Bretons font preuve d'un esprit d'équipe extraordinaire !

Une fois de plus, il fallut que Guenneugues ait le dernier mot :

— Toute la Bretagne vous regarde. Il faut que vous en ayez conscience. C'est une bénédiction et une malédiction à la fois. Ne nous décevez pas.

Il était passé maître dans l'art, subtilement, de motiver ses troupes…

— Allez, on va sur les lieux du crime ! (La commissaire Huppert se mit en mouvement.) Je vous raconterai tout ce que je sais pendant le trajet. On prend ma voiture.

Les deux autres la suivirent.

Tout cela semblait bien irréel. Voilà peu, il se trouvait dans l'atmosphère humide d'une salle de séminaire, et voici qu'il était sur une plage belle à couper le souffle, à regarder la mer.

Du sable blanc, aveuglant, des dunes, qui séparaient la mer de la terre, recouvertes de cette herbe drue, le roseau des sables. Le ciel était d'un bleu triomphant – hormis un unique nuage blanc, juste au-dessus des flots, à l'étrange forme triangulaire, comme un signe énigmatique. Une brise transformait les touffes herbeuses sur les dunes en taches jaunes, vertes et marron qui se mélangeaient. Non loin du rivage, une île sauvage et romantique, presque ronde, des rochers escarpés, à pic, des blocs de pierre recouverts çà et là de lichen jaune vif. Sur l'un des rochers une chapelle de granit brillant, quelques mètres de large et de long, incroyablement haute, un toit en pente, orné avec faste. Entre l'île et le rivage, à l'abri des pires assauts de la mer, une douzaine de bateaux amarrés à des bouées colorées. À l'est une avancée rocheuse, d'où on avait une vue imprenable sur la plage bien nommée Sables-d'Or-les-Pins.

C'était ravissant. Un paysage modelé par la lumière si changeante du soleil.

Le trajet de cinquante minutes avait mis leurs nerfs à rude épreuve. Ils avaient franchi la Rance, il n'y avait pas d'autre itinéraire, en empruntant le seul pont existant – ou plutôt en passant sur l'usine marémotrice. Les nombreux travaux sur le barrage avaient provoqué un embouteillage où se trouvait prise une colonne d'automobiles de collection de Dol-de-Bretagne ; de vieilles Peugeot, des Renault ou des Citroën, bichonnées par des gens sympathiques d'un certain âge, pas de ces vieux et riches snobs. Sur quelques carrosseries, des autocollants : *Journées nationales des véhicules d'époque*. Sur la dernière voiture, en fin de cortège, une bannière : *Rouler plutôt que foncer*, puis, au-dessous : *Ce n'est pas une question de vitesse*. Dupin sentit son pouls accélérer. Les commissaires n'avaient qu'une chose à faire : patienter. Au cours du trajet, Huppert leur fit un topo sur l'enquête. À l'instar de Nedellec, Dupin, qui se trouvait ridicule mais n'avait pas le choix, avait pris des notes rapides. Cinq pages noircies d'une écriture serrée.

Dupin respira plusieurs fois profondément. La plage, la mer, les dunes, le soleil, les couleurs… Le paysage était renversant. Depuis la veille, l'été avait commencé – même les précipitations de la nuit passée n'y pouvaient rien changer. Chaque année, on pouvait noter précisément le jour où l'été arrivait. Cela provoquait chez Dupin un sentiment euphorique de grande liberté.

Il se ressaisit.

Le corps était à une vingtaine de mètres. Une tente jaune, ouverte à chacune de ses extrémités, avait été montée pour l'isoler. Nedellec se trouvait à proximité, ainsi que les trois gendarmes de Sables-d'Or-les-Pins, arrivés quelques minutes seulement après l'appel du randonneur. Ils rédigeaient un compte rendu.

La commissaire Huppert avait fait boucler toute la plage. La scientifique était déjà à pied d'œuvre. Quant au légiste, étonnamment avenant, il avait mené un premier examen ; il évaluait l'heure de la mort à huit heures trente, à plus ou moins une heure près.

Kilian Morel gisait au pied des dunes, à côté d'un petit canot au bord vert avec des protège-coque en plastique à la poupe. Il avait les deux bras étendus, la main droite ensevelie dans le sable. On aurait dit qu'il avait tenté de gravir la dune.

Poignardé, comme son épouse. Cette fois, l'arme du crime manquait. Quatre coups dont l'un en plein cœur, d'après le légiste : « Sans doute une tamponnade cardiaque. » Le sang avait coloré la chemise beige, du cou jusqu'à la taille. Le sable alentour en était gorgé. Une scène terrible.

Le mari de Blanche Trouin avait quelques kilos en trop, sans être gros – taille moyenne, cheveux châtains assez longs, un visage plutôt enveloppé. L'air jeune malgré ses quarante-sept ans.

Avec sa femme ils possédaient l'un des voiliers qui restaient au mouillage à l'abri de la petite île durant la période estivale. À vol d'oiseau, il n'y avait pas deux cents mètres jusqu'à leur maison, selon les gendarmes. Sans doute se rendait-il à son bateau. La nuit précédente, son frère l'avait appelé et avait proposé de passer lui tenir compagnie. Huppert l'avait appris de Joe Morel en personne, qu'elle avait eu au téléphone pendant le trajet, afin de lui apprendre la triste nouvelle. Kilian Morel avait refusé l'offre de son frère. Il avait ajouté qu'il souhaitait être seul, mais qu'il aurait besoin de voir du monde dans les prochains jours. Joe Morel, qu'Huppert avait d'abord senti bouleversé, s'était ensuite ressaisi ; selon lui, il était tout à fait probable que son frère, après ce qui était arrivé à sa femme, ait eu envie de partir en voilier, à la recherche de solitude.

Dans le sable à côté du cadavre, les traces de pas brouillées pouvaient appartenir au tueur comme à la victime. On n'avait pas trouvé de téléphone portable.

— Alors ? (Louane Huppert se retrouva soudain derrière le commissaire, comme surgie du néant.) Qu'est-ce que vous en pensez ?

— Ou bien, improvisa Dupin, l'assassin savait que le voilier de Morel était ici. Ou alors il a suivi sa proie depuis chez Morel. Quoi qu'il en soit, il savait parfaitement où vivaient Kilian Morel et Blanche Trouin.

— C'est le cas de toutes les personnes liées à l'affaire. (La commissaire se plaça face à Dupin. Sa tresse lui tombait sur l'épaule.) Ce que je voulais dire, c'est : avez-vous une idée à propos de cette affaire ? Vous n'avez presque rien dit de tout le trajet.

— Mais intensément écrit.

Nedellec, qui les avait rejoints. Il semblait ne rien vouloir manquer.

— Non. Aucune idée.

— Vous accrochez-vous encore à cette histoire de sous-chef ? demanda la commissaire du ton plat qui la caractérisait. Lucille Trouin a dû en entendre parler, pour que ça devienne si violent. Mais même ça, ça ne veut rien dire.

Très juste.

— En outre, le sous-chef ne m'a rien dit de lui-même. Après ce que vous m'avez dit, je l'ai rappelé. Il m'a alors tout raconté.

— Quoi qu'il en soit, grogna Dupin, il aurait dû vous en parler.

— Blanche Trouin s'est manifestée pour la première fois auprès de Colomb Clément il y a un mois. Ensuite, elle l'a rencontré tard le soir dans un bar. À l'extérieur de Dinard. Clément lui a demandé un peu de temps pour réfléchir. Il l'a appelée jeudi dernier pour accepter son offre. Elle lui a transmis un contrat, qu'il a aussitôt signé. Blanche Trouin voulait en informer elle-même sa sœur cadette, d'après Clément, ce qui l'arrangeait parce qu'il redoutait d'avoir cette conversation avec Lucille Trouin, qui, je le cite, pouvait se montrer « très soupe au lait ». On ignore en revanche si Blanche Trouin l'a fait avant son décès. Seule sa sœur pourrait nous renseigner. Je lui ai posé la question, avec le résultat que vous connaissez.

— Y a-t-il des anomalies, des choses marquantes dans les appels de Blanche Trouin ? s'enquit Nedellec.

Dupin avait voulu poser cette question dans la voiture.

— Dur à dire pour l'instant. Pàs d'appel téléphonique avec sa sœur, quelques-uns avec son ami Walig Richard, l'antiquaire, notamment au cours des deux dernières semaines. Rien de particulier, selon lui. Quelques conversations aussi avec son mari, mais pas hier. Une également, la semaine dernière, avec Joe Morel.

(Huppert semblait dotée d'une excellente mémoire.) Deux coups de fil avec la concierge de sa tante, pour des visites, selon cette dernière. Puis quatre avec le sous-chef, lors de son recrutement, ce qu'il a confirmé. (Elle regarda Dupin.) Et, bien entendu, des dizaines d'appels avec des fournisseurs, des commerçants, etc. Elle était très occupée.

Dupin avait tout noté. Au premier coup d'œil, rien d'inhabituel.

— On a également demandé les fadettes de son mari.

— Il nous faut les alibis de toutes les personnes sur la liste, intervint Nedellec. Où étaient-elles, ce matin même, à l'heure du crime ?

— J'ai déjà missionné une collègue.

Une bonne chose.

— Et nous allons parler personnellement à chacune d'entre elles.

Un principe fondamental, pour Dupin.

Il réalisa qu'il n'était pas encore tout à fait certain de la méthode à suivre pour cette enquête menée en équipe. Le pire serait qu'il soit contraint de tout faire en groupe. Il fallait éclaircir quelques points essentiels. Mais s'il posait la question, alors on lui répondrait précisément et il risquerait de perdre l'ouverture des champs d'investigation qu'il devait au flou de la situation.

— Il faut juste que nous évitions que les gens aient à parler avec trois commissaires en même temps.

Qu'Huppert le formule en personne lui ôtait une épine du pied.

— Nous verrons comment procéder.

Ça restait flou. Bien. Dupin en était ravi.

Huppert se mit en marche.

— Je crois que nous devrions aller faire un tour dans la maison du couple. Deux gendarmes de Sables-d'Or-les-Pins nous y attendent.

Elle avançait dans le sable, suivie des deux commissaires.

— Les recettes de son père, dont vous parliez dans la voiture, demanda Nedellec à la commissaire, pensez-vous qu'elles puissent se trouver chez Blanche Trouin ?

— Je ne sais pas. Peut-être. Pourquoi ?

— Comme ça.

— En tout cas, elles n'étaient pas dans son restaurant à Dinard. La scientifique n'a rien trouvé. Hier, j'ai demandé à son mari. Il m'a parlé d'un cahier que Blanche conservait dans un carton bleu clair. Il ne savait pas où il pouvait être.

Huppert n'avait rien dit de tout ça pendant le trajet.

— Kilian Morel a-t-il mentionné quelque chose à ce sujet ?

Dupin ne posait la question que par précaution.

— Il a seulement confirmé que sa femme faisait souvent référence à ces recettes et qu'elle s'en inspirait. Selon lui, il y en avait entre quatre-vingts et cent.

— Avons-nous connaissance (Nedellec se mettait donc à utiliser un « nous » solennel) de toutes les activités commerciales des deux sœurs et des hommes qui vivaient avec elles ? Je veux dire, hormis les restaurants ?

— Je crois bien. Nous avons fait établir une liste. Vous pouvez l'avoir quand vous voulez.

— Je rendrais bien visite aux deux amis de Blanche Trouin… (Manifestement, Nedellec avait déjà un plan.) Joe Morel, pour commencer. Il pourrait jouer un rôle décisif. En tant que confident de Blanche et frère de la victime. Puis cet antiquaire, Walig Richard. Ce sont leurs amis les plus proches. Ils doivent bien savoir quelque chose sur les différends entre les deux sœurs…

Ils avaient quitté la plage et suivaient un chemin sablonneux à travers les hautes dunes. De loin, on devait les prendre pour des promeneurs. Un peu en retrait, les fonctionnaires de la police technique et scientifique s'activaient.

— Joe Morel et Walig Richard assurent qu'ils ne sont au courant de rien. Comme je vous l'ai dit, je leur ai parlé hier. À tous les deux.

— Vous leur avez téléphoné, précisa Nedellec. Hier, vous n'avez vu que le mari de Blanche Trouin, le compagnon de Lucille Trouin, et cette dernière.

— Manifestement, cher collègue, vous avez élucidé un des aspects de cette affaire : à qui j'ai téléphoné, et qui j'ai vu en personne…

Elle restait imperturbable.

— Et la tante, intervint Dupin. Lui avez-vous téléphoné ? Ou lui avez-vous rendu visite ?

— Je suis allée chez elle. (La question de Dupin la laissa tout autant de marbre.) Sa nièce venait d'être tuée. C'était une visite rapide. Elle souffre de démence sénile. Je ne suis pas certain qu'elle ait vraiment compris ce dont il retournait.

Huppert s'arrêta, imitée aussitôt par ses collègues.

— C'est là. Leur maison.

Une habitation moderne, en granit clair, qui se fondait harmonieusement dans la nature en raison de la couleur naturelle de ses pierres et de son architecture basse. Sur le terrain herbeux, quelques pins maritimes battus par les vents se dressaient çà et là autour de la maison, et tout au bout, entouré d'une clôture en bambous, un potager. Aucune autre maison alentour. Des arbres et des friches.

Le plus étonnant, c'était l'architecture de la maison ; un bâtiment principal que jouxtaient deux ailes carrées, chacune sur un côté de ce long rectangle, qui semblaient s'enfoncer dans le jardin.

Deux policiers attendaient devant la porte d'entrée gris clair.

Le chemin pentu par lequel ils arrivaient bifurquait ; un sentier longeait les dunes, l'autre allait directement à la maison, à laquelle menait également une étroite route non bitumée venant de l'ouest. Devant la clôture, une place de parking pour une seule voiture – une DS 5 gris foncé.

— J'aimerais… dit Dupin.

Il fut interrompu par la sonnerie de son téléphone.

Nolwenn. Au pire moment.

— Je reviens tout de suite…

Il fit demi-tour et redescendit la dune.

— Oui ?

— Les dieux tout-puissants ont donc décidé que vous enquêteriez. Tel est votre destin. Sans vous, pas d'affaire qui ne soit spectaculaire. (Le ton de sa voix, grandiloquent, redevint normal.) Le commissariat de Concarneau se tient à votre disposition, commissaire. Tous ensemble, quand vous voulez. À Saint-Malo ou ailleurs.

— Parfait.

Les fonctionnaires de la police technique et scientifique s'approchaient de Dupin.

— Sur Internet, on parle de la *Dream Team* bretonne, des Trois Fantastiques…

À croire que Guenneugues avait briefé la presse…

— Nous allons continuer à travailler en équipe.

— Vous survivrez. Pensez au Finistère ! On est pour le Finistère !

Cela le mit mal à l'aise ; il croyait entendre parler le préfet.

— Et comme je vous le disais, nous sommes là, commissaire, si vous avez besoin de nous.

— Merci, Nolwenn.

Il le disait du fond du cœur.

Un sourire s'afficha sur le visage du commissaire, qui se hâta de rejoindre ses deux collègues. Le Finistère ! Son département ! La compétition entre Bretons venait de commencer.

Les deux policiers firent un signe de tête poli lorsque le petit groupe les rejoignit.

— Je vais jeter un coup d'œil à l'extérieur, dit Nedellec.

Il partit illico faire un tour du propriétaire. Huppert alla à la porte d'entrée, sans un mot. Elle n'était pas fermée, comme c'était souvent le cas en terre bretonne. À pas de loup, la commissaire précéda Dupin, puis… se figea. Pour un peu, Dupin lui serait rentré dedans.

— Regardez…

Un incroyable désordre… dans la cuisine américaine, les placards grands ouverts, les tiroirs retournés, les rangements vidés, tous les contenus jetés en pagaille sur le parquet. Dans l'immense salon, sur lequel donnait la cuisine, ce n'était pas plus reluisant. Les coussins des deux canapés, d'un sobre et chic bleu pastel, étaient éventrés, retournés. Tout ce qui, voilà peu, avait dû se trouver sur la grande table à manger, en bois naturel clair, était éparpillé sur le sol. L'une des lampes était renversée.

— On s'est déchaîné ! dit la commissaire en allant au milieu de la pièce.

— Huppert ! Dupin ! Ici ! Venez !

Les cris de Nedellec résonnèrent dans toute la maison alors qu'il était censé être dehors.

Sur la droite, une porte entrebâillée, d'où provenait sa voix.

— Il faut que vous voyiez ça ! Il y avait quelqu'un dans la maison ! On a cherché minutieusement quelque chose !

La commissaire Huppert ne fit pas mine de suivre les injonctions de son collègue. Elle se dirigea vers une porte au fond de la cuisine, qui menait à l'aile gauche de la maison.

Dupin, pour sa part, un peu contrarié, rejoignit Nedellec et entra dans la chambre à coucher, de laquelle on accédait par une porte coulissante à une petite terrasse en bois. C'était par là, sans doute, que Nedellec était passé. Depuis la chambre, on arrivait dans la deuxième partie de la maison, exactement comme de l'autre côté.

— Regardez !

Planté au milieu d'une montagne de vêtements, Nedellec désignait l'armoire murale ouverte. Les deux élégantes tables de nuit avaient également été vidées. Un véritable capharnaüm.

— Pareil dans le salon, l'avertit Dupin.

— Qui que ce soit, il semblait ne pas avoir la moindre idée d'où chercher…

Nedellec gagna la porte, suivi de Dupin. Ils laissaient la chambre aux investigations de la scientifique.

— Pas mal…

Nedellec s'arrêta sur le seuil. Une immense cuisine, high-tech. Acier poli, sol en pierre gris clair. Un piano de cuisson, une hotte aspirante professionnelle, un évier surdimensionné, deux machines à laver la vaisselle, des rangements en acier mat, deux étagères qui grimpaient jusqu'au plafond, les rayons encombrés de petits contenants en verre, divers ustensiles ou appareils culinaires sur de grandes paillasses en acier, au-dessus desquelles étaient suspendues des spatules, des cuillères, des louches. À côté de la porte, un haut réfrigérateur.

Si le chaos n'était pas aussi manifeste que dans les autres pièces, l'intrus était bel et bien passé là aussi. Les garde-manger étaient ouverts, ainsi que le réfrigérateur – leur contenu semblait intact, ou presque.

La commissaire apparut.

— Alors, messieurs ? Ah ! Le laboratoire de Blanche Trouin… (Elle regarda autour d'elle, l'air impressionnée.) C'est ici qu'elle donnait libre cours à sa créativité. Dans l'autre partie du bâtiment, il y a le bureau de son mari. Tout y est sens dessus dessous.

Nedellec regardait dans le réfrigérateur.

— Ce que cherchait notre homme pouvait donc se trouver dans le bureau comme dans le labo.

Huppert se posta devant l'une des armoires.

— J'ai demandé à la scientifique de chercher le recueil de recettes.

Dupin inspectait les étagères du regard ; dans des petits bocaux, des épices aux noms poétiques – garam masala, curry de Madras, harissa, cardamome, curry corsaire… Le monde entier était ici rassemblé. *Le monde des épices*, pouvait-on lire sur quelques belles étiquettes.

— Pour peu qu'il soit là, marmonna Nedellec.

— Et que ces recettes aient une signification quelconque pour élucider notre affaire, compléta Huppert. (Elle plissa le front et alla vers une autre armoire.) Vous ne trouvez pas que ça a l'air… un peu exagéré ? Et si on voulait nous orienter sur une fausse piste…

— Ou alors c'est quelqu'un qui n'avait pas beaucoup de temps et qui voulait coûte que coûte trouver ce qu'il recherchait, répondit Nedellec.

C'était plausible également.

— Je vais jeter un coup d'œil dans le bureau de Kilian Morel.

Dupin traversa de nouveau la chambre à coucher et le salon.

Le bureau semblait également faire office de réserve. Le long d'un mur entier, des étagères industrielles, du sol au plafond. On y trouvait tous les produits possibles à base de blé noir. Le commissaire pensa à la boutique spécialisée de la rue de l'Orme. L'étagère voisine était pleine de bouteilles de vin, sur une autre s'alignaient celles de rhum. Dupin jeta un coup d'œil sur les étiquettes : *Opthimus*, *Diplomatico*, *Elements Eight*… Puis il aperçut le breuvage divin qu'il avait goûté au Bistrot de Solidor : *J.M.*

— Ah ! Saint-Malo et le rhum !

Une fois de plus comme surgie de nulle part, la commissaire Huppert se trouvait derrière lui. La mine sérieuse, le verbe professionnel, comme à l'accoutumée.

— J'ai appelé un collaborateur du restaurant de Blanche Trouin. Kilian Morel était manifestement sur le point de lancer une boutique en ligne pour vendre du rhum et d'autres spécialités de Saint-Malo, dont les mélanges d'épices de Blanche. Les vins sont pour le restaurant.

— Ce qui signifie qu'il était en concurrence avec Charles Braz, le compagnon de Lucille Trouin.

— Le rhum est une affaire sérieuse dans la région, beaucoup de gens en font commerce. Il n'avait pas de raison d'en vouloir particulièrement à Kilian Morel. Mais qui sait… (Elle marqua une pause.) Peut-être est-ce à considérer. La rivalité entre les sœurs a pu déteindre sur leurs hommes.

— Il faut voir comment nous allons procéder, dit Nedellec, qui venait de les rejoindre. Je vais d'abord…

— Lucille Trouin est-elle au courant du meurtre de son beau-frère ?

Dupin venait seulement d'y penser. Étonnant, d'ailleurs, qu'ils n'en aient pas encore parlé. Une conséquence du début mouvementé de cette enquête.

— Je suis allée la voir dès que j'ai reçu la nouvelle. Son avocat était avec elle. Elle n'a rien dit… Elle est détenue ici, au commissariat de Saint-Malo, et non à Rennes. J'en ai fait la demande. Ça nous permet de la voir quand bon nous semble. Même si ce n'est que provisoire.

Lucille Trouin était dans la cellule de garde à vue ; c'était la meurtrière de sa sœur. Elle savait pourquoi elle avait agi de la sorte. Sans doute savait-elle aussi pourquoi son beau-frère avait été assassiné. Et qui l'avait tué. Elle détenait toutes les informations pour élucider l'affaire. Mais elle se taisait. Il était évident qu'un seul et même mobile rapprochait les deux crimes. Ou du moins qu'il y avait un lien entre eux.

— Alors, que faisons-nous ? (Nedellec commençait à s'impatienter.) Je vais aller rendre visite au frère de Morel puis à l'antiquaire. Je propose qu'on se sépare.

Il ne pouvait faire plus plaisir à Dupin.

— Ce qui implique, compléta la commissaire Huppert d'une voix ferme, que nous devons nous tenir au courant de nos activités. Chacun doit savoir qui rencontre qui et à quel moment et ce qu'il en découle.

Dupin doutait fortement que ce fût possible.

— Faisons comme ça. Et on se tient informés dès qu'il y a du neuf, dit-il cependant.

— Et on se retrouve régulièrement, dit encore Huppert. La *Dream Team* au complet. (Aucune expression sur son visage. Mais Nedellec souriait.) Le reste du temps, des messages et, si nécessaire, des coups de fil, ou des visios à trois.

Dupin opina du chef. Telle était la manière dont il envisageait le travail d'équipe.

— On s'en tient tous aux règles, et si on doit faire des choses spéciales, alors on en discute. (Dupin eut l'impression qu'elle s'adressait plus précisément à lui.) Et quand je dis « spécial », je pense à tout ce qui va au-delà de nos discussions régulières sur l'enquête. Qui allez-vous interroger en premier, Dupin ?

Ça faisait un moment qu'il y réfléchissait.

— Le compagnon de Lucille Trouin. Charles Braz.

— Je vous appelle une voiture qui vous déposera au commissariat, où vous pourrez tous deux récupérer les vôtres.

Mince ! Dupin avait complètement oublié qu'il n'était pas venu avec son véhicule.

— Je vous ferai parvenir la liste des alibis pour ce matin dès réception. Vous pourrez creuser vous-même. Mon assistante va également vous communiquer les coordonnées de toutes les personnes impliquées de près ou de loin. À plus tard.

Sur ce, elle fit demi-tour et laissa là les deux commissaires.

— Et vous, qui allez-vous rencontrer, commissaire Huppert ? lui lança Nedellec.

Elle jeta un bref regard par-dessus son épaule.

— Personne pour l'instant.

Elle était déjà sortie.

Que comptait-elle faire ? Une chose était certaine, en tout cas : l'Ille-et-Vilaine jouait à domicile, ce qui était un avantage considérable.

Quelques minutes plus tard, Dupin arpentait l'étroite voie devant la maison, téléphone à l'oreille. La liste promise par la commissaire lui était arrivée par mail.

Charles Braz décrocha immédiatement.

— Commissaire Dupin, monsieur Braz. Je suis le commissaire en charge de… Je suis un des commissaires en charge de l'enquête. (C'était encore un peu dur à dire.) J'aimerais vous parler. Dans trois quarts d'heure ?

— Oui, bien entendu. La commissaire Huppert n'est plus sur le coup ? demanda l'homme d'une voix sympathique.

— Si, si… nous avons seulement étoffé l'équipe.

— Bien. Où nous retrouvons-nous ? Je suis chez moi.

Dupin vit un véhicule de police tourner dans la rue.

— Je viens vous voir. J'ai l'adresse.

Il raccrocha et sélectionna un autre contact.

— Nolwenn ?

— Commissaire ! Nous étions en train de parler de l'affaire. Je suis avec toute l'équipe : Le Menn, Nevou et Labat.

Les imaginer tous ensemble émut le commissaire.

— Je vous envoie une liste de personnes liées à l'enquête. Tout ce que vous pourrez trouver sur elles m'intéresse.

— On s'y met !

— Un instant… (Il pianota sur son téléphone.) Je l'ai. Je vous l'envoie. Je vais leur parler personnellement. Tout d'abord au compagnon de Lucille Trouin.

— Charles Braz. J'ai déjà lu des choses sur lui sur Internet. Ce Braz s'est spécialisé dans le rhum. Il tient peut-être un rôle dans la fromagerie et le restaurant de sa compagne. Je n'ai pas encore réussi à trouver d'infos à ce sujet…

Toujours cet incroyable débit de paroles… Elle parlait plus vite que son ombre, songeait Dupin qui avait tant aimé Lucky Luke dans sa jeunesse.

— Essayez de trouver quelque chose sur les affaires du mari, Kilian Morel. Il travaillait sur une boutique en ligne de spécialités malouines, de rhum notamment.

— On s'en charge… Ah ! On a bien reçu les noms. Qui allez-vous voir ensuite ? Avez-vous un ordre précis ?

Dupin regarda la liste.

— Flore Briard, l'amie proche de Lucille Trouin. Puis Clément, le sous-chef. Il y a une chose à tirer au clair.

Dupin expliqua, en quelques mots, ce dont il retournait.

— Je comprends. Et la tante de quatre-vingt-treize ans ? Et si c'était une histoire d'héritage ?

— Pour l'heure, on ne peut rien exclure.

Dupin réalisa que rien ne lui avait échappé.

— Bien. La *team* Finistère lance les recherches ! Seul Le Ber n'est pas là. Il se bat avec le blaireau. À plus tard, commissaire !

Le blaireau ! Dupin l'avait complètement oublié. Il avait été le sujet brûlant des dernières semaines au commissariat : un véritable *reality show* avec des rebondissements quotidiens. Le jardin de Le Ber, son sanctuaire, avait été attaqué. Les fraisiers, tout particulièrement, uniquement la nuit. Le fonctionnaire avait donc investi dans une caméra à vision nocturne. Une fois le blaireau repéré, il avait étudié des mesures d'éloignement afin de ne pas blesser la bête. Selon les experts qu'il avait consultés, les blaireaux n'aiment ni le bruit ni la lumière. Au cours de la première phase, il avait placé un poste de radio au milieu des fraisiers ainsi qu'un détecteur de mouvement qui déclenchait un spot puissant. Le blaireau n'en avait eu cure. Il avait donc eu recours à d'autres méthodes, toutes restées infructueuses. Un chat, qu'il avait emprunté, censé arpenter le jardin nuit et jour (le fit-il seulement ?), ou encore des cheveux, pris chez son coiffeur, répandus sur le sol. Deux méthodes infaillibles, selon Internet.

Dupin se fit la réflexion que tout ça prenait peu à peu une drôle de tournure.

La maison de Charles Braz se trouvait pile au milieu du quai Solidor et donnait directement sur la plage. La baie, bordée d'un beau quai, formait un arc de cercle parfait. À marée basse, elle était à sec ; des dizaines de bateaux gisaient sur le flanc, comme s'ils se reposaient dans l'attente des flots. Le long de la plage courait une promenade. Une église imposante marquait l'une des extrémités de ce décor de livre d'images – un donjon fortifié, la tour Solidor, se dressait à l'autre.

L'ambiance était à une gaieté détendue ; la baie à la limite de Saint-Servan avait le charme de ce qui est abrité, d'un lieu où la vie suit, jour après jour, un même rythme. Les gens du coin venaient ici. C'était un monde tranquille. Dupin aurait pu rester la journée entière dans l'un des confortables cafés à savourer la caresse du soleil sur son visage.

La maison au numéro 12 était peinte en blanc ; trois étages, des fenêtres ornées de stuc. Au rez-de-chaussée, un magasin de rhum. Du bois clair, des tons caribéens, un bleu turquoise, un autre bleu, clair et profond, un jaune lumineux, un vert rafraîchissant.

Dupin était sur le point de sonner lorsque retentit son téléphone.

Le Ber. Son inspecteur principal, en pleine chasse au blaireau.

— Bonjour, patron !

— Qu'y a-t-il ?

— Je suis de retour au bureau. Je devais aller dans un magasin de bricolage pour acheter une clôture électrique. J'ai vu ça sur Internet…

— Bien. (Il n'en demanderait pas davantage.) Et à part ça ?

— Si ce n'est pas une affaire fantastique, ça, chef !

— Pardon ?

— La crème de la crème. (Le fonctionnaire était vraiment enthousiaste.) Vous enquêtez sur la scène étoilée. Pensez à tous ces restaurants exceptionnels que vous devrez visiter ! Bravo.

Le commissaire était trop perplexe pour répondre.

— Bien entendu, c'est une effroyable tragédie. (D'un coup, le ton était grave.) Les rivalités aiguës entre frères et sœurs peuvent provoquer des drames. Les plaies se creusent au cours des ans. De plus en plus profondes, et nombreuses. Tout est alors possible…

Des paroles sinistres. Mais, parfois, il fallait s'aventurer dans les recoins les plus obscurs de l'âme humaine.

— Y compris un meurtre ?

Dupin se dirigeait vers le donjon.

— Disons que lorsqu'on en est arrivé à un certain point, que la haine s'est installée au plus profond du cœur, alors il n'est besoin que d'un élément déclencheur, qui peut paraître complètement anodin d'un point de vue extérieur.

Dupin voyait très bien ce qu'il voulait dire.

— Quoi qu'il en soit, ça prend une tout autre tournure avec le meurtre de Kilian Morel, poursuivait l'inspecteur, anticipant ce que son commissaire allait rétorquer. Voulez-vous quelques informations sur le rhum avant de rendre visite à Charles Braz, patron ? Nolwenn m'a mis au parfum de tout.

Dupin hésitait. Accepter serait une erreur. Ne pas répondre également.

— Depuis des siècles, Saint-Malo est le premier port pour le rhum. Il vient pour l'essentiel des Caraïbes, avec lesquelles la cité corsaire soigne ses relations – pensez aux Antilles françaises, par exemple. Ce n'est pas pour rien que la transatlantique en solitaire la plus dure du monde, la Route du rhum, rejoint la Guadeloupe depuis Saint-Malo. En cuisine, on utilise du rhum agricole. Contrairement à l'industriel, obtenu à partir de mélasse, très sucré et sirupeux, il est élaboré avec du pur jus de canne. Il faut que vous l'ayez en tête. Il y a même une AOC pour les rhums de la Martinique.

— Merci, Le Ber. Je pense que je sais tout ce qu'il faut, dorénavant.

— Et vous savez ce que le mot « rhum » veut dire ? C'est très drôle : « tumulte », qui vient de l'anglais *rumbullion*. Plutôt approprié, non ?

— Le Ber, fit Dupin, qui venait de recevoir un SMS, je dois vous laisser.

Nedellec : « Il y a du neuf ! Joe Morel a eu une liaison avec Lucille Trouin. Pendant un an. Ça s'est fini il y a neuf ans. Elle l'a quitté pour Charles Braz. »

Dupin se figea. Une telle nouvelle pouvait signifier beaucoup.

La benjamine avait été avec le frère du mari de l'aînée. Joe Morel était-il autrefois déjà un bon ami, un confident de Blanche Trouin ? Ainsi que l'amant de sa sœur honnie ? Difficile à concevoir. Mais la vie tissait parfois des toiles inattendues. En outre, ça remontait à longtemps. Cela n'aurait du sens que si la flamme avait été ravivée, s'ils avaient eu une liaison. Et quand bien même… comment expliquer le meurtre de Blanche Trouin ? Ou de son mari ? Au cours de la première phase d'une enquête, il est important de considérer tout ce qui semble digne d'intérêt, sans exception et sans formuler de jugements hâtifs. On comprend l'agencement d'un puzzle à partir du moment où plusieurs pièces s'assemblent.

Charles Braz était un homme à la beauté frappante. Mince, élancé, aux mouvements souples, élégants. Grand, autour d'un mètre quatre-vingt-cinq, des cheveux crépus et noirs, les tempes grisonnantes. Des vêtements choisis avec goût ; un polo bleu pétrole, un pantalon de toile bleu foncé. D'après les renseignements envoyés par Huppert, il avait quarante-cinq ans.

L'homme accueillit avec amabilité le commissaire à la porte de l'appartement du premier étage, avant de le conduire dans une grande pièce.

— Sans doute pensez-vous qu'il est inconcevable que moi, le compagnon de Lucille, je n'aie pas la moindre explication… On pourrait penser que je sais ce qui se jouait entre les deux sœurs.

Il se tenait devant l'une des deux grandes fenêtres donnant sur la baie et l'embouchure de la Rance – une vraie peinture –, la mine grave.

— Dans le mille, monsieur Braz. Évidemment que la police trouve ça étrange.

Le commissaire le regardait dans les yeux.

L'homme lui donnait l'impression d'être sous le choc.

La pièce était décorée comme la boutique, au-dessous ; du bois clair, des couleurs vives et différentes tonalités de gris. Un profond canapé, le fauteuil assorti, une desserte, un buffet. D'immenses photographies en noir et blanc représentant des voiliers aux prises avec les éléments.

Braz avait remarqué l'intérêt de Dupin.

— Je fais de la voile. Ce sont les photos d'une régate.

— Et vous n'avez vraiment pas la moindre idée de ce qui aurait pu se passer ?

— Non… Avec la meilleure volonté du monde, je ne peux imaginer ce qui aurait pu pousser Lucille à commettre un tel acte. (Tout en lui n'était que tristesse : elle transparaissait dans ses traits, sa voix, ses gestes.) C'est un cauchemar.

— Vous souvenez-vous d'une dispute quelconque entre les sœurs au cours des derniers jours, des dernières semaines ? Une querelle violente ?

— Vraiment pas. Non. Je ne savais que ce que tout le monde savait : elles ne pouvaient pas se supporter, et c'est un euphémisme. Elles avaient des visions du monde fondamentalement opposées. Sur tout. Depuis leur enfance. Elles…

— Toutes les deux, elles se sont consacrées à la cuisine, elles sont devenues des cheffes renommées, sont restées dans leur région d'origine… En quoi étaient-elles différentes ?

— Ce n'est que superficiel, tout ça. Les différences ont résidé dans leurs actes, leurs objectifs, leur manière de réfléchir. Et il n'y a que des différences. Qu'elles travaillent toutes les deux dans le milieu de la gastronomie, et a fortiori dans la même région, ça n'a fait qu'empirer les choses.

Braz s'exprimait de manière calme, analytique, intelligente.

— Donnez-moi quelques exemples.

— Lucille est incroyablement ambitieuse. Elle veut accomplir de grandes choses. Et ne s'en cache pas. Elle se tue à la tâche. Blanche, pour sa part, détestait l'ambition. Elle faisait les choses parce qu'elle les aimait. Par passion, disait-elle. Elle avait d'incroyables talents et n'aspirait qu'à les déployer. Elle n'avait pas prévu de devenir célèbre, d'être étoilée. C'est arrivé comme ça, et ça ne lui importait pas. C'est ce qu'elle prétendait en tout cas. (Braz n'émettait pas de jugement.) Et c'est ce qu'elle dégageait, aussi. Lucille, au contraire… (Il hésita, se reprit :) Vous savez, pour moi c'est incroyablement difficile. J'aime Lucille plus que tout.

Il s'éloigna de la fenêtre, s'assit sur le rebord du fauteuil. Tendu.

— Toutes deux ont, enfin avaient leur vérité. Je vais tenter de vous expliquer comment Lucille voit les choses. Dans les grandes lignes, en tout cas. (Il s'était relevé et se mit à faire les cent pas dans la pièce.) Bien entendu, j'ai aussi ma propre façon de voir les choses. Je ne veux pas avoir l'air de ne pas être solidaire. Je suis de son côté.

— Pour me faire comprendre ce qui s'est passé, vous devez dire tout ce que vous pensez, monsieur Braz. Ça aidera votre compagne.

À dire vrai, tout dépendrait de ses motivations, restées obscures jusqu'à présent.

— Je crois que Lucille ressent de manière extrême tout ce qui concerne Blanche. Tout est interprété de manière radicale, et personnelle. C'était valable pour toutes les deux, d'ailleurs : quoi que puisse dire ou faire l'une des deux, l'autre le prenait aussitôt pour elle. Par exemple, lorsque Blanche a commencé à se concentrer sur les épices. Jusqu'alors, elles se fournissaient toutes les deux au même endroit : une petite entreprise de Dinard. Blanche l'a achetée et Lucille a cherché un autre fournisseur car elle avait pris ça pour une agression personnelle. Elle se disait que Blanche avait agi ainsi pour une seule et unique raison : lui nuire. Ce qui n'était absolument pas le cas, j'en suis certain. (Une noble défense de la pire ennemie de sa compagne, pensa Dupin.) Je l'ai dit à Lucille, bien entendu. Mais elle était butée. Et ce n'est qu'un exemple.

Braz laissa passer quelques instants avant de reprendre :

— C'est vraiment compliqué. Le plus difficile, c'est qu'il y a toujours plusieurs raisons pour expliquer les actes d'une personne, et elles sont souvent contradictoires. (Dupin était également de cet avis.) Lorsque Blanche a acheté la société d'épices, il est certain qu'elle ne voulait pas nuire à Lucille au premier chef. Cependant, elle a pris ce risque. Peut-être même avec une pointe de jouissance… On ne peut jamais être sûr de rien.

— Avez-vous d'autres exemples ?

— Lucille aime les vêtements chers, chics, tandis que Blanche s'habillait avec simplicité. Lucille ne conduit que des voitures haut de gamme, Blanche une vieille Renault déglinguée. Elle passait pour timide, ne faisait pas grand cas de sa personne, semblait en paix avec elle-même, pondérée, presque amicale avec son personnel. Lucille, c'est tout le contraire. Très autoritaire avec ses employés, par exemple. Même si elle est juste et de confiance.

Braz était retourné au fauteuil, sur le bras duquel il s'assit. Dupin ne s'était pas éloigné de la fenêtre ; il lui était impossible de bouger si d'autres que lui faisaient les cent pas. C'était ainsi.

— Et cette jalousie, cette suspicion, toute cette rivalité amère… Tout cela, était-ce présent chez chacune d'elles dans les mêmes proportions ?

— Absolument. De ce point de vue là, c'était pareil. Toutes deux se sentaient constamment désavantagées, laissées pour compte, rejetées. L'autre avait toujours plus, plus beau, mieux. (Charles Braz semblait prendre une certaine distance avec sa compagne, que ce soit sincère ou surjoué.) Il y a eu tellement d'histoires… depuis leur enfance. Chacune était persuadée que l'autre était la préférée des parents, qu'on encensait davantage ce qu'elle avait accompli, qu'elle était davantage encouragée. Peu à peu, c'est devenu profondément maladif. Ça a conduit à une succession infinie d'humiliations. Un cercle vicieux.

— Diriez-vous qu'elles se haïssaient ? Est-ce que ça allait aussi loin, monsieur Braz ?

La haine… L'obsession, la violence aveugle, bornée.

— Oui, acquiesça-t-il d'une voix sourde. Je crois bien.

Dupin jeta un regard rapide vers le ciel. Le vent semblait avoir tourné. De gros nuages noirs venaient des terres. Pour le moment encore isolés, poussés par le vent, mais menaçants.

Il se détourna de la fenêtre.

— Lucille Trouin vous a appelé depuis le commissariat, hier soir, après son arrestation. Lui avez-vous demandé pourquoi elle avait commis son acte ?

— Oui, mais… (Il s'arrêta. Il semblait perdu.) Elle n'en a rien dit. D'ailleurs, elle n'a quasiment rien dit. Seulement que je devais appeler son avocat. Et venir aujourd'hui lui déposer quelques affaires. Elle a droit à une visite.

— Vous a-t-elle également appelé pendant sa fuite ?

— Non.

— Quand comptez-vous lui rendre visite ?

— Juste après notre discussion. J'ai vu tout ça avec la commissaire Huppert.

Qui n'en avait rien dit.

— J'aimerais, une fois que ce sera fait, que vous me fassiez signe, monsieur Braz.

— Bien.

— Une chose encore. (C'était maintenant Dupin qui faisait les cent pas dans la pièce.) Où vous trouviez-vous ce matin, entre sept heures trente et neuf heures trente ?

— Ici, chez moi. Toute la matinée. Je ne suis sorti qu'une fois pour acheter du pain, vers sept heures. J'ai appelé deux amis depuis mon portable, ainsi que l'avocat de Lucille.

— On vérifiera tout ça grâce aux relevés téléphoniques.

— Oui. J'ai appelé un ami à dix heures trente environ, l'avocat à onze heures, puis une amie.

Dupin soupira en silence. Pour un alibi, ce n'était pas vraiment solide. Ils ne pourraient corroborer sa déclaration, hormis les appels et le boulanger, qu'avec de la chance. Il aurait largement eu le temps d'aller à La Moinerie et d'en revenir. Entre sept heures trente et neuf heures trente, justement. Il avait le temps. Pour tuer, et pour fouiller la maison.

— Y a-t-il quoi que ce soit qui vous ait marqué au sujet du meurtre de Kilian Morel, monsieur Braz ?

— Absolument rien. Ça ne fait que rendre l'affaire plus mystérieuse encore. Il y a bien un lien entre les deux événements, mais lequel ? C'est incompréhensible. Je ne parviens pas, comme je l'ai déjà dit, à imaginer Lucille…

Sa voix se cassa. Il se passa la main dans les cheveux.

Dupin s'arrêta devant la photo d'un petit bateau à voile dangereusement déséquilibré dans le creux d'une vague.

— Comment qualifieriez-vous votre relation avec Kilian Morel ?

L'homme fronça les sourcils.

— Bonne. Mais nous ne nous fréquentions pas beaucoup. La plupart du temps, c'était lors de cérémonies officielles. Nous échangions quelques mots.

— À quand remonte la dernière fois que vous l'avez vu ?

— Il y a trois ou quatre mois.

— Parliez-vous de votre passion commune pour le rhum ?

— On parlait de tout et de rien. Il est… il était plutôt calme. Je le trouvais très sympathique. Il s'intéressait à beaucoup de choses. Y compris au rhum.

— N'avez-vous pas été irrité lorsqu'il a commencé à vous faire de la concurrence ?

— Pas le moins du monde. Sur la Côte d'Émeraude, il y a beaucoup de marchands de rhum.

Charles Braz avait l'air plus détendu.

— Puis c'était son truc, au restaurant, dit-il encore. Il avait en charge les aspects financiers, mais également la carte des vins et des spiritueux. Il s'y connaissait.

— Où se trouve votre véhicule, monsieur Braz ?

— Ma voiture ? Pile devant la maison. Un peu à droite. En direction du donjon. Une Volvo XC60.

— Elle y est restée toute la matinée ? Vous ne l'avez pas utilisée aujourd'hui ?

— Non, elle est garée là depuis hier.

Ça aussi, ce serait compliqué à prouver.

— Vous disiez, reprit Dupin en changeant de sujet, que vous avez appelé deux amis dans la matinée. Lesquels ?

— D'abord…

La sonnerie du téléphone de Dupin l'interrompit.

— Veuillez m'excuser.

Nolwenn.

Avant même que Charles Braz ait pu réagir, il était dans l'escalier.

— Oui, Nolwenn ?

— On a quelques infos, commissaire.

Elle avait lancé la machine. Elle ne perdait pas de temps !

Dupin coinça son portable entre son oreille et son épaule. Il saisit son carnet de notes et son stylo.

— On ne trouve rien, ou presque, sur Internet au sujet du mari de Blanche Trouin, Kilian Morel. Il est mentionné à plusieurs reprises dans un reportage sur sa femme, rien de plus. On dirait qu'il se tenait en retrait. Il a lancé son commerce en ligne le 7 janvier, tout est à son nom. Très pro. Pour Charles Braz, l'ami…

— Je suis chez lui.

— Je sais. On a trouvé quelques interviews, des histoires de rhum et de voile. Rien d'intéressant pour nous. Il dit quelque part qu'il n'aurait rien à voir avec le business de sa compagne. Hormis la vente de rhum, aucune affaire à son nom. Quant à l'antiquaire, Walig Richard, il a deux magasins, l'un à Saint-Suliac, l'autre à Saint-Malo. En outre, il est vigneron amateur, une vraie passion manifestement.

— Il y a des vignes en Bretagne ?

— Enfin, commissaire ! (Ton offusqué.) Il y a un seul mais très grand espace viticole en bord de Rance, à Saint-Suliac. Rappelez-vous le dossier du *Télégramme* de la semaine passée, sur toutes les spécialités qu'on trouvait chez nous, en Bretagne…

Comment pourrait-il ne pas s'en souvenir ? Pendant le temps d'une méridienne, Le Ber avait disséqué avec enthousiasme les faits scientifiques de l'article. Grâce à l'influence du Gulf Stream et aux bouleversements climatiques des années passées, tout poussait en Bretagne. Ananas, thé blanc, riz, aloe vera, bananes, poivre du Sichuan, du safran aussi, et du gingembre, du piment, de la citronnelle, de la vanille. Il y avait même sur une prairie bretonne soixante-quatre bufflonnes – destinées à la production de la mozzarella di bufala locale, la mozza breizh.

— Souhaitez-vous parler à Le Ber, patron ? Il vous expliquera ça mieux que personne…

— Plus tard, peut-être.

— Alors revenons à nos moutons : les rares informations au sujet de l'antiquaire ne révèlent malheureusement rien d'intéressant… Des trucs sur le marché de l'occasion et sur la vigne. Il y a plus d'éléments, en revanche, concernant le sous-chef Colomb Clément, y compris quelques interviews. Un parcours prometteur, une étoile montante de la cuisine. Rien, ou presque, sur Flore Briard, l'amie de Lucille Trouin qui organise des croisières culinaires. Une seule et unique interview, assez longue. Elle vient d'un milieu très fortuné, ses parents sont morts, une belle femme, début de la quarantaine, des goûts de luxe. Elle est propriétaire de l'une des villas les plus fastueuses de toute la côte. Et il y en a quantité, là-haut !

— Je la vois cet après-midi.

Dupin l'avait appelée pendant le trajet pour La Moinerie. Il devait la retrouver à seize heures chez elle, à Dinard.

— Au tour de la tante : un beau jour elle laissera un héritage considérable, quel qu'en soit le bénéficiaire. En tout cas pour l'immobilier. Elle aussi réside dans une villa magnifique. Sinon, rien à son sujet sur Internet.

— Et le frère de la victime, Joe Morel ? Il y a dix ans, il était en couple avec Lucille Trouin.

— Ah !… Mais quelle histoire ! Il possède un bar à huîtres à la mode, à Cancale. Le Ber y est allé.

Cancale ne semblait pas jouir d'une réputation aussi mauvaise que Saint-Malo auprès de Nolwenn et de Le Ber.

— Bien entendu, on a vérifié si aucune de ces personnes n'avait d'antécédents judiciaires. Rien. Des citoyens modèles, d'après ce que nous savons.

Aucune information exceptionnelle, rien de marquant, mais, pour le commissaire, en apprendre davantage sur les personnes au cœur de l'enquête n'était pas sans valeur.

— Merci, Nolwenn.

— Ce n'est pas évident, de si loin. Saint-Malo nous est inconnue.

La cité corsaire n'était pas plus éloignée de Concarneau que bien des lieux où Dupin, au cours des années passées, avait dû se rendre pour ses enquêtes. Jamais ça n'avait posé de problème.

— On poursuit nos recherches, commissaire.

Une minute plus tard, Dupin était de nouveau dans le salon de Charles Braz.

— Nous parlions des amis que vous avez appelés ce matin, relança-t-il.

Dans son carnet Clairefontaine, les questions à poser étaient soulignées.

Adossé au mur, entre les deux fenêtres, Braz avait l'air fatigué.

— D'abord, j'ai eu une longue conversation avec Éric, un vieil ami de Cancale. Nous avons grandi à Dinan, plus haut sur la Rance.

Dupin n'était pas sans savoir où se trouvait Dinan, et ne la confondait pas, comme beaucoup, avec Dinard. Il nota quand même.

— Puis avec Flore Briard. La meilleure amie de Lucille, une amie à moi également.

— La riche héritière. Elles travaillent ensemble, n'est-ce pas ? Pour des croisières gastronomiques le long de la Côte d'Émeraude ?

— Oui, Lucille et son sous-chef composent les menus. Lui, surtout. Sur chaque bateau il y a un cuisinier, employé par Flore. Bien entendu, Lucille est rémunérée pour ses recettes. Sans compter que Flore s'en sert de publicité.

De ce point de vue également, la perte de son sous-chef était lourde de conséquences.

— Votre compagne savait-elle que Blanche Trouin voulait débaucher son second ?

Huppert n'avait pu lui en parler la veille puisqu'elle n'avait eu l'information que plus tard.

— Débaucher ? Blanche ? (Il semblait vraiment étonné.) Lucille ne m'en a rien dit. Mais ç'aurait été un vrai coup bas. Elle se serait vraiment retrouvée dans une situation délicate… On ne remplace pas si facilement quelqu'un comme Colomb. (Il gagna le fauteuil et s'assit.) C'est vrai ? Ça s'est passé quand ?

— Elle n'en a pas parlé ? Pas la moindre allusion ?

— Non.

Il semblait sincère.

— Je dois bien avouer que nous ne nous sommes pas beaucoup vus ces derniers temps… J'étais souvent en déplacement. À Paris, il y a peu. À un salon gastronomique. Lucille parle peu d'elle. Parfois, il lui faut des semaines pour se libérer d'un poids. C'est pareil avec Flore, sa meilleure amie.

Ce disant, Charles Braz se mettait dans une situation confortable d'un point de vue stratégique. À moins que ce ne fût tout bonnement la stricte vérité.

— En débauchant Clément, Blanche aurait sérieusement nui à Lucille. Ce serait vraiment passé pour une attaque personnelle. Comment Lucille aurait-elle pu le prendre autrement ?

Ils se turent.

De nouveau, le commissaire changea de sujet :

— Êtes-vous impliqué, d'une manière ou d'une autre, dans les affaires de votre compagne ? L'est-elle dans les vôtres ?

Le téléphone du commissaire bipa.

Un SMS de la commissaire Huppert :

« Point téléphonique. 15 h. »

Dupin regarda l'heure. Quatorze heures vingt-cinq. À quinze heures, il serait en voiture, en route pour chez Flore Briard. Aucun problème. Il prévoyait même de prendre un café sur le quai.

Il invita Charles Braz à poursuivre.

— En aucun cas. Lucille n'aurait pas voulu. Et moi non plus.

Il ajouta, à voix plus basse :

— Il y a cinq ans, elle m'a accordé un prêt de cent cinquante mille euros pour lancer mon affaire. À la fin de l'année dernière, je lui en ai remboursé l'intégralité. De mon côté j'en avais investi deux cent cinquante mille. Avant, j'étais architecte d'intérieur, et mes affaires étaient florissantes. (Pour la première fois, l'esquisse d'un sourire.) Je dois dire que ça tourne bien. Je veux dire, le commerce du rhum.

— Chacun possède sa propre maison ?

— Oui. Celle-ci m'appartient. Lucille vit à deux cents mètres, dans la sienne. Nous sommes très indépendants. C'est moi qui ai aménagé la fromagerie de

Lucille rue de l'Orme. De même que son restaurant, la rénovation d'il y a trois ans. Elle m'a payé pour tout ça.

Braz était transparent.

— La fromagerie de madame Trouin, quelles sont ses perspectives de développement ? Voulait-elle s'agrandir ?

— Elle compte ouvrir plusieurs commerces dans toute la Bretagne, huit ou neuf. Et un autre ici, dans le quartier, plus grand que celui de la rue de l'Orme.

Voici qui correspondait bien à l'ambition de cette femme.

— Ses plans sont-ils prêts ?

Il hésita.

— Je crois qu'elle attendait l'année prochaine.

— Nous avons appris que les recettes de leur père constituaient un sujet de disputes…

— Et comment ! (Braz prit une profonde respiration ; de toute évidence le sujet était très sensible.) Une blessure que Lucille ne parviendra jamais à surmonter, je le crains. Elle a écrit une lettre à Blanche, au début de l'année, pour obtenir d'elle qu'elle mette ces recettes à sa disposition.

— Selon vous, pourquoi ont-elles tant d'importance ?

— C'est affectif, rien de plus. C'est psychologique. Il ne s'agit pas de recettes miraculeuses. Elles sont l'héritage du père, sa création. Le passage symbolique du témoin. Celle des deux sœurs qui les possède a aussi sa reconnaissance. Le plus absurde, dans tout ça, c'est que Lucille ne les aurait jamais eues, puisque son père était déjà décédé lorsqu'elle s'est mise réellement à la cuisine. Je crois (il se leva) que ces recettes ont joué un rôle concret dans la phase de mise en route du restaurant de Blanche, qui se trouvait d'abord à Saint-Malo. Elles l'ont aidée à se faire accepter des locaux dans la mesure où son père, comme sa cuisine, était apprécié. C'était bien entendu une belle histoire, y compris pour la presse.

— Donc ces recettes n'ont jamais cessé d'inspirer Blanche Trouin ?

— Je n'en sais rien. Je crois que le sens de ces recettes se trouve ailleurs.

Dupin marcha vers Charles Braz et se posta devant lui. Il le fixa.

— Ça a dû vous paraître étrange que votre compagne et le frère du mari de Blanche aient eu une liaison, compte tenu de la relation compliquée entre les sœurs ?

Il n'eut pas de réaction particulière :

— Ça remonte à une éternité. Ils allaient à l'école ensemble. Personnellement, je n'ai jamais eu le moindre contact avec Joe Morel.

Au ton de sa voix, on comprenait qu'il n'avait rien à ajouter.

— Blanche Trouin et Joe Morel étaient-ils autrefois de proches amis ?

— Ils l'étaient, oui.

— Ça a dû être très compliqué pour Blanche.

Le regard de l'homme s'assombrit.

— Oui. Je pense que pour Blanche c'était dramatique. Elle n'a pu le voir que comme une intrusion de Lucille dans son existence. Comme une tentative perfide de lui dérober quelque chose. Blanche voulait que son mari exerce des pressions sur son frère. Il a tenté de le faire, en vain.

Braz et Dupin étaient face à face.

— Votre compagne et Joe Morel sont-ils encore en contact ?

— Non.

Si telle était la vérité, alors toute cette histoire n'avait peut-être aucun intérêt. Quoi qu'il en soit, Dupin devait en finir avec cet interrogatoire – d'autant qu'il souhaitait prendre un café avant son prochain rendez-vous.

— Je… Je pense, monsieur le commissaire, que… (L'homme semblait soudain proche de défaillir. Il parlait d'une voix incertaine :) Je… crois que je dois vous dire quelque chose… (Il avait l'air presque effrayé, en fait.) Lucille n'aurait sans doute pas été d'accord, mais je crois qu'il est de mon devoir de vous tenir informé…

Il prit une profonde respiration.

— J'aurais dû le dire à votre collègue, hier, mais j'étais dépassé par les événements. Et je ne savais pas s'il y avait un lien. Aujourd'hui non plus, mais… La semaine dernière, un soir, pendant le dîner, Lucille m'a confié qu'elle avait un problème. Financier.

— Plus précisément ?

— Elle n'a pas développé.

— Elle n'a rien dit de plus ? Seulement ça ?

Ça semblait incroyable.

— Comme je le disais, elle peine à s'ouvrir. Elle veut régler ses problèmes seule, c'est important pour elle. Je suis comme ça aussi.

— Ensuite, elle n'en a plus parlé ?

— Non.

— C'était quand, exactement ?

— Mercredi.

Cinq jours avant qu'elle n'assassine sa sœur.

Dupin se remit à arpenter la pièce.

Quel que soit l'intérêt de cette information, il n'était pas possible de l'exploiter pour le moment.

— Et leur tante ? (Le dernier point que Dupin souhaitait aborder.) Vous la connaissez ?

— Lucille m'a convié une seule fois chez elle. Il y a deux ans. Elle était très confuse. Et extravagante. Elle vit dans son propre monde. Si elle n'avait pas sa gouvernante, voilà longtemps qu'elle serait dans une maison médicalisée.

— Sa propriété de Rothéneuf doit valoir plusieurs millions… Lucille doit-elle en hériter ?

— Non. Pas plus que Blanche, au demeurant. Tout sera légué à la sœur cadette de leur tante qui vit au Québec, a trois enfants et de nombreux petits-enfants. Il y a encore quelques années, sa tante leur rendait visite tous les étés. Lucille et Blanche ne les ont jamais rencontrés. La commissaire Huppert m'a déjà posé cette question hier.

Ce qui expliquait qu'elle ne leur ait rien dit ; ce mobile potentiel ne tenait pas.

— Bien, monsieur Braz. Ce sera tout pour l'instant. Je vous remercie pour ces précieuses informations.

Dupin avait eu une intonation étrange. Comme si l'homme lui en avait confié davantage qu'il ne le pensait.

— De rien, commissaire… (Braz semblait ne pas savoir quels mots employer.) J'espère vraiment… que vous pourrez tirer cette affaire au clair.

Il raccompagna le commissaire jusqu'à la porte d'entrée.

— Nous allons rapidement reprendre contact avec vous. Et appelez-nous s'il vous revenait quoi que ce soit de notable.

Dupin roulait vers le sud, vers l'usine marémotrice faisant office de pont routier entre Saint-Malo et Dinard – troisième fois de la journée qu'il l'empruntait.

Il était exactement quinze heures deux lorsqu'il se joignit à la conférence téléphonique. Il avait bu deux petits noirs, plus que bienvenus, au comptoir. Qu'importaient les conditions extraordinaires dans lesquelles il enquêtait, il sentait se diffuser en lui la sensation caractéristique qu'il éprouvait à chaque nouvelle affaire.

— Pas trop tôt, le morigéna la commissaire Huppert. Nedellec est déjà en ligne. Je suis pressée. Lucille Trouin est à deux doigts de la faillite…

— Quoi ? lâcha Dupin.

— J'ai parlé avec sa banque, le maire, l'employé du cadastre et un marchand de biens. Lucille Trouin a acheté un immense terrain à Rothéneuf. À la municipalité. Deux cent cinquante mètres par deux cents mètres. Pile sur le front de mer, à proximité d'un restaurant : Le Bénétin. Elle prévoyait d'y ouvrir un *flagship store* pour le fromage breton. Puis un restaurant. L'ensemble très écolo, durable, alimenté en énergies renouvelables. Un projet dont seul un nombre limité de personnes avaient eu vent. Elle a commencé à en informer les gens les plus proches d'elle au milieu de l'année dernière. Ce n'était pas un terrain constructible mais le maire était tout à fait conquis ; sa commune porte un grand intérêt aux projets respectueux de l'environnement, au tourisme vert. Au début de l'année on lui a donné le feu vert et elle a acheté le terrain. (Huppert accéléra :) un million cent mille euros. Elle a mis cinq cent mille euros de son propre capital, en comptant l'hypothèque de sa maison. Puis elle a souscrit deux importants crédits pour un montant total de six cent mille euros. Pour les travaux, elle aurait encore emprunté cinq cent mille euros. Elle avait déjà pensé à un architecte renommé. Son restaurant n'est que loué… (Elle marqua une brève pause.) Il y a quatre semaines, la mairie a reçu un rapport des services de l'environnement : une espèce très rare de sterne rosée nidifie sur ce terrain. Tout le projet tombe à l'eau. Lucille Trouin n'a pas la moindre chance de le voir aboutir, mais le terrain est à elle dorénavant. Un emplacement idéal, très attrayant… dont elle ne peut rien, mais alors rien faire du tout. De ce point de vue, il n'a plus aucune valeur. Pire encore : la banque souhaite être rapidement remboursée, dans la mesure où les conditions du contrat ne sont pas respectées. La mairie avait expressément alerté Lucille Trouin de l'expertise à venir, ce dont elle n'a pas tenu compte.

— Intéressant, observa Nedellec, laconique.

— Une première brèche, renchérit Dupin.

Sans compter que ça correspondait tout à fait à ce que Charles Braz venait de lui raconter. Il y avait là ce qui manquait jusqu'alors : un élément décisif, saillant, une urgence. Un motif valable pour la dynamique globale de l'affaire. En résumé, ça signifiait que tout, dans l'existence de Lucille Trouin, était remis en jeu. La rivalité entre les deux sœurs n'était donc pas le seul et unique mobile.

— Je reviens de chez Charles Braz. La semaine dernière, Lucille Trouin lui a parlé d'un problème financier sans en révéler davantage. C'est du moins ce qu'il m'a dit. C'est sans doute à ça qu'elle faisait allusion.

— Ce serait crédible, Dupin ? grommela Nedellec. Sa compagne depuis des années fait faillite et ne lui dit rien ? Il était au courant de l'achat du terrain et de son projet ?

— Manifestement non. Il m'a juste parlé de son idée d'ouvrir une deuxième fromagerie, plus grande, dans les environs, ainsi que plusieurs filiales dans d'autres villes bretonnes. Mais, de toute évidence, il n'en connaissait pas les détails.

— Il peut nous raconter n'importe quoi, jugea Nedellec.

— Seule Lucille Trouin pourrait nous donner toutes les informations, estima Huppert.

— Charles Braz me doit des explications plus convaincantes…

Soit il avait menti, soit il ne savait vraiment rien. Les deux étaient possibles.

— D'où tenez-vous que c'est ça qui a causé sa ruine ? intervint Nedellec. Elle a peut-être des réserves ?

— J'ai parlé à son banquier. Je connais le directeur de l'établissement. Cette situation était sur le point de la ruiner. Ce genre de chose peut pousser les gens aux dernières extrémités.

— Mais en quoi le meurtre de sa sœur l'aurait-il aidée ? En quoi cela lui aurait-il permis de toucher une importante somme d'argent ?

Dupin exprimait à voix haute son interrogation.

Huppert conserva son calme.

— Il faut trouver… J'ai également des informations concernant la santé financière de Blanche Trouin et de son mari. C'est du solide. Ils ont une fortune considérable, des placements pour plus d'un demi-million d'euros. Leur maison et leur restaurant sont déjà payés.

— Dupin a raison, observa Nedellec. En tant que meurtrière, elle ne pouvait pas compter sur cet héritage…

— Elle n'aurait pas pu récupérer les biens de sa sœur, qu'importe la manière. Le testament est clair à ce sujet. Tout va au mari de Blanche, dit Huppert. Quant à la tante, elle lègue tout à sa sœur cadette, qui réside au Canada.

Au moins était-ce conforme à ce que Dupin avait appris de Charles Braz.

— On en arrive maintenant à ma partie. (Nedellec se faisait impatient.) La liaison entretenue jadis par Joe Morel et Lucille Trouin.

Dupin arrivait à l'usine marémotrice.

— Quel rôle tient cette idylle passée dans le drame d'aujourd'hui ? demanda froidement Huppert.

— À l'époque, Blanche Trouin a dû prendre ça pour une attaque délibérément dirigée contre elle. Pensez à cette dynamique de jalousie et de rivalité.

— Je veux bien le croire, concéda la commissaire. Cependant, ça ne pourrait expliquer notre affaire que s'ils s'étaient remis ensemble. Or on a vu que Lucille, si toutefois c'était son objectif, n'est pas parvenue à détruire l'amitié entre Blanche Trouin et Joe Morel. Dupin, que vous a dit Charles Braz à ce sujet ?

— Que ç'avait été une histoire dramatique, mais qu'il ne voyait pas de lien avec le présent. Il affirme que Lucille Trouin et Joe Morel n'ont plus aucun contact.

— Vous voyez, Nedellec…

— Et depuis quand prenons-nous pour argent comptant les déclarations d'un suspect ?

Un point pour lui. Une pause au cours du duel.

— Vous avez raison, reconnut Huppert, magnanime. C'est bien que nous soyons au courant. Je dois appeler le maire. On se parle plus tard. Je vous propose qu'on se retrouve à dix-huit heures. On doit faire notre rapport aux préfets à dix-neuf heures trente. Il faut que nous nous mettions d'accord.

— On se retrouve où ?

Nedellec semblait n'être pas encore réconcilié.

— J'ai encore à faire à Dinard. Pourquoi pas au restaurant Le Petit Port ? proposa la fonctionnaire.

— Très bien.

Ça entrait tout à fait dans les projets de Dupin.

— Ah, grogna Nedellec, je ne suis pas encore parvenu à joindre l'antiquaire, l'ami de Blanche Trouin.

Sa déclaration ne produisit aucune réaction.

— Donc à dix-huit heures au restaurant, conclut Huppert.

L'instant d'après, elle avait raccroché.

Dupin avait presque traversé le barrage. Sur sa droite, la baie entre les deux villes, la mer infinie, sur la gauche un paysage fluvial – selon Dupin, la Rance devait bien faire un kilomètre de large à cet endroit.

Il y avait quelques semaines de cela, il avait lu (à la suite du débat sur le changement climatique) un article sur cette centrale marémotrice, pionnière en son genre, et sur l'utilisation révolutionnaire des forces marines. Elle avait été mise en service en 1966 ; c'était alors la première au monde et elle était en mesure de fournir de l'électricité verte à trois cent cinquante mille habitants. Grâce aux importantes variations de marée, des masses d'eau gigantesques se précipitaient deux fois par jour dans les turbines de l'ouvrage. Impressionnant !

Les nuages noirs avaient disparu aussi vite qu'ils étaient apparus. Il n'y en avait plus un seul. Ne restait qu'un ciel lumineux, un azur dont le bleu ne cessait de s'intensifier. Les brusques changements de météo semblaient plus extrêmes ici, au nord, que chez eux, dans la partie sud du Finistère.

— Monsieur Braz ?

— Oui ?

Dupin entendait des bruits de moteur. L'homme était manifestement lui aussi en voiture.

— C'est le commissaire Dupin. Il me semble peu vraisemblable que vous n'ayez eu aucune connaissance de l'achat d'un terrain à Rothéneuf au début de cette année.

— Pardon ?

— Je crois que vous savez ce dont je parle.

— Pas le moins du monde.

— Je ne vous crois pas, monsieur Braz.

— C'est pourtant la vérité, commissaire.

L'obstination du désespéré.

— Votre…

Dupin freina brusquement. Il y avait un embouteillage dans les derniers mètres du barrage. Il écarquilla les yeux : c'était encore la colonne de voitures anciennes, la même que ce matin. Juste devant lui, une vieille traction. Les passagères, deux femmes âgées sur la banquette arrière, se retournèrent et lui adressèrent un signe sympathique de la main. *Quatre-vingt-dix ans d'histoire automobile roulent sous vos yeux*, vantait un autocollant.

Dupin se ressaisit.

— Votre compagne a acheté un terrain pour un million cent mille euros. Elle voulait y construire une grande fromagerie et un second restaurant. Un projet gigantesque ! Et elle ne vous aurait rien dit ?!

— Je vous le certifie.

Braz donnait l'impression d'un homme à terre.

— De même qu'elle vous aurait caché que le terrain ne pouvait être constructible, qu'il en devenait donc inutilisable alors qu'elle avait contracté deux crédits pour l'acheter ?

Il n'entendit que des bruits de moteur et de circulation.

— Je vous ai dit que Lucille comptait monter une deuxième fromagerie…

— Votre compagne est à deux doigts de faire faillite. C'est de ça qu'il s'agit, pas de fromage.

Dupin, une fois franchi le barrage, avait pris à droite. Au nombre de villas avec parcs, il réalisa qu'il entrait dans Dinard.

— Nous, Lucille et moi… (l'homme parlait d'une voix cassée, c'était dur de le comprendre) nous avons dû faire face à quelques difficultés l'année dernière. Dans notre couple. Et nous avons fini par… faire une pause. Je n'étais donc plus au courant de tout. Y compris de choses décisives…

— Cette pause, était-elle à l'initiative de Lucille ? Est-ce elle qui n'était plus satisfaite de votre relation ?

Dupin parlait d'une voix plus douce, à présent.

— Oui. (Ton misérable.) Mais elle n'arrivait pas à me dire pourquoi. Ou alors elle ne voulait pas.

— Vous vous êtes vraiment séparés ?

— Non. Mais, depuis, nous nous sommes vus rarement. Tout est en suspens. Elle m'a dit qu'il lui fallait du temps.

Le genre de phrase qui tue…

Il s'était passé bien des choses dans la vie de Lucille Trouin récemment. Et il n'était pas aisé d'en avoir un aperçu précis. C'était toujours ainsi. Il s'agissait de ce qu'un commissaire célèbre avait un jour nommé « l'atmosphère du crime ». La ressentir, Dupin en était convaincu, était le travail le plus important au cours d'une enquête. Il fallait se faire une idée des protagonistes d'une affaire.

— Bien, monsieur Braz. Je vous donnerai des nouvelles. Êtes-vous sur la route pour rendre visite à Lucille Trouin ?

— Je suis bientôt arrivé, oui.

— Vous m'appelez juste après, compris ?

— Ça va de soi.

Dupin roulait doucement, c'était une zone 30. Selon son GPS, il arriverait dans trois minutes. Une fois sur l'avenue George-V, les rangées de maisons laissaient la place à une vue sur la mer, sur la superbe baie qui reliait Saint-Malo à Dinard. Il n'y avait pas deux kilomètres entre les deux villes, pile en face de Dinard, c'était Saint-Servan – Dupin apercevait le quai, la tour fortifiée, le port, d'où il venait, et, à droite, l'imposante église.

Un peu plus loin en direction de la mer, on admirait le Saint-Malo intra-muros ; majestueuse, la cité trônait de toutes ses fortifications. Il repéra la jetée sur laquelle, la veille, les touristes s'étaient fait surprendre par les flots. Sur la droite, le grand port, les ferries qui reliaient Guernesey et Jersey – il n'y avait que soixante kilomètres jusqu'au territoire britannique. On affirme que le point de vue le plus imprenable sur Saint-Malo se trouve ici, à Dinard. Dupin pouvait en attester.

C'était une baie parfaitement protégée, douce, et c'est là que se trouvaient les villas les plus fastueuses et célèbres de Dinard. Le vent avait disparu avec les nuages, et la mer n'était plus agitée que d'un léger clapotis. La faible profondeur et le sable qui tapissait le fond conféraient à l'eau une tonalité émeraude, de la plus grande pureté. Il devait y avoir des centaines de bateaux dans la baie. Une mer d'esquifs jusqu'à Saint-Malo, autant de touches blanches déposées de manière aléatoire. Beaucoup de vert, des bois et des champs longeant la côte. Des pins maritimes majestueux. Dupin avait baissé sa vitre : il entendait le mouvement de la mer, les bateaux qui se balançaient mollement, les haubans qui claquaient contre les mâts, produisant un son clair de clochettes. Une agréable nappe sonore. Une baie toute de beauté et d'élégance.

Dupin bifurqua. Les rues montantes se faisaient de plus en plus étroites et sinueuses, dessinant le caractère si particulier de la ville. Il traversa un petit pont qui promettait l'aventure. La rue Coppinger se déroulait jusqu'à la pointe du Moulinet, à l'extrémité d'une langue de terre rocheuse, qui s'avançait d'une centaine de mètres dans la mer, estima Dupin. À croire que la nature avait pris soin de disposer, en ce lieu parfait, un panorama.

La villa de Flore Briard devait être là. La Garde. Chaque villa portait un nom ici. Dupin roulait au pas – un petit parc apparut sur sa droite. On y pénétrait par une porte en bois basse, sobre. *Privé.*

Dupin s'arrêta, coupa le contact et descendit.

De l'autre côté de la rue, un abîme : une vue fabuleuse sur Dinard, la célèbre plage de l'Écluse, longue langue de sable au cœur de la ville, et sa promenade, comme tirée d'un livre d'images. En face, à l'autre extrémité de la baie, une nouvelle avancée rocheuse et, là encore, d'imposantes villas sur de grands terrains. De riches familles, venant de la capitale pour la plupart, y passaient leurs vacances d'été. L'oncle maternel de Dupin, la branche parisienne de sa famille, avait possédé une villa à Dinard. En raison d'une brouille familiale, ils refusaient par principe d'y aller en vacances et préféraient Honfleur, en Normandie – tout autant prisée des Parisiens.

Dupin s'avançait vers la porte d'entrée lorsque son téléphone sonna.

Un numéro local.

— Oui ?

— Bonjour, monsieur le commissaire. Je suis employée par Flore Briard. Elle me charge de vous dire qu'elle ne sera disponible qu'à dix-sept heures. Elle vous présente ses excuses pour ce contretemps.

— Très bien.

Ça ne servirait à rien de s'énerver.

Elle avait déjà raccroché. Apparemment aussi occupée que sa patronne.

Dupin s'était arrêté. Il venait de penser à quelque chose que cette heure supplémentaire pourrait lui permettre de mener à bien. Il fit une recherche sur son téléphone. Le Désir. Le restaurant de Blanche Trouin à Dinard. Dupin irait y jeter un coup d'œil pour se faire une idée. Après tout, c'était un lieu pivot dans la vie des deux sœurs.

C'était là : rue du Maréchal-Leclerc. À dix minutes à pied, peut-être. Sans doute serait-il plus simple de laisser la voiture ici que de chercher une place de stationnement dans le centre-ville. Sans compter qu'une balade ne pouvait jamais nuire, de même qu'un autre espresso. Pendant une enquête, il fallait tirer profit de la moindre occasion – c'était une règle primordiale. Sur la route, Dupin avait aperçu un café qui semblait tout à fait à son goût.

C'était une bonne idée, d'autant que cela lui permettrait de réfléchir.

Il se remit en marche, en souriant.

La sonnerie du téléphone retentit, ce qui eut pour effet de faire s'envoler son sourire.

Le Ber, de toute évidence, comptait se manifester régulièrement :

— Patron !

— Oui, j'écoute.

Dupin descendit quelques marches abruptes. Il voulait emprunter le chemin en bord de mer.

— Trouin. Savez-vous d'où vient ce nom ? (Une question toute rhétorique.) C'était l'un des corsaires malouins les plus connus : René Duguay-Trouin. Officier de marine, fils d'un riche armateur. Ses faits d'armes remontent à la dernière décennie du XVIIe siècle et à la première du XVIIIe. Son acte le plus célèbre, c'est la prise de Rio, au cours de laquelle il a capturé soixante navires marchands, trois de ligne, deux frégates, et s'est approprié six cent dix mille cruzados et d'autres trésors.

Nedellec avait déjà évoqué ce nom, ce qu'avait aussitôt oublié Dupin. L'historien qui leur avait fait visiter les fortifications l'avait mentionné, également.

— Êtes-vous en train de me dire que les deux sœurs descendent de ce pirate ?

— Un corsaire, chef ! Mais, oui, en effet : j'ai lu dans un vieil article sur les deux sœurs que la lignée de leur père, Georges Trouin, remontait sans doute jusqu'à notre légendaire corsaire. Ce n'est pas si loin de nous, finalement.

La notion du temps typiquement bretonne ; le passé n'était jamais loin, qu'importait à quand il remontait. Plus précisément : le passé était toujours le présent.

— Et quand bien même… en quoi ça nous aiderait ?

— Je me disais juste qu'il fallait que vous le sachiez, patron.

— Bien, bien.

Dupin ne voyait vraiment pas ce qu'il pourrait tirer de cette information.

— Où êtes-vous, actuellement ?

— À Dinard.

— Ah ! Super. La perle de la Côte d'Émeraude, la Nice du Nord, la reine des plages… Dinard… Les premiers bains de mer de la Bretagne, de la France, du monde. Tout a été inventé ici. Dinard a été le centre des mondanités dès le milieu du XIXe siècle. Il faut admettre que les Anglais ont joué un rôle important au début, ce qui transparaît dans le style des cinq cents villas, néogothiques pour la plupart, flanquées de vérandas anglaises et de fenêtres à guillotine. Les plus fortunés et les personnalités s'y donnaient rendez-vous, de nombreux artistes s'y rendaient, Victor Hugo, Edmond Rostand, qui écrivit là son *Cyrano*. Picasso peignait ses amours sur la plage. Il faut absolument que vous fassiez un tour sur l'une des promenades les plus célèbres du monde : la promenade du Clair de Lune. On s'y sent comme au beau milieu d'un jardin botanique luxuriant, et dans une ambiance méditerranéenne, patron. Palmiers, cèdres de l'Atlas, eucalyptus, pins de l'Himalaya, parterres de fleurs aux couleurs fantastiques. Des agapanthes partout, aux boutons blancs, bleus ou lilas.

Si Dupin ne se méprenait pas, c'était précisément là qu'il se trouvait. Le long de la mer, une promenade large de quatre à cinq mètres, que rythmait une succession de fleurs, d'arbres et de plantes somptueuses. Il n'avait d'autre choix que de donner raison à son inspecteur : c'était un paradis exotique. Mais ce n'était pas le moment de flâner.

— Merci, Le Ber, mais je dois filer.

— Faites-nous signe si vous avez besoin d'aide.

Dupin avait trouvé le café qu'il cherchait. Le Mouillage.

Tout y était à son goût ; simple et authentique. Le genre d'endroit où il pourrait s'installer tous les matins et tous les soirs. Une vieille planche de surf en bois, un dessin panoramique de la Côte d'Émeraude. Des piles de palettes vertes Heineken rangées d'un côté. Quelques tables hautes avec des tabourets. Tout faisait très maritime.

D'un côté les tables, de l'autre le bar, avec son comptoir où se trouvaient deux clients. Une étagère aux livres cornés, sur le mur des bateaux miniatures qui semblaient parfaitement à leur place, de vieilles affiches, un aviron. Derrière le zinc, des bouteilles de toutes les couleurs, des boissons du monde entier. Mais le plus remarquable, c'était la véranda tout en verre qui prolongeait la pièce, et la prodigieuse vue qu'elle offrait sur la baie.

Dupin s'était installé dans un coin et avait commandé un espresso qu'on lui avait apporté aussitôt. C'est le chef en personne qui servait. Dupin l'apprécia d'emblée : barbe de trois jours, tee-shirt bleu, casquette assortie. Le commissaire prenait des notes dans son Clairefontaine.

— Vous êtes bien le commissaire du Finistère ? L'un des Trois Fantastiques ?

À côté de lui étaient assises deux femmes, l'une plus jeune, l'autre plus âgée, toutes deux les cheveux châtains. Elles lui firent un grand sourire.

— Une enquête à Dinard. On peut dire que vous êtes verni, vous ! Vous êtes ici pour voir Flore Briard, n'est-ce pas ? dit l'aînée.

Dupin fut impressionnée par sa déduction.

La cadette intervint à son tour :

— Les meurtres de Blanche et de son mari sont une grosse perte pour la ville. Ils ont beaucoup œuvré à son attractivité. La gastronomie joue un rôle prédominant ici. Sur toute la côte. Même notre chef de la police était autrefois commis de cuisine.

Dupin crut déceler une ressemblance chez les deux femmes ; la mère et la fille, sans doute.

— Blanche est arrivée ici de Saint-Malo avec son restaurant il y a quinze ans. Alors que sa petite sœur ouvrait le sien dans la cité corsaire. (Ce que pensait la plus âgée des deux femmes était assez manifeste : Blanche Trouin avait bien fait. Bien entendu qu'on s'installait à Dinard lorsqu'on pouvait se le permettre !) Puis Blanche elle-même a déménagé ici. Dans un second temps. Il y a quatre ans maintenant.

C'était une rencontre intéressante pour Dupin ; les autochtones, bien renseignés, sont toujours d'une grande valeur pour une enquête.

— Saint-Malo et l'est sont plutôt le territoire de Lucille, Dinard et l'ouest celui de Blanche, compléta la plus jeune.

— Vous noterez, reprit la plus âgée, que la concurrence entre nos deux villes n'est pas aussi féroce que celle entre les deux sœurs. Mais elle a toujours existé. Il y a de grosses différences entre les deux communes.

— C'est-à-dire ?

Le commissaire but une gorgée de son café.

— Les gens de Dinard sont chaleureux et ouverts sur le monde. Gais, vifs et pleins d'entrain, voire oisifs. La joie de vivre : regardez-nous. Élégantes, mais ni snobs ni arrogantes.

Ça correspondait à ce que dégageait la ville, pensa Dupin. Malgré ses nobles et vieilles façades, malgré son faste, Dinard, grâce à sa patine, ne faisait pas l'effet d'une crâneuse. Jusque-là, Dupin n'avait pas conscience du rôle déterminant qu'avaient pu jouer les rivalités et les différences sur un aussi petit territoire ; la Côte d'Émeraude n'excédait pas quarante kilomètres – plus on était proches, plus les différences prenaient d'importance.

— Blanche Trouin nous correspondait, dit la plus âgée. Tous ceux qui partagent nos idées et nos valeurs peuvent devenir des Dinardais. On ne peut pas devenir malouin ; on naît malouin. Comme ses parents.

— Enfin, maman, ce n'est plus comme ça, maintenant.

Dupin avait vu juste : la mère et la fille.

— Connaissiez-vous également le mari de Blanche Trouin, Kilian Morel ?

— Naturellement ! (La mère était presque indignée.) La plupart des gens d'ici le connaissent. Il n'y a que dix mille habitants. Un homme à la gentillesse, à la bonté hors normes. Incapable de faire du mal à une mouche. C'est incompréhensible qu'il ait été assassiné de la sorte.

— Un homme d'engagement, compléta la fille. Il prenait parti, comme Bertrand Larcher, pour le sarrasin breton qui est menacé partout, supplanté par des semences industrielles. Et c'était également un très fin œnologue.

— Vous excluez donc qu'il ait pu avoir maille à partir avec qui que ce soit ?

Peut-être ne devraient-ils pas abandonner complètement le scénario de deux affaires sans lien entre elles – mais il se fiait à son instinct.

— Il n'était pas du tout armé pour les conflits, je dirais. C'était même un problème, affirma la mère.

— Sa mort profiterait-elle à quelqu'un ?

— Et à qui donc, je vous prie ? À personne de chez nous…

— Charles Braz, éventuellement ? Le compagnon de Lucille Trouin ? Morel avait commencé à lui faire concurrence en lançant son propre site de vente de rhum en ligne…

D'un coup, Dupin se sentit mécontent. Tout ce à quoi ils pensaient, n'était-ce pas trop mesquin ? Cette histoire de rhum, notamment. Pour l'heure, ce n'était rien qu'une supputation sans envergure.

— Nous ne pouvons rien dire là-dessus. Hormis que l'assassin aurait encore pas mal de travail… On ne compte plus les marchands de spiritueux, par ici.

— Et son frère, Joe Morel ? Sauriez-vous des choses sur le lien qui les unissait ?

— On ne le connaissait pas, répondit la fille. Il est parti de Saint-Malo pour Cancale. C'est encore un tout autre monde. En tout cas, il est apprécié là-bas. Son bar à huîtres est très prisé des Cancalais.

— Objectivement…

Le commissaire s'interrompit. Il voulait dire : « Objectivement, c'est lui qui profite des deux disparitions. » Ce dont il n'avait pas encore parlé avec Huppert et Nedellec – Joe Morel n'avait été mentionné que dans le cadre de sa liaison avec Lucille Trouin. Pourtant, il y avait plus sérieux ; c'était lui, sans doute, qui hériterait de toute la fortune de Blanche Trouin et de son frère Kilian Morel.

La plus âgée déroula l'histoire jusqu'à son dénouement :

— Voulez-vous dire que… la sœur tue sa propre sœur, puis le frère tue son propre frère ?

Dupin regarda l'heure.

— Mesdames, ravi d'avoir fait votre connaissance. Et merci pour ces informations.

Il se leva et déposa de la menue monnaie sur la table.

— Vous avez choisi le bon endroit. C'est dans ce café que viennent les pêcheurs de retour de la mer. C'est aussi ça, Dinard ! Il n'y a pas que les villas. D'ailleurs, lorsque vous irez chez Flore Briard, sachez que la villa pompeuse de l'autre côté du cap est en vente. Pour seize millions. Auxquels il faut en ajouter dix pour la rénovation. (La mère se mit à rire. Comme un défi qu'elle lui lancerait.) La Garde, la villa de Flore Briard, a été construite par Hennessy, le roi du cognac.

— Encore une chose. (Dupin était debout à côté de la table.) Sauriez-vous à tout hasard si Flore Briard et Blanche Trouin se connaissaient ?

— Bien entendu ! Même si elles n'étaient pas amies. Elles entretenaient des relations cordiales. Il faut dire qu'on peut difficilement faire autrement. Nous sommes tous amenés à nous croiser, lors de vernissages, de réunions, de célébrations… Elles sont toutes les deux membres de nombreuses associations. Vous devez savoir que Flore Briard est une personne importante ici, à Dinard. Même si elle est… un peu folle, dirons-nous. Comme sa mère, si ravissante, hélas décédée. Lorsque Flore a quelque chose en tête, alors ça devient obsessionnel. Si vous voyez ce que je veux dire.

— Est-elle mariée ? A-t-elle une relation ?

Dupin ne savait quasiment rien à son sujet.

— Oh non, sa mère a été abandonnée par son mari juste après la naissance de Flore, pour une femme plus jeune. Un grand classique. Ça l'a marquée. Elle a des amourettes, oui, mais rien de durable.

Dupin se mit en marche.

— Bien. Encore merci.

— On espère que vous résoudrez rapidement cette affaire, commissaire. Tout ça n'est pas très joli pour Dinard…

— Bonne chance, commissaire, dit la fille en guise d'au revoir.

Grâce à son sens de l'orientation, Dupin pensait trouver le restaurant de Blanche sans le moindre problème.

Cinq minutes plus tard, il lui fallut se rendre à l'évidence : il s'était fourvoyé. Il avait pris la rue Jacques-Cartier. Normalement, c'était très simple : elle coupait la rue du Maréchal-Leclerc. Mais il avait dû la rater. Le plus avisé serait qu'il prenne son téléphone – ce que, d'habitude, il s'interdisait catégoriquement.

Le centre-ville, avec ses boutiques et ses commerces, avait un charme bien différent du quartier résidentiel. De jolies maisons bordaient les rues, petites, d'un seul étage, parfois deux, souvent en bois, un style qu'il n'avait encore jamais vu en Bretagne. Cela lui faisait penser un peu à l'Amérique de la côte Est, le Maine, le Connecticut.

Il devrait bientôt arriver.

Le Désir. Le restaurant de Blanche Trouin était une splendide et vieille demeure, qui faisait un angle. En haut, un toit-terrasse, avec une balustrade en brique. À côté du restaurant, un jardin enchanteur doté d'une véranda. Derrière, un bâtiment qui semblait faire partie du restaurant. La façade en bois était peinte en bleu sombre. Partout de grandes fenêtres permettaient, depuis l'intérieur, d'observer la rue tranquille.

Sur la porte d'entrée, une feuille manuscrite, scotchée, triste : *Fermé jusqu'à nouvel ordre. Merci pour votre fidélité. L'équipe du Désir*. Au-dessus, toute la fierté de l'établissement, et sa publicité la plus efficace : une étoile au Michelin, rouge, aux contours blancs sur fond rouge – comme une petite fleur.

Dupin se dirigea vers la véranda. Il y avait là, ainsi qu'il le supposait, une deuxième entrée pour le restaurant. Et une autre pour l'annexe.

Il frappa fort aux deux portes.

— Commissaire Dupin ! Il y a quelqu'un ?

Aucune réaction.

Il recommença.

Rien.

Dupin faisait demi-tour lorsqu'il entendit du bruit à l'intérieur.

— Entrez !

La porte du restaurant s'ouvrit. Un homme jeune, au regard décidé, se tenait devant lui.

— En quoi puis-je vous aider ?

— Commissaire Georges Dupin. Vous êtes… ?

— François Belfort. Chef de service. Je passe seulement mettre de l'ordre. Et jeter les produits périssables.

— J'aimerais beaucoup voir le restaurant.

— Bien entendu. (L'homme fit un pas de côté.) Venez, je vous montre.

Ils se tenaient sur une volée de marches, sur la droite un escalier en bois conduisait au premier étage.

— Et qu'est-ce qu'il y a, là-haut ?

— Une salle de repos, des toilettes pour le personnel et les appartements privés des Trouin. La porte est fermée, la police a pris la clé.

La scientifique était passée la veille.

Ils traversèrent une grande et impressionnante cuisine puis atteignirent la salle à manger. Tables et chaises en bois naturel, bleu de la façade et des jalousies qui se retrouvait sur les nappes, murs peints en blanc. Bleu et blanc, les couleurs maritimes classiques. Sur de petits bancs de bois étroits entre les tables, des plantes aromatiques en pot étaient disposées. Le chef de service remarqua le regard de Dupin.

— Ce sont des herbes fraîches. Le monde de Blanche. Des locales, mais aussi des exotiques, de tous les coins du monde. Nous les changeons en fonction des saisons et de la tendance de notre carte. Nos convives peuvent se servir.

De la belle pièce se dégageait de la tristesse ; la vie, les gens, les conversations animées, un joyeux bazar, voilà ce qui caractérisait un restaurant. En se tenant là, on réalisait la brutalité de l'événement dans toute sa force. On avait réduit à néant tout un monde, supprimé les deux personnes qui emplissaient ce lieu de leur vie, de leur amour, qui offraient aux autres des moments de joie. En de tels endroits, il arrivait qu'on ressente plus intensément la tragédie qu'en d'autres lieux, parfois pourtant plus marqués par le drame – la scène de crime, par exemple. C'était souvent abstrait. Ici, en revanche, on ressentait un vide insondable.

Dupin resta figé un moment. Puis il regarda l'heure. Seize heures cinquante et une. Il devait y aller. Il n'avait pas beaucoup de temps à consacrer à Flore. Il pourrait toujours revenir ultérieurement au restaurant. Même s'il avait sans doute tout vu.

La porte, comme actionnée par un fantôme, s'ouvrit sans un bruit, sans un soubresaut. Le commissaire pénétra dans un grand jardin ; une allée de gravier, des buissons, des fleurs blanches. Soigné mais sans afféterie.

Dès le bouquet d'arbres dépassé, on la découvrait : la majestueuse villa. La Garde. Seigneuriale, de style néogothique comme la plupart des villas bâties sur la côte, mais dans une variante avenante, lumineuse. Du tuffeau aux coins du bâtiment et d'immenses fenêtres, quelques pierres aux tonalités rouges pour relever l'ensemble.

Dupin était impressionné. Il avait vu des dizaines de villas en passant, mais celle-ci les surpassait toutes. Elle faisait davantage penser à un château tout en recoins, enchanté.

Il sonna.

— J'arrive, fit une voix dans l'interphone.

Il fallut un peu de temps avant que ne s'ouvre la lourde porte.

Flore Briard se tenait devant lui. Belle. Très belle. Blonde, les cheveux tenus par une baguette noire – quelques mèches lui tombaient sur le visage. Une robe courte, ample, d'un rouge-violet. Dupin la trouva un peu trop maquillée.

— Me voici. Combien de temps avez-vous, commissaire ?

— Ce ne sont que quelques questions, madame Briard.

— Parfait. Alors nous avons le temps de faire une petite visite.

Elle avait à peu près la même manière de s'exprimer que la commissaire Huppert, moins factuelle toutefois. Sa voix mélodieuse était empreinte d'émotion, sans pour autant paraître affectée.

Dupin n'était pas vraiment là pour ça, mais il souhaitait en savoir plus sur elle.

— Voici ma salle de réception.

Dupin entra. Il n'avait encore jamais vu ça – y compris chez les amis aristocrates de sa grande-bourgeoise de mère. On se serait cru dans une cathédrale. Des proportions gigantesques. Environ vingt mètres de long, quinze de haut, le plafond orné de poutres en bois arborant des motifs vert-bleu. Un parquet en dalles de marqueterie. Sur les murs, une tapisserie aux tons clairs, agrémentée de discrets ornements blancs et argentés. Des colonnes en bois, reflétant des lumières dorées.

L'ancien propriétaire, Hennessy, devait avoir donné une seule consigne à l'architecte : splendeur maximale, dépense maximale. En revanche, la pièce était presque vide, quelques fauteuils contemporains en cuir noir, une desserte de même couleur. Dans un coin, un ascenseur datant de la construction avec une grille en fer forgé à mi-hauteur, et sa cabine en bois ouvragée par un ébéniste de talent, une vraie pièce de musée.

— C'est horrible.

D'un coup, Flore Briard lui fit l'effet d'une personne totalement abattue.

— Je ne parviens pas à réaliser. C'est ma meilleure amie. Et elle poignarde sa sœur. Et pourquoi ne dit-elle rien ? Que s'est-il passé, à votre avis ? Je ne peux y croire.

— Et pourtant ça a eu lieu. Tout comme le meurtre de Kilian Morel.

Flore Briard conduisait maintenant le commissaire à travers une petite antichambre, puis un couloir menant à un salon qui, de nouveau, le laissa bouche bée. Au bas mot quatre-vingt-dix mètres carrés, des tapis persans couvrant le parquet ancien, des meubles d'époque çà et là. Des plafonds en stuc, un lustre imposant. Au centre, une immense table en bois, sur laquelle un chat gris faisait une toilette consciencieuse, entourée de huit fauteuils capitonnés, comme autant de trônes.

Elle resta au milieu de la pièce.

— C'est ici que je vis pendant les mois chauds. Ici, sur la terrasse et dans le jardin.

Elle se dirigea vers la porte ouvrant sur la terrasse.

Sur toute la longueur de la pièce se succédaient des fenêtres panoramiques : on avait l'impression de vivre dehors. Étrangement, malgré le faste, on ressentait une retenue, une manière d'élégance, le contraire du luxe ostentatoire.

— Je connaissais aussi le mari de Blanche, rebondit Flore Briard. Bien sûr. Même s'il appartenait à l'autre camp. Oui. Il y avait le camp de Lucille et il y avait celui de Blanche. Et des gens qui entretenaient des liens avec elles deux car ils ne faisaient pas partie de leurs intimes. Je suis dans le camp de Lucille, bien entendu. Nous sommes extrêmement proches. Elle compte beaucoup pour moi. Y compris aujourd'hui – ça ne changera jamais. Il a dû se passer quelque chose d'extrême en elle.

— Et vous n'avez pas la plus petite idée de ce que ça peut être ?

Elle l'invita sur la terrasse couverte.

— Et voici ! La baie légendaire entre Dinard et Saint-Malo.

Le sol était composé d'une mosaïque de pierres magnifiques. Les meubles, de facture sobre, étaient en bois et en fonte. Quelques marches conduisaient au jardin qui, de ce côté-ci, consistait en quelques mètres de gazon, avant de descendre abruptement vers la mer, après avoir passé une barrière. La vue était spectaculaire, encore plus saisissante que depuis la promenade du Clair de Lune. On ne voyait pas seulement la baie, mais bien au-delà, vers la mer. Une surface émeraude qui semblait s'étirer jusqu'à l'horizon. Un ferry bleu et blanc traversait, il assurait la liaison entre les deux villes.

— Non, pas la moindre idée. (Flore Briard s'était approchée de la barrière.) C'est tout bonnement bouleversant, et irréel.

Dupin aiguilla la conversation sur le sujet le plus pressant :

— Qu'en est-il de la ruine de votre amie, de l'achat de ce terrain inutile ? Est-ce que ça peut être lié ?

— En quoi le meurtre de sa sœur, sous les yeux de tous, résoudrait-il son problème ? fit la femme, pensive. Et pourquoi tuer le mari ?

Ça tombait sous le sens, admit Dupin. Une chose était claire, néanmoins : elle était au courant de la débâcle financière de son amie.

— Lucille était complètement abattue par cette histoire de terrain, même si elle tentait de n'en rien laisser paraître.

— Et lorsque je vous ai demandé si ça pouvait être lié, vous n'y avez pas pensé ?

Dupin s'était installé à côté d'elle, contre la barrière.

— Où y aurait-il un lien possible ? demanda-t-elle.

— Quand vous a-t-elle parlé de ça ?

— C'était…

Dupin reçut un SMS.

— Veuillez m'excuser.

Nedellec : « Il y a du neuf, je vous raconte tout ça plus tard. »

Pourquoi ne pas dire tout de suite ce dont il retournait ? Il plissa le front, remit le téléphone dans sa poche.

— C'était mardi dernier, reprit Flore Briard. Nous dînions ensemble. Ça faisait déjà un moment qu'elle était au courant, pour son terrain.

— Elle n'en a rien dit à son compagnon.

La femme sourit.

— Ce n'est plus son compagnon, c'est fini. Toute cette histoire est maintenant terminée.

— Vraiment ?

— Oui. Même si Lucille peine encore à l'admettre et à le lui signifier clairement. Voilà longtemps que ça ne fonctionne plus entre eux…

— Depuis quand ?

— Au moins un an.

Il enregistra l'information.

— Que s'est-il passé ?

— C'est un homme faible. (Pas du mépris, plutôt une forme de regret.) Et cela énervait Lucille en permanence. Ça ne pouvait continuer indéfiniment comme ça, quelles que soient ses nombreuses qualités par ailleurs. Elle ne l'aimait plus. Il voulait fonder une famille et pas elle. Vous faut-il plus d'éléments ? J'ai également proposé à Lucille de lui prêter de l'argent afin qu'elle puisse s'en sortir.

Une information surprenante.

Dupin sentait les rayons du soleil sur sa tête. Il n'y avait pas la moindre brise. La chaleur estivale était là. Il essuya quelques gouttes de sueur sur son front.

— Et ?

— Elle ne veut pas de mon argent. En aucun cas. Nous verrons. Ce n'est pas cette affaire désagréable qui la fera sombrer. Pour l'heure, elle a d'autres soucis.

De telles sommes, si considérables pour son amie, ne semblaient pas représenter grand-chose aux yeux de Flore Briard, la riche héritière.

— Venez, commissaire. (Elle fit quelques pas dans le jardin à l'arrière de la villa.) Là. Regardez.

Il y avait deux jolies maisonnettes en pierre.

— L'hiver, j'habite dans la première, car c'est tout à fait impossible de chauffer convenablement la villa. C'est ici que vivait le personnel, autrefois. Là-bas, il y avait une autre villa qui obstruait la vue sur l'extrémité de la baie. Hennessy l'a achetée pour la raser.

Dupin marqua un intérêt lointain. Il était perdu dans ses pensées.

— À la place, il a fait construire une villa pour sa bien-aimée que, plus tard, il épousa.

Elle avançait lentement vers les marches de pierre les ramenant à la terrasse, que de superbes rhododendrons blancs encadraient.

— Où étiez-vous, ce matin, madame Briard ? Entre sept heures trente et neuf heures trente ?

Dupin, malgré lui, avait parlé sèchement.

— Sur mon bateau, dès sept heures. *L'Épée-du-Roy*. Il est ici à Dinard. Hier soir avait lieu la croisière de lancement de saison. Je suppose que vous connaissez ma profession.

— La croisière a eu lieu ? Malgré les événements ?

— Oui, et c'est normal. (À l'intonation de sa voix, on comprenait immédiatement que jamais elle n'aurait annulé.) C'est de mon entreprise qu'il s'agit, même si les menus sont élaborés par le sous-chef de Lucille.

— Ce matin, y avait-il quelqu'un avec vous sur le bateau ?

— Jusqu'à onze heures et quelques, j'étais seule. Puis deux de mes employées m'ont rejointe.

Autrement dit : elle n'avait pas d'alibi, elle non plus.

— À propos de sous-chef, madame Briard, que dites-vous de cette affaire ? Ça vous concerne également.

Était-elle au courant ?

Elle lui adressa un regard inquisiteur puis le précéda dans la maison.

— Je n'ai aucune idée de ce à quoi vous faites allusion, lâcha-t-elle brusquement.

— Blanche Trouin a débauché le sous-chef de sa sœur. Clément a déjà signé le contrat.

— Pardon ?

Elle avait l'air choquée. Ou elle était bonne comédienne.

— Oui. Il aurait alors travaillé pour Blanche. Et n'aurait plus mis au point vos menus.

C'était du moins ce que supposait le commissaire, puisque le sous-chef aurait alors changé de camp.

Elle était maintenant vraiment en colère.

— Quand Lucille l'a-t-elle appris ?

Ils avaient presque traversé le salon.

— On ignore si elle était au courant. Vous en aurait-elle parlé ?

— Sans nul doute. Comme vous le disiez : ça me concernait aussi. Voyez-vous, commissaire (elle n'essayait aucunement de dissimuler sa colère), c'est méchant. C'est vraiment méchant. Bien sûr que Clément a un talent sensationnel, mais il y en a d'autres que lui. Et Blanche aurait pu avoir qui elle voulait pour son restaurant. Mais qui choisit-elle ? Le chef de Lucille. Juste pour lui porter préjudice.

Ils avaient bifurqué dans le couloir.

— Depuis quand connaissez-vous Lucille Trouin ?

— Depuis l'école primaire. Nous avons toujours été très proches. Presque toute notre vie.

— Joe Morel, Lucille Trouin et vous-même avez donc fréquenté la même école ?

— Oui, de même que Kilian. Même si nous étions dans des classes différentes. Seule Blanche fréquentait une autre école.

Peu à peu se dessinait une image plus précise des liens entre les protagonistes.

— Et là, c'est mon refuge pour l'hiver.

L'humeur de Flore Briard avait changé en une fraction de seconde ; toute colère semblait avoir disparu. Elle avait conduit Dupin dans une pièce claire, pas trop grande. Le lit se trouvait près d'une cheminée – un magnifique ouvrage en fer.

— Pendant les jours froids, je ne quitte que rarement cette pièce. Heureusement, ils sont de moins en moins nombreux.

Aux murs, de vieilles cartes routières encadrées, des peintures, des cartes postales anciennes rassemblées sous un grand cadre, des photos aériennes du cap et de la villa que l'on distinguait sans peine de cet emplacement privilégié. Il y avait, le long des murs, plusieurs petites armoires regorgeant d'un bric-à-brac insolite. Des assiettes et des figurines dc porcelaine, des petites poupées, des moules, des chandeliers, des bijoux. Des bagues, une longue chaîne.

— Puisque vous vous connaissez depuis si longtemps, alors vous saviez que Lucille Trouin et Joe Morel avaient entretenu une liaison…

Flore Briard conduisit Dupin à l'extérieur de ses quartiers d'hiver.

— C'était compliqué, oui. Parfois très compliqué. Blanche était déjà mariée à Kilian, c'était une très proche amie de Joe. Mais ça remonte à longtemps. Une bonne décennie.

— Joe Morel et Lucille Trouin avaient-ils repris contact, ces derniers temps ?

Flore Briard cligna des yeux. Elle savait parfaitement où Dupin voulait en venir.

— Oui. Très honnêtement, je me suis même dit qu'ils allaient de nouveau finir ensemble. J'ai même taquiné Lucille à ce sujet. Mais en fait non. (Elle prit un ton résolu.) Il n'y a absolument rien.

— Ils se sont donc revus ? Depuis quand ? Combien de fois ?

— Au début de l'année, ils se sont croisés par hasard. Puis ils se sont revus deux ou trois fois. Seulement pour déjeuner.

Ce qui signifiait que Charles Braz n'avait pas dit la vérité. Ou qu'il n'était tout bonnement pas au courant. Il semblait ignorer bien des choses concernant la vie de Lucille Trouin.

— J'exclus toute liaison entre eux, commissaire.

Ils avaient regagné le salon. La petite visite était finie.

— Voulez-vous vous asseoir ?

Elle désigna un sofa et deux fauteuils matelassés.

— Merci, je dois m'en aller. Que pensez-vous de ce recueil de recettes du père ? De toute évidence, il revêtait une signification symbolique de la plus haute importance pour les deux sœurs. Lucille aurait fait une nouvelle tentative, cette année, pour que Blanche le lui prête.

— Vous êtes bien informé. C'est une profonde blessure pour Lucille. Qui ne pourra pas guérir. Mais j'ignore dans quelle mesure ça a pu s'aggraver.

Dupin avait l'impression qu'ils faisaient du surplace concernant certains sujets.

— Une dernière question : quels étaient vos liens avec Kilian Morel ?

Dupin était resté volontairement vague.

Pour la première fois, Flore Briard resta muette, manifestement elle aurait préféré ne pas avoir à en parler.

— Nous nous sommes toujours montrés courtois lors de nos rencontres, se reprit-elle. Un homme sympathique. Quelque peu apathique, mais fiable, me semble-t-il. Très pacifique.

— Le voyiez-vous souvent ?

— Non. Et à chaque fois c'était fortuit. Sur le marché, au café… Ou lors de manifestations publiques. Aussi n'avions-nous que des discussions banales.

— À quand remonte la dernière fois que vous l'avez vu ?

Elle réfléchit.

— Je crois que c'était à la soirée de clôture du Dinard Comedy Festival, fin avril…

— Et ensuite, non ?

— Oui, c'est ça.

— Merci encore, madame Briard. C'était vraiment intéressant. Je retrouverai mon chemin.

— Au revoir, commissaire.

Dupin traversa le salon puis la salle de réception digne d'un palace. En quelques pas rapides il se retrouva à l'extérieur.

— Bien.

La commissaire Huppert avait l'air énervée.

Voilà quarante minutes qu'ils étaient assis ensemble.

Ils n'avaient pour l'instant abordé que les faits, conformément au souhait de la commissaire : « On discutera plus tard. » Chacun avait raconté ce qu'il avait fait depuis le midi, avec qui il avait parlé, ce qu'il avait appris, bref, toutes les nouvelles informations. La conception du travail d'équipe de la commissaire était alors très clairement apparue : Nedellec et Dupin formaient un duo d'enquêteurs de terrain, quant à Huppert, c'était l'instance centrale par laquelle tout passait, qui analysait les informations. Ça ne dérangeait pas vraiment Dupin, qui n'avait jamais considéré son rôle de commissaire de la même manière qu'Huppert, qui en avait assurément une conception plus orthodoxe. Dupin n'arrivait pas à faire autrement : il devait constamment être sur le terrain et s'entretenir avec les protagonistes. Ce serait bien la dernière chose qu'il déléguerait.

L'absence d'alibis sérieux faisait partie des faits exposés. Rien de solide. Joe Morel avait dû fermer son bar à huîtres plus tard qu'à l'accoutumée en raison d'une soirée privée ; ils n'étaient pas parvenus à faire tout le ménage ensuite, raison pour laquelle, à l'en croire, il avait dû retourner sur place ce matin, à sept heures trente. Il était seul et ne savait pas si on l'avait vu. Un inspecteur d'Huppert avait pu parler à Clément : le sous-chef se trouvait sur le marché entre sept et huit heures parce que La Noblesse avait rouvert ses portes. Quelques marchands avaient pu en attester. On l'avait vu pour la dernière fois à sept heures cinquante. Ensuite, il avait été seul dans la cuisine du restaurant, comme d'habitude, jusqu'au moment où l'avaient rejoint des commis. Certes, ça lui aurait laissé peu de temps, mais quand même la possibilité de faire l'aller-retour. Quant à Walig Richard, l'antiquaire, Nedellec n'avait toujours pas réussi à le joindre.

Entre-temps, les relevés téléphoniques de Kilian Morel étaient arrivés ; ils semblaient également de peu d'intérêt. Il n'y avait que trois conversations entre lui et Walig Richard, le lundi après-midi et dans la soirée. Ce n'était pas difficile à expliquer, après le meurtre tragique de Blanche Trouin, dont Richard était l'un des meilleurs amis. Nedellec comptait aborder ce point avec lui… dès qu'il le pourrait.

Dupin était le seul à avoir commandé de quoi manger, même s'ils étaient censés dîner ensuite avec son préfet et les préfètes. Son estomac gargouillait terriblement. Nedellec et Huppert se contentaient de café et d'eau.

Le restaurant Le Petit Port était merveilleux. Le lieu, l'atmosphère. Il se trouvait dans une petite rue qui conduisait à la promenade du Clair de Lune et au port de plaisance. On avait une vue dégagée sur les palmiers en bord de mer et sur la baie. Le soir venu, les couleurs s'intensifiaient, comme l'émeraude de l'océan.

Une soirée qui aurait été parfaite si Claire avait été à ses côtés.

— Et parmi tout ça, qu'est-ce qui est vraiment important ? les pressa Huppert.

— Le livre de recettes, répondit Nedellec. C'est sans doute la clé. Le mobile. Et pas seulement pour expliquer le meurtre de Blanche.

Même si Nedellec allait un peu loin, il se pourrait bien, se dit Dupin, qu'il y ait quelque chose à creuser de ce côté. Nedellec avait également parlé des recettes lors de son entretien avec Joe Morel. Celui-ci lui avait appris que Blanche Trouin était en contact avec un éditeur parisien reconnu, qui en avait envisagé la publication. Nedellec avait passé ensuite une partie de l'après-midi à appeler des maisons d'édition jusqu'à tomber sur la bonne. Spécialisée dans les livres de cuisine, elle devait publier les recettes du père, enrichies de celles de Blanche Trouin et suivies d'une postface. Le projet était bien avancé, il y en avait une copie à Paris. Blanche Trouin et son éditeur étaient convenus des points les plus importants par mail il y avait un mois de cela, et elle était sur le point de recevoir un contrat en bonne et due forme.

— Je suis certaine que ça aura mis Lucille dans une colère noire, dit Huppert. Mais, comme pour le sous-chef, nous ne savons absolument pas si elle était au courant. Si ce n'est pas le cas, alors nous ne pouvons rien en faire. Et sinon… est-ce suffisant pour expliquer le meurtre de sa propre sœur ? Peut-être le déclencheur, si Lucille ne l'a découvert que la veille de son acte, la goutte d'eau qui aura fait déborder le vase. Mais quel est le lien avec la mort de Kilian Morel ? Je ne vois pas… (Elle formulait des objections de manière rationnelle, tout en restant imperturbable.) Nous devons demander à l'éditeur de nous envoyer une copie de leurs échanges. Jusqu'à présent, nous n'avons pu accéder ni à leurs ordinateurs, ni à leurs téléphones.

— J'en ai fait la demande, dit Nedellec. On va recevoir leur correspondance aujourd'hui. Mais il n'y a pas grand-chose de plus que ce que je vous ai rapporté suite à ma conversation avec l'éditeur. Je crois que vous sous-estimez la dynamique émotionnelle de l'affaire.

— Avec la mort de Blanche, l'histoire du livre de recettes ne tient plus, observa posément Huppert.

— Et pourquoi pas ? Kilian Morel aurait pu publier ce livre.

— Mais pourquoi le tuer pour ça ? Pour s'emparer des recettes originales et les donner à Lucille ?

Ça semblait tout à fait absurde.

On entendit une corne de brume ; Dupin aperçut le ferry bleu et blanc de retour à Dinard.

— Vous voulez dire que Lucille Trouin aurait chargé quelqu'un de supprimer Kilian Morel pour cette raison ? (La commissaire Huppert n'était absolument pas convaincue.) Et de qui pourrait-il s'agir ? De son compagnon ? Et elle aurait tout manigancé depuis sa cellule ? Et comment ?

— Il aurait agi pour la reconquérir ? L'aime-t-il d'un amour si désespéré ?

C'est à considérer, pensa Dupin.

— Soit. Les recettes, auxquelles leur future publication donne d'autant plus de valeur, restent sur la liste des mobiles possibles, dit Huppert.

— Sans oublier le fait que Joe Morel est maintenant riche.

La commissaire Huppert avait en effet reçu la confirmation que Joe Morel était bien le seul et unique héritier de toute la fortune de Kilian. Le testament ne laissait aucun doute.

— Bien, ça aussi, ça reste sur notre liste.

Cette liste, pensa Dupin, demeure imaginaire ; personne ne semble se soucier de la coucher sur le papier.

Cette fois, c'était Nedellec qui n'était pas d'accord :

— Vous pensez vraiment qu'il aurait tué son frère aussi brutalement alors que, de toute évidence, ils s'entendaient bien ? Il faudrait vraiment qu'il ait un cœur de pierre.

Peu probable, en effet, dut admettre Dupin. Il ressentait une certaine gêne ; ils en étaient arrivés à un point critique des investigations.

— J'aimerais bien parler à Joe Morel, fit-il. Demain, de bonne heure. Ça ne peut pas faire de mal, ajouta-t-il, diplomatiquement, à l'intention de Nedellec.

— Que vous a-t-il dit sur sa relation avec son frère, Nedellec ? voulut savoir la commissaire.

— Ils s'entendaient bien. Ils n'étaient pas particulièrement proches mais en bons termes. Aucun conflit, aucune querelle. Ils se voyaient plusieurs fois l'an. La plupart du temps, c'est Kilian qui allait à Cancale, au bar à huîtres de son frère. Ce bar, c'est toute sa vie, dit-il. J'ai également pu parler à un ami de Joe Morel. Il a décrit leur relation comme étant bonne.

— Ce qui, au demeurant, ne signifie pas grand-chose. (Le regard de la commissaire errait sur la mer.)

Et quelles conclusions tirer du fait que Joe Morel et Lucille Trouin se revoyaient ?

Joe Morel avait parlé ouvertement à Nedellec. Ses déclarations recoupaient ce que Dupin avait découvert auprès de Flore Briard ; Joe Morel n'entretenait pas de liaison avec Lucille Trouin.

— Mais peut-être ne nous disent-ils pas la vérité ? spécula Nedellec.

— De toute façon, ça reste sur notre liste, dit Huppert. De même que la ruine inéluctable de Lucille Trouin.

Une serveuse aux longs cheveux sombres déposa devant Dupin le thon rouge qu'il avait commandé. Il avait l'air délicieux ; grillé sur le dessus, encore cru à l'intérieur, servi avec un filet d'huile d'olive, du citron et de la fleur de sel. Un irrésistible fumet se dégageait de l'assiette.

Dupin se mit à manger sans plus attendre. Il crut déceler une pointe d'envie dans le regard de ses collègues. Il était à sa deuxième bouchée lorsque retentit la sonnerie de son téléphone. Un moment bien mal choisi.

Dupin reconnut immédiatement le numéro. Charles Braz.

— Monsieur Braz ?

Il mit sur haut-parleur, les autres approchèrent leur tête.

— Vous m'avez demandé de vous appeler après avoir vu Lucille.

L'homme peinait à garder sa contenance.

— Je reviens tout juste du commissariat. Je ne l'ai vue que brièvement. On a pu se prendre dans les bras, sous surveillance… (Il n'était pas aisé de le comprendre tant il semblait bouleversé.) Je lui ai demandé si ça allait, elle m'a répondu « OK ». C'était terrible.

— A-t-elle dit autre chose ?

— Non, je lui ai donné les affaires que j'avais apportées, des vêtements surtout. J'avais oublié plusieurs choses.

— Quoi d'autre ?

— Elle m'a raconté qu'elle n'avait presque pas dormi. Ce n'est pas le genre de situation qui permet de se parler vraiment. La plupart du temps, on ne disait rien.

— Quelle impression vous a-t-elle faite ? Dans l'ensemble, je veux dire.

— Elle avait l'air plutôt calme.

— C'est tout ?

— Oui.

— Alors, bonsoir, monsieur Braz.

Dupin raccrocha.

— Rien de neuf… (Huppert s'inclina en arrière, déçue.) En revanche, qu'on ne trouve pas l'antiquaire m'inquiète un peu…

— Moi de même, abonda Nedellec.

Dupin se consacra de nouveau à son thon.

— Personne ne l'a vu aujourd'hui, ajouta Nedellec. Il n'est passé dans aucun de ses deux magasins. Il n'a pas appelé pour prévenir. Selon ses collaborateurs, ça lui arrive de temps en temps. Il est toujours en vadrouille, à des vide-greniers, ce genre de choses.

— Lui connaît-on une compagne ? Est-il marié ? demanda Huppert.

— Célibataire.

— On devrait peut-être le faire rechercher. Il ne faudrait pas qu'il lui soit arrivé quelque chose.

— Ou alors… (Nedellec se gratta le front, pensif.) C'est lui qui a tué Kilian Morel, et il est en cavale. Même si nous ignorons encore son mobile…

Il but une gorgée d'eau.

— Je rappelle l'employé auquel j'ai parlé, à Saint-Suliac. C'est son magasin principal. Il aura bien une idée d'où il peut être. Peut-être a-t-il un bateau…

— Et pensez à la vigne, se rappela Dupin.

— La vigne ? répéta la commissaire Huppert, surprise. Ferait-il partie des vignerons du mont Garrot ?

— Pourriez-vous nous expliquer ?

À son ton, Nedellec montrait qu'il se sentait à l'écart.

— Le mont Garrot est une colline sur la Rance, à Saint-Suliac. Soixante-treize mètres de haut. Depuis quinze ans, un groupe de passionnés y produit son propre vin. Au Moyen Âge, on y cultivait déjà la vigne. Il y a mille ceps, pour une production d'environ cinq cents bouteilles à l'année. Tout est travaillé à la main. Il y a deux cépages : le rondo pour le rouge, le chenin pour le blanc. (Elle était très bien renseignée.) On pourrait dire que les blancs ressemblent au vin d'Anjou de la Loire. Légers, secs, tout de même fruités. Ils laissent en bouche un goût de citron vert.

Par moments, cette femme était bluffante.

Dupin s'était dépêché ; il terminait d'engloutir son thon.

Une fois de plus, sa sonnerie de portable.

Un numéro inconnu.

Sans réfléchir il prit l'appel et mit le haut-parleur.

— Oui ?

— Commissaire ?

Une voix de femme, bouleversée, incertaine.

— C'est moi-même.

— Bonsoir. Francine Lezu. Je suis la gouvernante de madame Hélène Allanic-Trouin, la tante de Lucille et de Blanche Trouin, enfin lorsqu'elle était encore vivante. C'est la sœur de leur père et…

— Je le sais, madame.

— Elle tenait à ce que j'appelle la police et que je vous dise tout ce qu'elle m'a dit. Elle veut que vous veniez tout de suite. Elle perd la tête, commissaire, croyez-moi. J'ai besoin d'aide. Madame a de vraies crises, même si ensuite elle se calme. Elle a quatre-vingt-treize ans. Elle…

La gouvernante était fébrile.

— Racontez-moi tout ça calmement, voulez-vous ?

— Madame est hors d'elle. Depuis hier, depuis la triste nouvelle. Elle ne cesse de parler de son mari, décédé il y a quinze ans. Elle dit qu'elle est une vraie Trouin et que son époux était corsaire, qu'il sillonnait les mers du globe, mais qu'il reviendra bientôt. Qu'elle a constamment veillé sur l'or et les pierres précieuses mais qu'il en rapportera plus encore. Et elle parle de Blanche. Que Blanche possède les saintes épices et que Lucille veut les lui dérober…

— Je comprends.

Dupin était décontenancé.

— Et que quelqu'un devait transporter sa villa au Canada, au moyen d'un grand navire. Qu'on les avait volés. Qu'on lui avait même volé son chapeau. C'est ça qui l'énerve le plus. Et je suis certaine qu'elle l'a simplement égaré.

— Où se trouve madame Allanic en ce moment ?

— J'ai réussi à l'allonger. Pour une fois, elle n'a pas protesté, mais je devais lui jurer de vous appeler et de tout vous raconter. Et je dois vous demander de venir.

— Dites-lui que je serai là demain à la première heure.

— Merci, monsieur le commissaire.

On percevait un profond soulagement.

— Vous devriez appeler un médecin. Madame Allanic a besoin d'un calmant. Vous me le promettez ?

— Je… Bien, je vous le promets. Je vais essayer, en tout cas. Mais elle refusera énergiquement…

— Peut-être se montrera-t-elle plus raisonnable.

— Vous ne la connaissez pas…

— Faites de votre mieux. À demain !

— Vous viendrez, c'est sûr ?

— Sûr et certain.

Il raccrocha, désemparé. Que dire ?

— Bon courage pour demain…

Un léger rictus apparut sur le visage de Nedellec.

Huppert se leva sans crier gare.

— Il faut y aller. On a rendez-vous à dix-neuf heures trente à l'Otonali. Les préfets nous attendent.

Nedellec suivit, puis Dupin, encore abasourdi par l'étrange conversation téléphonique.

Le soleil avait continué à décliner. La baie scintillait encore, mais d'un vert émeraude plus sombre.

— L'Otonali de Bertrand Larcher est né du rapprochement entre les cultures culinaires du Japon et de la Bretagne, si proches en de nombreux points qu'elles s'inspirent l'une l'autre…

Une riche idée, estimait Dupin. Il aimait ces deux cuisines, et si elles pouvaient s'enrichir mutuellement, alors tant mieux.

La cheffe japonaise du restaurant parlait avec une fierté évidente.

Ils prirent place autour de l'unique grande table. Un plateau en chêne massif, de hautes chaises, lasurées de noir, étonnamment confortables. Toute l'équipe était présente : le préfet, les préfètes, les trois commissaires ainsi que l'assistante d'Huppert, responsable de l'organisation des à-côtés du séminaire.

Presque tout était noir ou blanc. Il n'y avait pour ainsi dire aucune couleur. Les câbles électriques laissés apparents, les spots au plafond, comme les cadres sobres des grandes fenêtres s'intégraient à la pureté du lieu. Pourtant la pièce ne donnait pas l'impression d'être froide ni nue, bien au contraire : on y sentait une ambiance chaleureuse, agréable.

— La mer, comme ce qu'elle produit, se trouve bien entendu au cœur des deux cuisines. En outre, ces deux cultures accordent une grande importance à l'excellence de la viande comme aux légumes hors du commun. Le principe est le même : la simplicité, l'essentiel et l'intime conviction que c'est le meilleur, qu'on n'a pas besoin de nombreux ingrédients mais d'un fantastique savoir-faire. La Bretagne réunit tout ce que célèbre la cuisine japonaise, notre art culinaire permet aux deux cuisines de révéler tout leur potentiel…

— Bravo !

Bien entendu, il n'y avait que son préfet pour se faire ainsi remarquer. Dupin n'était pas mécontent d'être installé à l'autre bout de la table.

— Bertrand Larcher, intervint l'assistante de la commissaire, est une icône internationale qui représente la Bretagne, si je peux me permettre. Tout comme Jean-Yves Bordier ou Olivier Roellinger, dont le restaurant est le premier, en Bretagne, à avoir obtenu trois étoiles au Michelin – c'est lui également qui crée des mélanges d'épices connus dans le monde entier.

La fierté bretonne n'était pas en reste par rapport à la nippone.

— Par ailleurs, Bertrand Larcher est passionnément engagé pour la sauvegarde du sarrasin local, qui, au contraire d'autres céréales, possède bien des vertus médicinales et se décline en des saveurs uniques. Ce qu'il défend, à travers le blé noir, c'est (là, sa voix se fit plus emphatique encore) notre identité bretonne.

C'est bien de cela qu'il s'agissait. En Bretagne, de telles entreprises ont une mission à la fois sociale et culturelle ; il n'est pas rare que les chefs soient des visionnaires. Et tout cela sert une entreprise plus grande encore : la bretonnisation du monde.

— Avec sa femme japonaise, reprit la cheffe, ils ont fondé le Breizh Café. Il y en a neuf au Japon, dorénavant. On en compte quatre à Paris, un à Cancale bien entendu, et un à Saint-Malo, où ils ont également ouvert l'Atelier de la crêpe, une école culinaire. À Cancale, vous trouvez le grand frère de l'Otonali, auquel a été décernée une étoile.

Le nombre d'étoiles qui brillaient le long de la Côte d'Émeraude était impressionnant.

Dupin était allé au Breizh Café de Paris alors que la Bretagne lui était encore étrangère. En revanche, il raffolait déjà des galettes.

— Otonali signifie « à côté ». Notre restaurant s'inspire de l'esprit japonais des *izakaya*, les petites échoppes de quartier, sans prétention. Et maintenant, nous allons préparer vos plats.

La cheffe recula d'un pas tout en faisant une discrète révérence.

La préfète qui accueillait le séminaire se leva et lui rendit la pareille.

— Merci mille fois pour votre accueil.

La cheffe fit une autre révérence et se rendit derrière un comptoir qui séparait la cuisine ouverte de la salle à manger. La petite équipe de trois personnes s'était déjà mise en cuisine.

— Quant à nous, dit la préfète aux convives d'un ton résolu, mettons-nous au travail. Alors, qu'y a-t-il de neuf ?

— Je vous fais le résumé de l'enquête, commença la commissaire Huppert.

Cela lui revenait, incontestablement. Les trois commissaires étaient côte à côte, Huppert entre ses deux collègues.

Dix minutes plus tard, elle avait fini.

Dupin trouvait qu'elle s'en était sortie avec brio. Elle avait mentionné, à sa manière sobre et efficace, tout ce qui était important. Nedellec avait opiné du chef aux moments décisifs.

Ce qui suivit était inévitable : d'ennuyeux débats sur des points de détail au cours desquels Guenneugues monopolisa largement la parole. Nedellec n'était pas en reste non plus. Ni sa cheffe à l'air renfrogné ni Dupin n'ajoutèrent le moindre mot. À quelque chose près, il s'agissait de la même discussion qu'ils avaient déjà eue à Dinard.

Et ça n'en finissait pas.

Quarante minutes, déjà. Et rien de nouveau. Pour couronner le tout, Guenneugues tint à leur faire un résumé de ce dont ils avaient discuté entre eux afin d'améliorer la coopération entre les départements. Dupin se réjouissait d'avoir déjà un peu mangé.

— Nous sommes toutes et tous au même niveau d'information, dorénavant. Si je devais tout résumer, alors je dirais qu'il nous manque une piste fiable, ajouta la préfète d'Ille-et-Vilaine, d'un ton grave.

Ce n'était pas un reproche, seulement un constat. Partagé par les trois commissaires.

— Je n'ai pas besoin de vous dire que nous subissons une forte pression concernant cette affaire. Jamais encore il n'y a eu en Bretagne de fait divers qui défraye à ce point la chronique. Et chaque heure sans résultat tangible contribue à augmenter la pression. Par chance, on a pu jusqu'alors dire publiquement qu'il s'agissait de querelles familiales. L'agitation est suffisamment grande. Sans ça, le maire nous reprocherait de faire fuir les touristes.

Elle prit son verre de vin et en but une gorgée.

— Assez travaillé.

Elle adressa un signe à la cheffe.

En un tour de main, les entrées se retrouvèrent sur la table. Le service semblait attendre le signal convenu, comme Dupin.

— En entrée, des makis au homard breton, des coquilles Saint-Jacques et du hareng, ainsi qu'un plateau de poissons de nos côtes, fumés à la japonaise et servis avec une mayonnaise aux oursins, expliqua la cheffe.

Dupin dévorait l'ensemble des yeux.

— Le plat principal, terre-mer, est composé d'un carpaccio de veau et de moules façon tataki, accompagné de raviolis garnis de bœuf de Kobe, de foie de canard et d'un tempura de langoustine de la pêche du jour. Pour finir, une glace au sarrasin, sucrée au miel de sarrasin. Bonne dégustation.

Un long silence. Chacun, chacune savourait les mets. Dupin trouva succulents les makis et la tendre dorade fumée. Tout n'était qu'une sensation exquise. Il n'y avait pas d'autre mot.

Guenneugues se mit à parler aux trois préfètes. Huppert, quant à elle, s'adressa à ses homologues :

— Organisons-nous un peu pour demain. Nedellec, vous vous chargez de l'antiquaire. J'ai demandé à deux collègues, en venant ici, de se mettre à sa recherche. Vous irez d'abord chez lui. Si j'ai du neuf à son sujet, je vous tiens au courant. Dupin, je vous laisse le sous-chef et, si le cœur vous en dit, retournez voir Joe Morel.

Nedellec marmonna quelques mots incompréhensibles.

— Peut-être pourriez-vous interroger Charles Braz, Nedellec ? Il y aura certainement des incohérences dont tirer parti, qui sait…

— Je m'en charge.

Il semblait satisfait.

Dupin était également d'accord. Tout se déroulait comme il le souhaitait. Il avait déjà envoyé un message au sous-chef.

Huppert se tourna vers Dupin.

— Et vous avez également rendez-vous… (elle marqua une brève pause) avec la tante des sœurs Trouin.

Comment aurait-il oublié ?

— J'aimerais également parler personnellement à Lucille Trouin.

Il n'avait cessé d'y penser durant toute la journée.

— Avez-vous une raison de croire qu'elle va vous parler ? Elle ne se livrerait à personne hormis à vous ?

Là encore la commissaire restait très factuelle.

Nedellec grommela.

— Il me semble, tenta Dupin, qu'en raison des nouveaux éléments en notre connaissance nous devrions essayer de…

— Je m'occupe de ça, l'interrompit Huppert. Formellement, je suis la seule à pouvoir l'interroger, mais nous allons bien trouver un moyen. Son avocat devra être présent. Il faudra que nous réfléchissions bien à ce que nous lui dirons, ou non, concernant l'évolution de l'enquête.

Elle avait entièrement raison.

— Peut-être devrions-nous être présents tous les trois ? intervint Nedellec.

Les serveurs avaient commencé à débarrasser la table.

— Bien sûr, approuva la commissaire.

Dupin ne pipa mot. En réalité, il comptait lui rendre visite tout seul. Ce serait une erreur de l'affronter à trois. Il leur en reparlerait demain.

— Et vous, sur quoi allez-vous enquêter, commissaire Huppert ?

Nedellec lui adressa un regard sincèrement intéressé.

— Ça dépendra de la situation.

Elle ne comptait pas dévoiler son jeu.

La bonne humeur de Dupin s'en trouva altérée. Tout ça ne lui disait rien qui vaille, mais ils n'avaient pas de meilleure idée. Ce qui était rarement un bon présage.

— Voici les plats, annonça la cheffe.

De nouveau, un silence presque religieux accueillit les serveurs.

Moins d'une heure plus tard, après avoir savouré le reste du repas et débattu encore de l'affaire, l'assemblée se leva. Tout le monde tombait de fatigue, Huppert voulait faire un saut au commissariat et Dupin s'adonner à son rituel du soir.

Il avait laissé la voiture à son hôtel pour se rendre à pied, traversant la nuit tiède, au port de Saint-Servan.

Il franchit l'imposante porte à côté de l'église pour se retrouver au bord de la mer. La lumière orangée des lampadaires se reflétait sur l'eau – pas la moindre vaguelette, la marée semblait au plus haut. De temps en temps on entendait un clapotis en provenance du quai.

Le soleil s'était couché depuis une demi-heure. Il était vingt-deux heures quarante et l'on apercevait encore, à l'ouest, un rai de lumière bleu clair. Dupin suivit la promenade jusqu'à son extrémité, prit à droite sur la presqu'île. Deux minutes plus tard, il se retrouva au Bistrot de Solidor. Il y avait même une place libre.

Pourtant le commissaire n'était pas satisfait ; de la situation dans son ensemble, de l'état d'avancement des investigations, de lui-même. Il s'en voulait, ne se trouvait pas en forme ; il lui manquait une idée percutante. Ce qui, sans doute, était dû aux conditions particulières dans lesquelles il enquêtait ; il n'avait pas tout le loisir d'agir comme il l'aurait souhaité. Ni Nolwenn ni ses équipes de Concarneau ne s'étaient manifestées, ce qui ne pouvait signifier qu'une seule chose : ils n'avaient rien trouvé de neuf…

— Bonsoir, j'espère que tout va bien, commissaire… (Le propriétaire du Solidor avait un ton compatissant.) À la radio, ils ont dit que l'enquête piétinait.

Dupin hocha la tête.

— Un J.M, comme hier ?

— Un double.

Il lui fallait oublier bien des choses. S'il était honnête avec lui-même, Dupin avait déjà songé plusieurs fois à ce moment au cours de la journée. Au rhum. Son nouveau somnifère. Cette nuit, il verrait bien si ça n'avait été qu'un hasard ou si le rhum l'aidait vraiment à trouver le sommeil.

Les grandes fenêtres étaient ouvertes. Le regard de Dupin glissa sur la baie.

Il pensait de nouveau à Lucille Trouin. Manifestement, elle était sur le point de perdre tout ce qu'elle avait construit jusqu'alors. Des années d'un dur labeur auquel elle s'était entièrement consacrée. Pour surpasser sa sœur. Un pari – elle avait tout misé et tout perdu. Cela avait dû la rendre folle de rage, affecter son discernement…

— Merci.

Le propriétaire posa le verre ventru devant Dupin. Il n'avait pas lésiné sur la quantité.

Dupin le vida presque d'une seule gorgée. Il prit son carnet de notes. Remplit des pages et des pages, esquissant hypothèses et théories, petites et grandes, avant de les mettre de côté. Il ponctuait d'anciennes notes avec des points d'exclamation puis finissait par les barrer.

Il avait beau faire, aucun déclic ne se produisait. Il fut seulement envahi d'une grande fatigue.

Lorsqu'il se leva, il était minuit.

Vingt minutes plus tard, il était dans son lit et sombra dans un profond sommeil. Le rhum produisait son effet magique.

Sur le chemin pour la Villa Saint-Raphaël, il avait essayé de joindre Claire. Il n'avait eu que son répondeur. Sans doute était-elle encore à son séminaire. Ou alors au bar ? Cette fois, il avait laissé un assez long message dans lequel il lui narrait les derniers événements et l'enquête improvisée, dont elle ignorait tout.

LE TROISIÈME JOUR

Quelque chose le dérangeait. C'était désagréable. Bruyant. Inconfortable.

Dupin essayait de l'ignorer. Quoi que ce fût, cela le tira d'un profond sommeil. Il s'y refusait, il voulait dormir encore.

En vain.

Il mit un moment à recouvrer ses esprits et à mettre de l'ordre dans ses pensées. Puis il fut de retour à la banale réalité : ce n'était que la sonnerie stridente de son téléphone, dont le son allait en s'amplifiant.

Il devait se lever pour y mettre fin. Le portable se trouvait sur une table basse à côté du canapé. Il se tut avant qu'il ait pu l'atteindre.

Il regarda l'heure. Six heures sept.

Dupin sursauta lorsque la sonnerie reprit.

Il ne put rien articuler d'autre qu'un « Oui ? » bougon.

— Encore un macchabée, Dupin. Venez nous rejoindre. Walig Richard. Au pied des vignes.

— Que… quoi ?

— On se voit là-bas.

La commissaire avait déjà raccroché.

Il lui fallut quelque temps pour réaliser ce qu'elle avait dit.

— Quelle merde…

Encore un mort. Encore un meurtre.

L'antiquaire, le confident, l'ami de Blanche Trouin.

Dupin s'habilla à la hâte.

Que se passait-il ? Déjà trois morts.

Quelques minutes plus tard il était au volant.

Encore dix minutes et il descendait de la voiture.

Onze kilomètres, presque tout droit en direction du sud, le long de la Rance, pas de circulation. La route montait légèrement sur les dernières centaines de mètres. Dupin laissa sa voiture juste à côté d'une tour ronde crénelée, esseulée, haute de quelques mètres seulement, sur un parking improvisé où se trouvaient déjà deux voitures de la gendarmerie. Il se serait attendu à en voir davantage, dont celle de la commissaire Huppert. Tout était comme mort, il n'y avait pas âme qui vive. Pas de vigne, aucun panneau indicateur, rien.

Dupin prit l'étroite rue depuis la tour, trois, quatre maisons de pierre d'un côté, un petit bois avec de grands arbres de l'autre. Sinon, des champs et des prairies. Il s'arrêta à plusieurs reprises pour regarder alentour. Le soleil était monté tout droit à l'horizon, une belle boule jaune orangé sur un ciel blanchâtre. À l'ouest, la Rance coulait dans la vallée en décrivant d'amples lacets pour former, devant le mont Garrot, un véritable lac traversé par des éclats argentés, d'où se levait une brume laiteuse, bleuâtre.

Dupin marqua un arrêt. Un silence assourdissant. Pas un bruit, pas une voix, rien. Pas d'oiseau non plus.

Ça ne pouvait être vrai, c'était absurde. Où étaient ces vignes ? Les gendarmes ? Les morts ?

Son téléphone sonna au fond de la poche de son jean. Huppert.

— Vous êtes où ?

— En haut, sur la colline, vers la tour, avec deux voitures de gendarmerie…

— Le cadavre est au pied du mont. En bas, là où démarre la vigne. Vous auriez dû monter puis redescendre de l'autre côté, et prendre sur la droite.

Des informations précises. Hélas tardives. Il piétinait au milieu de nulle part.

— Compris, je retourne à la voiture.

— Maintenant que vous êtes là, descendez la colline en direction du fleuve, vous ne pourrez pas nous manquer.

— Je suis…

Elle avait raccroché.

— Bon Dieu.

Il prit à gauche dans les buissons et se mit à dévaler la colline. Des champs aux herbes hautes, de la broussaille. Tout était trempé, sous l'effet de la rosée, comme s'il avait plu. Rapidement ses chaussures se retrouvèrent gorgées d'eau et pleines de boue. Voyages et aventures. Cette devise lui traversa l'esprit. On ressentait encore la fraîcheur de la nuit, l'air était incroyablement clair, empli du parfum de la terre lourde et de l'herbe mouillée, mais on devinait la journée chaude à venir.

Dupin fit un détour pour éviter un fourré impénétrable – enfin, il aperçut les vignes. Et, plus bas, une assemblée. Le périmètre avait été balisé.

Trois hommes avec des casquettes, aux déplacements précautionneux, deux d'entre eux munis d'appareils photographiques. La police technique et scientifique. Dupin se hâta de rejoindre le petit groupe. Nedellec n'était pas encore arrivé. Dupin reconnut le légiste qui se tenait à côté du corps avec la commissaire Huppert, laquelle affichait toujours le même air sérieux, comme si elle analysait tout.

— Poignardé. Comme Kilian Morel et Blanche Trouin. Les collègues ont repris les recherches dès le lever du soleil. Sa voiture était relativement dissimulée. Ils ont trouvé le cadavre à cinq heures cinquante-cinq. (Huppert plissa le front.) Le plus important à savoir : il est mort depuis longtemps.

— Quoi ?

Le légiste, cheveux courts et foncés, lunettes grises à monture carrée, intervint :

— Le meurtre remonte à vingt, vingt-six heures. Je ne pourrai être plus précis qu'après l'autopsie…

Son téléphone sonna.

— Je dois répondre.

Il s'éloigna.

— Je suis là ! (Nedellec, à bout de souffle, à côté du petit groupe.) J'étais en haut, vers la tour…

— Vous n'étiez pas le seul, le coupa Huppert. Autrement dit, on a assassiné Walig Richard hier, entre quatre et dix heures du matin. Depuis, il pourrit là.

— Ce qui correspond peu ou prou au moment du meurtre de Kilian Morel, fit Nedellec, dont l'observation recoupait ce que Dupin pensait. Ce qui signifie alors qu'il pourrait s'agir d'un seul et même tueur qui aurait fait… (il marqua une pause) une petite balade hier matin…

— Le mont Garrot n'était qu'un crochet, compléta sobrement Huppert. Le coupable ne serait pas passé par l'usine marémotrice mais aurait pris le pont à proximité. Compte tenu de la faiblesse de leurs alibis, tous nos protagonistes en auraient eu le temps.

Elle n'avait pas tort, même si on ne pouvait exclure le fait qu'il ait pu y avoir deux tueurs. Hautement improbable mais pas impossible.

— L'examen du corps permettra peut-être de dire s'il s'agissait ou non de la même arme. Du même couteau.

À croire qu'elle avait aussi lu dans les pensées de Dupin.

— Que faisait Walig Richard si tôt ici ? Et seul ?

Nedellec semblait enfin parfaitement réveillé.

— Normalement, il n'y a rien à faire en cette saison. On doit laisser les vignes en paix pour qu'elles poussent, expliqua Huppert. Cependant, les vignerons les examinent souvent, à la recherche de maladies ou de champignons. J'ai appelé l'un d'eux, le maire de Saint-Suliac. Walig Richard est venu régulièrement au cours des semaines passées. Toujours à cette heure-ci environ.

— Quelqu'un qui œuvre de manière systématique, constata Nedellec. Brutal mais efficace. Quelqu'un qui en veut au camp de Blanche. Seul Joe Morel est encore en vie. On a éliminé tous les autres.

Ils se turent pendant un moment.

— Je vais aller le voir.

Dupin avait initialement prévu de réinterroger Colomb Clément, le sous-chef, mais compte tenu des circonstances mieux valait se rendre d'abord chez Morel.

— Vous le rencontrerez à midi, dit Huppert. Dans son bar. Je l'ai eu rapidement au téléphone. Pour entendre sa voix, disons. Pour l'heure, il se trouve aux parcs à huîtres. Il va y travailler jusqu'à midi.

Cet appel était important. Elle avait raison.

— Par mesure de précaution, j'ai également contacté Braz, Clément et Briard. Sait-on jamais… Hier soir, Flore Briard a déposé quelques effets pour Lucille Trouin au commissariat.

Dupin jeta un regard interrogateur à la commissaire.

— Oui, des choses qu'avait oubliées Charles Braz. Ils se sont téléphoné suite à sa visite au commissariat. Elle a proposé de s'en charger.

Dupin se rappela que Braz avait évoqué ces oublis.

— Le criminel, réfléchit Nedellec à haute voix, savait où trouver Walig Richard, tout comme il savait où était Kilian Morel.

— Ce qui est le cas de nos quatre suspects, observa sèchement Huppert.

Dupin dut recompter ; il en restait bien quatre. Il se trouvait terriblement lent, ce matin. Il sentait que son cerveau rechignait à se mettre au travail. Lamentable.

Il s'accroupit auprès du mort.

Walig Richard était étendu entre deux rangées de pieds de vigne. Une stature petite mais corpulente, un front fuyant, des cheveux clairsemés. Le nez large, le visage bruni par le soleil laissant supposer qu'il passait beaucoup de temps dehors. Il portait un jean aux genoux déchirés et un tee-shirt bleu-gris fatigué, de toute évidence des vêtements de travail. Le mode opératoire du tueur était le même que pour Kilian Morel, du moins au premier coup d'œil. Trois coups dans la région du cœur, là où le tee-shirt s'était coloré de rouge sombre. L'homme gisait sur le dos, les jambes étendues, la tête sur le côté, une main sur la poitrine. Rien ne laissait penser à une bagarre, y compris en observant le sol, dur et sec, tapissé de végétation fanée. Tout au plus une brève bousculade. Soit Richard avait été surpris par son assassin, soit il le connaissait.

— Je peux faire transporter le corps ? demanda le légiste.

— Pour ce qui nous concerne, fit Huppert, l'air désabusée, il faut simplement que nous sachions si on a utilisé la même arme que pour Kilian Morel.

— Nous allons vérifier au plus vite. La scientifique n'a rien trouvé de particulier. Ni ici, ni sur le parking, ni dans sa voiture. Aucune trace qui permettrait de retrouver l'assassin. Pas de téléphone portable non plus.

Celui de Dupin sonna à cet instant précis.

C'était un message de Clément, le sous-chef. Il répondait au SMS de la veille.

« 8 h 15, Café du Théâtre. Je dois passer au marché pour être au restaurant à 9 h. »

Ça ne laissait que peu de temps.

« OK », répondit Dupin.

— Nous devrons aller jeter un coup d'œil au magasin de Richard et à sa maison, dit Dupin à la commissaire Huppert. Saint-Suliac n'est qu'à quelques minutes d'ici.

— Seriez-vous de nouveau des nôtres ? demanda la fonctionnaire non sans une pointe d'ironie.

Nedellec fit un geste nerveux.

— Ça complique tout, ce meurtre… (On aurait dit un reproche.) Joe Morel n'a rien à gagner à la mort de Richard. Aucune question d'héritage. La question est donc de savoir qui peut bien profiter de la mort de l'antiquaire… Et quel est le lien avec les deux sœurs ? Si toutefois il y en a un…

— Il y a un café à Saint-Suliac ? l'interrompit Dupin.

Il avait besoin de caféine. Il lui fallait d'urgence remettre son cerveau en état de fonctionner.

— Il y en a un, répondit brièvement Huppert. Pourquoi ?

— Qui se charge de Walig Richard ? Qui interroge ses collaborateurs, ses amis, les autres vignerons ? Qui pour voir s'il a une famille ? demanda Nedellec.

— C'est votre homme, c'est votre mission, répondit Huppert du tac au tac.

— Nous devons découvrir tout ce qu'il y a à savoir sur lui, c'est le plus important, confirma Nedellec.

— On se retrouve dans quinze minutes à son magasin.

Dupin devait remonter prendre sa voiture.

— Ça prend dix minutes tout au plus, le reprit Huppert.

Dupin ne réagit pas et s'en alla entre les ceps de vigne.

À gauche, la Rance. Toute la douceur d'un paysage fluvial. Des villages pittoresques, des forêts épaisses, d'un vert profond, de grandes prairies, des champs, des petites collines sur la rive. Un monde tout en contraste avec la sauvage Côte d'Émeraude.

Le soleil avait pris des forces et des couleurs. La matinée basculait dans une chaude lumière orangée.

— Non, vraiment, Nolwenn… avec la meilleure volonté du monde, rien ne me vient à l'esprit.

C'était une situation vraiment compliquée, mais que pouvait-il bien y faire ? Pour l'heure, il n'avait pas la plus petite mission à lui confier.

Le commissaire s'était installé sur la terrasse du Bistro de la Grève, sur le long quai de Saint-Suliac. Il venait de commander deux cafés et deux croissants lorsque son assistante l'avait appelé. Elle avait appris qu'il y avait eu un nouveau meurtre et se trouvait en route pour le commissariat, où elle réunissait toute l'équipe pour une réunion à huit heures. Depuis la veille, ils se demandaient comment être utiles à l'enquête depuis Concarneau. Ils avaient regroupé toutes les informations qu'ils avaient pu trouver sur Internet, et Huppert avait déjà recueilli tous les renseignements utiles auprès des autorités et des banques, épaulée par les forces de police et de gendarmerie locales. Si, pour certaines affaires, il fallait regretter un manque de personnel, dans le cas présent il y avait presque trop de monde – ce qui, avec le troisième meurtre et l'ampleur médiatique qu'allait encore prendre l'affaire, était une bonne chose.

— Bien, bien, commissaire, se résigna Nolwenn. Mais c'est une situation frustrante… Nous ne pouvons rien faire d'autre qu'attendre. Pourtant, ça va faire du bruit dans Landerneau, cette affaire…

— Je sais…

— Le Ber continue à explorer les liens biographiques entre les sœurs Trouin et le légendaire corsaire.

Dupin n'en attendait pas moins.

La serveuse arriva avec sa commande.

— Merci, murmura Dupin.

— Il n'y a vraiment pas de quoi, dit Nolwenn, plus conciliante. Bon petit déjeuner !

C'était incroyable ! Elle semblait toujours savoir précisément où il se trouvait et ce qu'il faisait. Dupin mettait ça sur le compte d'un don surnaturel, druidique, et pourtant… il en était encore systématiquement bluffé.

— Vous savez que Saint-Suliac compte parmi les plus beaux villages de France. Et à juste titre. Appelez-moi s'il y a du neuf. (C'était une sommation.) L'affaire a l'air vraiment compliquée.

— À plus tard, Nolwenn.

Dupin s'étira sur sa chaise. Il but rapidement le premier café, puis, sans pause, le second.

Saint-Suliac était situé dans une baie paradisiaque, en forme de faucille. Derrière la très ancienne digue de pierre, une bande de gazon, avec des bancs régulièrement espacés qui invitaient à un moment de détente. La rue principale du village, qui menait au port de plaisance, se terminait par une jetée qui s'enfonçait dans la Rance. Le bistrot de la Grève n'en était pas éloigné, c'était l'endroit le plus beau du village, et il ne se trouvait qu'à quelques maisons du magasin de Walig Richard – quai des Lançonniers, sur l'étroite rue qui longeait la rive.

Tout ici était calme, tranquille, paisible – en un mot, idyllique. Et silencieux. Un silence absolu, en tout cas à cette heure matinale. Et un panorama grandiose, vaste et étendu.

L'eau remontait, c'était encore marée basse. La brume laiteuse qui flottait au-dessus de la mer déployait sa magie et produisait un fort scintillement argenté.

L'excellent café faisait son effet. Dupin ressentait l'énergie pure de la caféine drainant son cerveau. Comme du courant qu'on libérerait et qui gagnerait tous les réseaux connectés. Maintenant qu'il était bien réveillé, sa conscience de l'extrême violence de toute cette affaire se faisait plus vive. Quelle histoire mystérieuse se déroulait ainsi sous leurs yeux ?

Dupin était sur le point de commander un autre café lorsqu'il entendit des bruits de moteurs. Quelques instants plus tard, il vit apparaître une colonne de sept véhicules, avec en tête la Peugeot 508 bleu foncé de la commissaire Huppert. La Renault argentée et sportive du commissaire Nedellec fermait la marche. Les voitures s'arrêtèrent sur la digue, devant le numéro 6.

Dupin se leva, tant pis pour le troisième café. Il rejoignit ses collègues devant le commerce de Richard.

— Ça a pris plus de temps que prévu, l'accueillit Huppert. Nous avons dû aller chercher les clés chez un de ses collaborateurs. Nous ne les avons trouvées ni chez Walig Richard, ni dans sa voiture.

— J'ai passé quelques coups de fil, répondit Dupin.

La commissaire n'avait pas besoin d'être au courant de son addiction à la caféine.

Elle passa devant lui et se rendit dans la cour.

— Ce commerce est la propriété de Walig Richard, au même titre que la maison, juste à côté, au bord de l'eau.

Nedellec et Dupin la suivirent.

C'était une belle et vieille demeure. Des pierres de granit de toutes les tailles, toutes les formes et toutes les couleurs – gris foncé, brun, rouge, gris. Chaque maison arborait devant sa façade des bacs à fleurs, des parterres fleuris et des arbustes colorés. Lavande, laurier-rose, rhododendron, romarin, lilas… C'était fascinant de constater à quel point ce village, en effet de toute beauté, rayonnait, comme rayonnaient les alentours : une harmonieuse et parfaite beauté. Comme si les êtres humains avaient voulu rendre les choses aussi belles que la nature elle-même.

Les portes et les fenêtres en bois de la maison de Richard étaient d'un sombre bleu pétrole, les gouttières gris clair. Un rosier grimpant se déployait entre les deux portes d'entrée et atteignait les fenêtres du premier étage. Au-dessus de la porte gauche était accroché l'écriteau du magasin d'antiquités. Du gravier clair dans la cour, des artichauts en fleur derrière les murets de pierre.

— J'ai convié des collaborateurs, des amis, des connaissances de monsieur Richard. Ils ne vont pas tarder à arriver, avertit Nedellec, l'air satisfait.

Nedellec avait travaillé sérieusement. Dupin était content. Ils avaient urgemment besoin d'un nouveau point de départ dans cette affaire. Et d'un peu de chance. Quelqu'un saurait peut-être quelque chose d'utile.

Toute l'équipe était réunie dans la cour.

— Le responsable du magasin n'a rien relevé de particulier hier matin, continua Nedellec. Tout était comme il l'avait laissé la veille. Comme d'habitude, ils ont ouvert à onze heures. Si le coupable s'est rendu au magasin après le meurtre, alors il n'a laissé aucune trace. De toute évidence, il ou elle n'a pas fouillé les lieux.

Huppert ouvrit la porte en grand.

— Je veux tout de même que la police technique et scientifique passe tout au peigne fin.

— Bien entendu !

Aussitôt les trois hommes coiffés de casquettes, qui peu avant œuvraient dans les vignes, passèrent devant.

La pénombre qui règne dans les maisons en granit pourvues de peu voire pas de fenêtres les accueillit.

Huppert alluma la lumière. Un lustre imposant tombait du plafond, au centre du magasin rempli de meubles et d'objets anciens. Cela ne donnait néanmoins nullement le sentiment de se trouver dans un capharnaüm – les murs nus et blancs mettaient en valeur cet arrangement fait avec goût. Un seul coup d'œil suffisait pour réaliser qu'on vendait ici des antiquités raffinées, de belle facture. Des effluves de vernis, d'huile, de poussière et de plusieurs siècles d'histoire flottaient dans les airs, mêlés de notes de citron et de lavande.

Les hommes de la scientifique étaient à la tâche.

En face de l'entrée, de l'autre côté, sur une longue table en bois, trônaient une vieille caisse enregistreuse et un imposant ordinateur. Pour s'y asseoir, une chaise en bois à l'assise capitonnée et un fauteuil en cuir noir confortable. Une vitrine en bois sombre pleine de bijoux jouxtait la table : bracelets, chaînes, bagues, ornés parfois de pierres, des barrettes à cheveux avec des perles, des boutons de manchette nacrés.

— Qu'en dites-vous ? demanda Huppert à Nedellec. Y a-t-il des choses de valeur dans cette vitrine ?

— Aucune idée, répondit le fonctionnaire en haussant les épaules. Aucun collaborateur n'a relevé qu'il manquait quoi que ce soit. Il ne s'agit certainement pas d'un vol de bijoux.

La commissaire Huppert fit le tour de la table et ouvrit le tiroir d'un caisson à roulettes. Elle le fouilla, sortit un carnet de notes noir qu'elle feuilleta au hasard.

Ce devait être le registre de Walig Richard ; on y trouvait la liste des objets vendus, accompagnés d'un numéro d'inventaire, du prix, de la date, du nom du client et, en tout petit, de son adresse ainsi que d'un numéro de transaction. La vieille école.

Huppert continua à feuilleter le carnet posé sur la table et se pencha sur les dernières ventes.

— Hier, deux cadres photos ont été vendus. À un certain Georges Duras. Une adresse à Paris.

— Walig Richard, remarqua Nedellec, était déjà mort à ce moment-là…

— La veille, c'est un miroir qui a été vendu. C'est une autre écriture, sans doute celle de Richard.

— Oui, il était bien présent à la boutique, confirma Nedellec.

Les hommes de la scientifique s'attaquaient à la vitrine de bijoux.

— À un certain Pierre Comment, résidant à Saint-Brieuc, lut Huppert. Et une armoire garde-robe, à quelqu'un de Cancale, madame Swann Muity. Ainsi qu'un bracelet en or. Assez cher, mille cinquante euros. À une Marie Fesnanta, de Rennes.

Dupin s'était légèrement courbé pour pouvoir lire. L'écriture était difficile à déchiffrer, presque aussi illisible que la sienne.

— Bonjour, mesdames et messieurs.

Un homme trapu était entré, barbe noire, cheveux noirs et coupés court, dans la cinquantaine, estima Dupin. Il avait l'air d'être à bout de forces, ce que confirmait sa voix traînante.

— Vos collègues m'ont dit que je pouvais entrer. Je suis Matthieu Boldin, c'est moi qui gère ce commerce pour monsieur Richard. Même en sa présence, ajouta-t-il rapidement.

Huppert lui fit signe d'approcher.

— Alors vous pouvez nous dire si c'est bien lui qui a écrit ça ?

Il se pencha au-dessus du livre de comptabilité. Il semblait un peu effrayé.

— C'est bien son écriture, oui.

— Et là-dedans, il s'agit de toutes les ventes réalisées ?

— Tout à fait.

Nedellec prit la suite.

— Monsieur Richard connaissait-il personnellement les clients d'avant-hier ?

— Pour autant que je sache, seulement madame Muity, de Cancale. Une vague connaissance.

— Y avait-il des problèmes quelconques avec elle ? Ou avec un autre client, ces derniers temps ?

L'homme avait l'air perturbé.

— Absolument pas. Non. Monsieur Richard avait une manière très personnelle, très sérieuse, de conduire ses affaires. Tout comme ses employés. Je peux vous assurer que nous avons toujours eu des clients ravis.

— Et, hormis le travail, savez-vous si monsieur Richard rencontrait des problèmes dans sa vie privée ?

— Jamais il ne se disputait. Il évitait les gens avec qui le courant ne passait pas. Un principe de vie pour lui. Et il me semble qu'il avait de très bons amis.

— Blanche Trouin en faisait partie.

— Oh oui. Pour autant que je puisse en juger, bien sûr.

— Sauriez-vous, à tout hasard, à quand remonte leur dernière entrevue ?

— Je n'en ai aucune idée. Elle ne venait pas très souvent ici.

— Se sont-ils vus au cours des dernières semaines ?

— Je crois, oui. La semaine dernière, en fait. Mais je ne sais plus quel jour c'était…

— Et avec Kilian Morel, savez-vous s'ils se sont vus ces derniers temps ? S'ils avaient des contacts personnels ?

— Malheureusement, je n'en sais rien non plus…

— Monsieur Richard était spécialisé dans une époque ? s'immisça Huppert.

— Non, il ne l'était pas. Il ne s'intéressait qu'à des pièces très particulières. Ayant du caractère, de l'histoire et une âme, comme il disait.

— Était-ce également valable pour les bijoux ?

La commissaire Huppert fit un signe de tête vers la vitrine.

— Oui, mais il ne s'y est intéressé que ces dernières années. Ce qui ne l'a pas empêché de devenir rapidement un expert. Il faut dire qu'il le devenait dans tous les domaines qui l'intéressaient.

— Avant-hier, qui a quitté le magasin en dernier ?

— Monsieur Richard et moi-même. Vers dix-neuf heures.

— Vous a-t-il fait une impression différente de d'habitude ?

— Non. Pas le moins du monde.

Huppert adressa un regard à Nedellec.

— Vous avez expliqué à mon collègue n'avoir rien remarqué de notable hier matin.

— Oui. C'est exact.

— Pouvez-vous être certain qu'il ne manque rien ? Dans tout le magasin ? Dans la vitrine ?

— Je pense bien, oui.

— J'aimerais que vous vérifiiez.

— Bien entendu.

Huppert, qui dépassait l'homme d'une tête, semblait lui faire une forte impression.

— Y a-t-il d'autres objets de valeur, en plus des antiquités ?

Il avait l'air confus.

— Je... Non. Il n'y a que ça. Et pas beaucoup d'argent liquide non plus. Presque tout le monde paye par carte.

Huppert fit un pas dans sa direction.

— Autrement dit, vous n'avez pas la moindre idée de la raison pour laquelle on a tué votre patron ? Ni qui aurait pu le faire ?

— Non. (L'employé lança un regard désespéré aux commissaires.) Tout ça est terrible. Je ne sais absolument pas pourquoi on a fait une chose pareille.

Nedellec regarda l'heure.

— Monsieur Boldin, j'attends encore deux de vos collègues, ainsi que des amis et des connaissances de monsieur Richard. Y a-t-il ici une pièce tranquille que nous pourrions utiliser ?

— En haut, au premier étage. C'est une réserve, mais il y a une table à l'intérieur.

Nedellec se tourna vers Huppert.

— Je crois que les auditions des proches de monsieur Richard constituent maintenant la plus haute priorité. Vous devrez vous passer de moi pour fouiller sa maison.

Il gravit rapidement le vieil escalier étroit dans un recoin de la pièce.

— J'emmène les collègues de la scientifique avec moi ! lui lança Huppert.

Dupin regarda l'heure. Sept heures cinquante. Il avait rendez-vous avec le sous-chef dans vingt-cinq minutes à Saint-Servan. Il avait le temps de faire un tour du propriétaire, mais il devrait laisser à sa collègue et à la police technique le soin de visiter la maison de Richard.

Colomb Clément avait une épaisse chevelure blonde aux reflets roux, des yeux brun foncé, et il arborait une barbe de plusieurs jours bien soignée. C'était un jeune homme athlétique, au regard pétillant, qui pouvait avoir juste un peu plus de trente ans. Un peu mal dégrossi peut-être, tout comme les traits de son visage. La présence, le caractère qu'on prêterait à un grand chef n'apparaissaient pas au premier coup d'œil. Dupin, en tout cas, s'était attendu à quelqu'un d'un autre genre.

Il se tenait au bar, décontracté, vêtu d'un jean, d'un tee-shirt sobre, marron. Il buvait un espresso. Dupin était en retard de quelques minutes. Le café était comble, il y régnait l'agitation des jours de marché, les gens ne cessaient d'entrer et de sortir.

Clément lança à Dupin un regard inquisiteur. Ils se saluèrent en quelques mots.

— Bien, dit le jeune homme en posant sa tasse, allons faire nos emplettes.

S'il avait bien prévenu qu'il devait aller au marché, le commissaire n'avait pas saisi qu'il serait, lui, de la partie.

— Je suis à vous tout de suite. (Il s'adressa à l'homme derrière le bar :) Un café, s'il vous plaît.

Il devait sauter sur l'occasion.

Un bref signe de tête et l'homme actionna l'imposant percolateur. Clément resta stoïque – en tout cas, il ne laissa paraître aucun agacement. Il attendit en silence que le commissaire ait bu son breuvage. Dupin jeta un regard à la une du journal *Ouest France*, où il se reconnut en photo avec ses homologues, sous la manchette : *La Brit Team à l'œuvre*.

— On peut y aller, dit-il.

Une fois dehors, ils prirent à gauche et arrivèrent sur la place Bouvet, le centre de Saint-Servan, où se trouvait, en plus de l'imposant marché couvert, l'église. Clément se dirigea vers les étals du marché, dont l'activité avait repris.

Dupin était conscient qu'il devrait mener la conversation.

— Vous avez déjà parlé à la commissaire Huppert, monsieur Clément. Il est très important que nous sachions si Lucille Trouin était au courant de votre futur départ. Avez-vous des choses à me dire à ce sujet ?

— Non. (Il compléta :) Je l'ai déjà dit à votre collègue. Blanche Trouin voulait le lui annoncer en personne.

— La question est maintenant de savoir si elle a eu l'occasion de le faire au cours des jours ou des heures précédant le crime.

— Aucune idée.

Il n'était pas disert, ce que Dupin ne prenait pas pour une marque d'antipathie. Néanmoins, cela le fatiguait.

Ils entrèrent dans le marché. Clément savait où il allait.

— La commissaire Huppert disait que vous ignoriez également si Blanche Trouin s'en était confiée à d'autres personnes que son mari…

— Exact.

— Pourquoi ne pas l'avoir dit de vous-même à votre patronne ?

— Je ne sais pas.

— Plus précisément ?

Clément s'était arrêté chez un primeur et examinait les tomates cœur-de-bœuf.

— Pour moi ce n'était pas important, et ce n'est certainement pas pour ça que Lucille Trouin a tué sa sœur.

Sa première phrase élaborée. Qui montrait bien qu'il n'y aurait pas d'intérêt à discuter encore de ce sujet. D'autant que cette histoire de débauchage n'était plus si brûlante depuis le meurtre de Walig Richard.

— Pour quelle raison l'offre de Blanche Trouin vous a-t-elle séduit ?

— Elle m'a promis une grande liberté créative. Et un salaire bien plus important.

Il se remit en marche. Les tomates semblaient ne pas avoir retenu son attention, il cherchait autre chose.

— Vous ne disposiez pas d'une telle liberté aux côtés de Lucille ?

— Elle est très autoritaire.

— Vous vous disputiez parfois ?

— Non.

— Combien d'argent en plus vous a promis Blanche Trouin ?

— Mille cinq cents euros. Par mois.

Une belle augmentation. C'était un solide argument.

Clément prit à gauche et se dirigea vers le dernier étal.

Marie-Annick, maraîchère, annonçait un panneau blanc à l'écriture verte avec un chariot de légumes dessiné dessus.

— Et puis je ne voulais plus travailler pour ces croisières gastronomiques. Ça m'ennuyait.

Enfin quelque chose de personnel.

— Est-ce que ça a donné lieu à des disputes ?

— Non.

— Salut, Colomb, lança Marie-Annick, qui semblait bien le connaître.

— Bonjour, Marie-Annick.

— Qu'est-ce que ce sera, aujourd'hui ?

— Des jeunes pois.

La femme, qui correspondait en tous points à l'image d'Épinal qu'on pouvait se faire d'une maraîchère (visage tanné par les saisons, foulard sur la tête et salopette), se tourna vers les caisses empilées derrière elle, y prit une cosse de petits pois et la tendit à Clément. C'est un rituel qui se joua, ensuite : il ouvrit la gangue d'une seule main, fit doucement rouler les pois entre le pouce et l'index, les goûta.

Cela dura un peu, puis il lâcha un laconique « OK ».

D'après l'expression de son visage, Marie-Annick n'était pas inquiète du résultat. Un sourire joyeux s'esquissa sur ses lèvres.

— Ils sont incroyablement sucrés en ce moment. Comme tu les aimes.

— Mets-m'en dix kilos.

— Pierre va te les apporter.

Le sous-chef acquiesça.

— Et avec ceci ?

— Des cocos de Paimpol.

— Tu as de la chance, j'ai les premiers de la saison…

Le même test se répéta avec les haricots blancs, à ceci près qu'il ne les goûta pas. Même si elle avait remarqué que Dupin accompagnait son client, la maraîchère ne lui prêtait pas la moindre attention.

Colomb Clément opina du chef.

— Pareil. Dix kilos.

— Ce sera tout ?

Ils se comprenaient à demi-mot.

— Oui. À plus tard, Marie-Annick.

Il se remit en route.

— J'imagine que vous avez entendu parler du dernier meurtre, celui de Walig Richard…

— On ne parle que de ça à la radio.

— Le connaissiez-vous personnellement ?

— Non.

— Savez-vous des choses à son sujet ?

— Non.

— Et Kilian Morel, étiez-vous en contact avec lui ?

— Pas plus.

— Vous avez bien dû le rencontrer de temps à autre, n'est-ce pas ?

— Très rarement. Des soirées, des manifestations publiques…

Ils étaient arrivés à un étal de boucher. Derrière la vitrine réfrigérée, il y avait tout ce dont un amateur de viande pouvait rêver : d'énormes côtes de bœuf, de superbes entrecôtes, des steaks, du gigot d'agneau, des côtelettes de porc ibérique, des saucisses de gibier, des lapins entiers, et tous les abats possibles.

— Et Joe Morel, le frère du mari de Blanche ?

— Je vois qui c'est, mais je n'ai jamais eu le moindre contact avec lui.

— Avez-vous…

Le portable de Dupin. Il n'avait pas sonné depuis étonnamment longtemps.

La commissaire Huppert.

— Pardonnez-moi, je reviens tout de suite.

Il se mit à l'écart, dans un coin un peu plus calme.

— Oui ?

— C'est au sujet de Flore Briard. Ses finances ne sont pas au beau fixe. (Comme à l'accoutumée, elle ne perdait pas de temps en phrases inutiles.) Du million sept cent mille euros dont elle a hérité voilà dix ans, il n'en reste plus que vingt mille, placés en Bourse. C'est tout. De toute évidence, ses croisières gastronomiques lui permettent de vivre. Alors certes, elle est propriétaire de sa villa, mais ça lui coûte une fortune en entretien. Elle a même réfléchi récemment à en louer une partie. L'année passée, elle a vendu une Rolex, dont elle avait hérité, lors d'une vente aux enchères.

— Intéressant.

Ça l'était vraiment. Rien de spectaculaire, mais intéressant.

— Comment avez-vous obtenu ces renseignements ?

— J'ai mes informateurs. Comme vous les vôtres.

Pas exactement le genre de données qu'on se procure en se conformant aux lois… D'un strict point de vue juridique, cela ne faisait pas de Briard une suspecte. Huppert semblait connaître son terrain.

— Ce qui mérite d'être élucidé, c'est pourquoi et comment elle aurait pu prêter de l'argent à Lucille Trouin… À moins qu'elle n'ait prévu de vendre sa villa, mais je n'ai rien entendu à ce sujet.

— Je vais appeler madame Briard. Autre chose ?

— Impossible de joindre Nedellec. Je pense qu'il est en plein interrogatoire. J'essaie plus tard. Je suis encore dans la maison de Richard.

— Et ?

— Pour l'instant, on n'a rien trouvé d'intéressant. Ah oui ! J'ai tout réglé pour que vous puissiez rendre une petite visite à Lucille Trouin. Vous pouvez y aller en début d'après-midi. Auparavant, elle doit passer un examen médico-psychologique qu'elle avait auparavant refusé.

— Bien, c'est noté. À plus tard.

Dupin retourna auprès de Clément.

Le sous-chef tenait un morceau de viande, il y enfonçait les pouces, le jaugeait.

— OK.

Telle était apparemment sa manière d'exprimer une intense satisfaction.

— J'en prends vingt.

— Ta souris d'agneau aux haricots blancs et aux jeunes pois, servie avec de la ratte ?

Il grommela en guise d'acquiescement.

À l'inverse de la maraîchère, le boucher prêtait attention au commissaire.

— Vous devez absolument goûter ça, monsieur. C'est son plat signature. À tomber par terre. L'agneau est mis à mariner avec de la cannelle, du miel multifleurs, du cumin, puis il cuit pendant des heures à feu doux…

La seule évocation de souris d'agneau suffit à mettre l'eau à la bouche à Dupin. Il adorait les haricots et les petits pois. Quant à la marinade… ça semblait divin…

— Je vous crois sur parole.

— Une recette très simple, minimisa Clément.

C'était toujours pareil : lorsqu'un chef de renom disait « très simple », ce qu'il pensait sincèrement, d'ailleurs, qu'importe le nombre de fois où le profane s'y essayait… jamais il ne parvenait à un résultat équivalent.

— Besoin d'autre chose, Colomb ?

— J'ai tout.

— On te l'apporte.

Le sous-chef avait déjà quitté l'étal.

— Lucille Trouin vous a-t-elle paru changée ces derniers temps, monsieur Clément ?

— Non.

— Plus sombre que de coutume, peut-être ?

Il secoua la tête.

— Lui connaissiez-vous des problèmes, des difficultés ?

— Non.

Clément se dirigea vers un étal de fraises de Plougastel. *Les meilleures fraises du monde*, lisait-on sur les barquettes. Ce qui était tout à fait vrai. Elles n'avaient strictement rien à voir avec les autres fraises d'Europe ; on les avait importées du Chili au XVIIIe siècle, puis on avait poursuivi leur culture à Plougastel. Dupin n'en était jamais rassasié.

— Dites-moi si je me trompe, mais il me semble que vous travaillez aussi pour Flore Briard.

— Non. Pas directement. (Il semblait y tenir.) J'élabore les recettes et les menus qu'un autre chef prépare en direct sur le bateau. Mais c'est La Noblesse, le restaurant de Lucille Trouin, qui vend les recettes, pas moi. Je perçois juste un peu d'argent. Pas grand-chose.

Il mit les mains dans ses poches et se plaça dans la courte file d'attente.

— Donc madame Briard va avoir quelques problèmes, si vous partez chez Blanche Trouin.

— Elle trouvera une solution.

— Vous devez sans doute avoir personnellement affaire à Flore Briard ? Pour discuter des menus, par exemple.

— De temps à autre, oui. Surtout au début de la saison. La semaine dernière, elle est passée au restaurant. Vendredi. Après le repas, elle est venue me voir dans la cuisine et m'a dit qu'elle voulait me parler au calme.

— À quel sujet ?

— Aucune idée. Elle m'a dit qu'elle me ferait signe. Elle ne l'a pas encore fait.

Un point à élucider lors de sa prochaine entrevue avec Flore Briard.

— Avec qui venait-elle principalement au restaurant ?

— Avec des copines, d'après ce que j'ai pu voir. Je reste uniquement dans la cuisine. Ce vendredi, elle était avec un homme.

— Avec qui ?

— Le frère du mari de Blanche Trouin.

— Quoi ? Joe Morel ?

Dupin fronça les sourcils.
— Comme je vous l'ai dit, je ne le connais pas personnellement. Je sais qui c'est, c'est tout.
— Vous êtes certain que c'était lui ?
— Oui. Un convive voulait me parler. C'est pour ça que je me suis retrouvé à un moment en salle.
Flore Briard et Joe Morel. En voilà une nouvelle !
— Vous ont-ils fait l'impression d'être très proches ?
— Je ne sais pas.
— Lucille Trouin était-elle présente ce soir-là ?
— Non.
Le vendeur de fraises salua chaleureusement Clément.
— Comment ça va, Colomb ? J'ai de magnifiques gariguettes, des séraphines et des surprises des halles. Lesquelles tu veux ?
— De la gariguette.
L'autre tendit une fraise à Clément, qui prit son temps.
Dupin crut distinguer un sourire sur ses lèvres tandis qu'il laissait fondre le fruit dans sa bouche.
— Cinq kilos.
— Bien.
Clément leva la main en guise d'au revoir et quitta l'étal.
— Je dois aller au restaurant.
— Alors merci pour tout, monsieur Clément.
Le sous-chef se dirigeait tout droit vers la sortie par laquelle Lucille Trouin avait pris la fuite le jour du premier meurtre.

Dupin s'installa dans la voiture. Il renseigna l'adresse de la vieille tante dans le GPS.

Il devrait emprunter l'une des voies les plus importantes au pied de la vieille ville de Saint-Malo, le long du grand port industriel, pour gagner directement Rothéneuf.

Il appela Flore Briard. Elle mit un moment à répondre.

— Allô ?

— Commissaire Dupin. J'ai encore quelques questions à vous poser.

— Ça ne me surprend pas, répondit-elle, souveraine. On entendait du bruit en arrière-plan – elle devait être dehors, marchant dans la rue, supposa Dupin.

— Il s'agit de certaines choses que vous n'avez pas mentionnées hier lors de notre entretien.

— Oh ! Il doit y en avoir un certain nombre.

— Vous disiez être disposée à prêter de l'argent à votre amie Lucille Trouin. Un important crédit, je suppose. Mais vous n'en avez absolument pas la possibilité, d'après ce que nous avons appris.

— J'ignore qui vous a raconté ça, répondit-elle sans hésiter. Mais je suis au courant de ce dont je dispose, ne vous faites aucun souci pour ça, commissaire.

— Nos sources sont sûres.

— C'est ridicule. Mon héritage se trouve en plusieurs endroits.

Dupin n'entendait pas s'en laisser conter.

— Autrement dit, vous êtes plus dépendante que nous ne le pensions de votre entreprise de voyages gastronomiques…

— Vous faites erreur, commissaire. (Elle ne paraissait nullement irritée.) Mais je suis très attachée à mon affaire. Pour moi, elle a une grande valeur.

Les informations recueillies par Huppert étaient-elles fiables ? Et si Flore Briard avait un compte ou des fonds à l'étranger ? Dupin ne pourrait aller plus loin. En outre, il n'y avait aucun lien précis entre sa supposée situation financière et les meurtres.

Impasse.

— Encore une chose, madame Briard. De quelle nature est…

Il freina brusquement, les pneus crissèrent. Une colonne de véhicules lui coupait la route. Le club des vieilles durites. Une sorte de procession. Sur le fanion de la lanterne rouge, on pouvait lire : *On aime nos classiques*. De nouveau, quelques personnes le saluèrent de la main.

— Quelle est la nature de votre relation avec Joe Morel, madame Briard ? reprit-il. Vendredi soir, vous dîniez avec lui dans le restaurant de Lucille Trouin. Vous ne m'en avez pas dit un mot, hier.

C'était pourtant elle qui avait parlé des deux camps. Et cet homme, Joe Morel, appartenait au camp adverse.

— Avec Joe, ça fait une éternité qu'on se connaît. On s'est toujours appréciés. On se voit de temps en temps pour un dîner. C'est plutôt rare.

— De quoi avez-vous parlé ce soir-là ?

Dupin avait atteint le port industriel de Saint-Malo. Sur l'un des quais, d'innombrables caisses en plastique bleues, une montagne, attendaient leur chargement.

— De la pluie et du beau temps. De mon travail, de son bar. Ce genre de choses. Rien de particulier.

Dupin n'en obtiendrait pas davantage.

— Vous étiez-vous donné rendez-vous au débotté ?

— Non. Il y a quelques semaines, je suis allée manger à Cancale avec une amie. On a pris l'apéro chez Joe. On a papoté puis nous sommes convenus de nous revoir. C'est tout.

— Avez-vous eu des contacts avec lui depuis avant-hier ? Depuis le meurtre du marché ?

— Bien sûr. On s'est téléphoné deux fois. Et on s'est écrit. Il faut se soutenir, en de tels moments.

— Quelle impression vous a-t-il faite au téléphone ? Après la mort de son frère, particulièrement ?

— Il n'est pas du genre à étaler ses sentiments. Bien sûr, ça a été un choc terrible pour lui. Peut-être devriez-vous lui parler en personne.

— C'est prévu. Vendredi soir, vous avez demandé un rendez-vous à Colomb Clément. De quoi vouliez-vous lui parler ?

Dupin venait de dépasser le panneau d'agglomération de Rothéneuf. C'est là que se trouvait le terrain qui avait ruiné Lucille Trouin.

— Je crois que vous étiez au courant, pour l'offre de Blanche Trouin, poursuivit Dupin. De même que Lucille.

Il fallait tenter le tout pour le tout.

— Je ne savais rien, commissaire. (Sa voix se teinta d'une certaine dureté.) Je vois Colomb Clément deux à trois fois l'an. Afin de recueillir ses idées pour la saison à venir. Je règle l'aspect financier avec Lucille. Les menus jouent un rôle prédominant dans notre offre. Et j'ai besoin de renouveau afin que les clients aient toujours une bonne raison de réserver une croisière même s'ils connaissent les paysages.

— C'était un peu tard pour avoir ce genre de discussion, non ? La saison vient de commencer…

— Je me suis décidée à investir dans un grand gril pour les deux bateaux. La cuisson au barbecue a le vent en poupe. Voilà pourquoi je voulais lui parler. Les croisières ont lieu jusqu'à fin octobre, début novembre. Ça laisse encore cinq mois.

Dupin ne pouvait rien opposer à ça.

Un détail lui revint à l'esprit :

— Quelles sont les affaires que vous avez déposées hier au commissariat à l'intention de Lucille Trouin ?

— Juste quelques bricoles que Charles avait oubliées. Des sandales, du liquide pour lentilles de contact, de la crème hydratante. Et des choses dont je savais qu'elles lui feraient plaisir.

— Précisément ?

— Son magazine de cuisine favori. Un livre qu'elle voulait lire, une tablette de chocolat aux noisettes.

— Bien, madame Briard. On se parlera très certainement de nouveau.

— Avec plaisir, commissaire.

Il était presque arrivé. Il devait tourner une dernière fois à droite pour atteindre l'allée Notre-Dame-des-Flots.

Si la villa de madame Allanic-Trouin, construite dans ce style néogothique que Dupin affectionnait, toute en pierres claires, n'avait pas les dimensions de La Garde, elle n'avait cependant pas de quoi rougir.

Son emplacement était aussi somptueux que la maison était belle. Une petite impasse, quasiment privée, traversait des champs en jachère depuis Rothéneuf en direction de la mer et s'arrêtait en cet endroit, c'est-à-dire à la vénérable villa qui se dressait, seule, sur le dernier éperon rocheux au-dessus de la Manche. À un jet de pierre, un à-pic vers une vaste baie fermée, formant une petite mer, entourée de falaises, qui communiquait avec la haute mer par une passe. Cette mer intérieure, à marée haute (c'était presque le cas), se métamorphosait en une parcelle de flots sauvages et à l'inverse, à marée basse, se muait en un immense banc de sable. Le même phénomène se produisait en bien des endroits de la côte bretonne. Des petits bois de pins maritimes battus par les vents ourlaient le rivage, et au-dessus un ciel bleu clair – un paysage époustouflant. La mer intérieure était d'un turquoise étincelant, avec un fond de sable blanc. Une brise agréable charriait le sel et l'iode depuis le large. Dupin aimait ça ; ça lui faisait un bien fou.

Il s'était garé au bord de la route, à une certaine distance de la villa. Pendant un moment, il était resté à côté de la voiture, réfléchissant à la nature de ce rendez-vous.

Sans doute la tante ne pourrait-elle pas leur apprendre grand-chose au sujet des deux sœurs, encore moins, voire rien du tout, sur les autres protagonistes. Manifestement, elle était très confuse.

Il soupira puis se mit en marche.

Derrière le portail, un chemin de gravier conduisait à la villa. En jaillit une femme âgée qui se précipita à sa rencontre.

— Pardon, commissaire, je suis Francine Lezu, la gouvernante de madame Allanic. Je vous ai vu trop tard, sans quoi je serais venue vous ouvrir le portail.

Vous auriez pu monter jusqu'ici en voiture. Je vous prie de m'excuser. (Elle parlait sans faire de pause, ni virgule ni point.) Je suis tellement contente que vous soyez là, je ne sais plus quoi faire. Madame ne cesse de tenir des propos farfelus, le médecin lui a prescrit un calmant mais elle refuse de l'avaler. Bien sûr, elle ne veut pas entendre parler d'une piqûre. C'est de pire en pire. Enfin, votre venue va sans doute aider. (Elle prit une profonde inspiration.) La visite de la commissaire, hier, n'a, comment dire ?, pas bien fonctionné.

Le commissaire et la gouvernante se faisaient face. Dupin lui donna entre soixante-quinze et quatre-vingts ans. Elle était très maigre, presque squelettique, les cheveux fins. Ses vêtements étaient d'une autre époque : une longue robe noire, un chemisier blanc à volants et un tablier plissé gris.

— C'est un plaisir de vous rencontrer, comme de faire la connaissance de madame Allanic.

Elle fit volte-face.

— C'est par là, si vous voulez bien vous donner la peine. Madame vous attend dans la véranda, son endroit préféré. Elle vient de nous faire une furieuse tirade. J'avais peur qu'elle ne s'effondre. Parfois, elle me demande d'aller voir à l'intérieur où son mari pourrait bien s'être caché…

— Quelle profession exerçait-il ?

— Il avait des parts dans l'un des grands armements de Saint-Malo, le plus puissant.

Cette dernière précision lui semblait importante.

— Depuis quand travaillez-vous pour madame Allanic ?

— Neuf ans et trois mois.

— Vous a-t-elle confié où irait sa fortune après son décès ?

— Bien sûr que non ! Qu'allez-vous imaginer ? s'indigna-t-elle. Je suis sa gouvernante, son employée. Jamais elle ne ferait ça, ce serait inconvenant. Et je ne le voudrais d'ailleurs pas.

— À quand remonte la dernière visite des sœurs Trouin ?

Il était sans doute plus avisé de poser ce genre de question à madame Lezu qu'à sa maîtresse.

— Lucille, c'était il y a trois semaines ; Blanche, la semaine dernière. Elle s'est toujours occupée de sa tante avec une grande gentillesse. Elle lui apportait des choses délicieuses à manger et lui cuisinait des petits plats.

Dupin prit son carnet de notes. Ils avaient atteint un large perron de pierre semi-circulaire.

— Quelle était la régularité de leurs visites, en général ?

— Blanche, toujours au bout de quelques semaines. Lucille plus rarement. Il leur arrivait de venir également en mon absence. Je travaille tout le week-end, en contrepartie de quoi j'ai mon lundi. Mais Madame me tenait au courant de leur passage. (Elle s'arrêta.) J'avais le sentiment qu'elles préféraient lui rendre visite lorsque je n'étais pas là.

— Pourquoi cela ?

Elle rougit légèrement.

— Peut-être… Comment dire… se sentaient-elles observées ?

Ils se trouvaient devant la porte.

— Les hommes qui partageaient la vie de chacune des sœurs étaient-ils présents lors de leurs visites ?

— Non, aucun des deux.

— Y avait-il quoi que ce soit de changé après le passage de ses nièces ? Ou avez-vous remarqué quelque chose à propos de votre patronne ?

— D'aucune manière, non. Ah ! Sachez qu'elle n'entend plus très bien.

— Je tâcherai d'y penser, madame Lezu.

— Voilà longtemps que ma maîtresse n'est pas sortie. Sa vie ne tient plus qu'entre ces murs.

Elle ouvrit la porte, traversa le hall de réception pour gagner la porte d'en face.

Ils entrèrent dans une immense pièce qui semblait être le salon. D'imposants meubles en bois sombre, aux lourds ornements, comme le commissaire n'en avait encore jamais vu. Des pièces uniques, qui n'avaient rien à voir avec les styles qu'il connaissait. Un sol en marqueterie de bois foncé, aux murs de grands tableaux aux cadres écrasants, des paysages du XIXe siècle. Une imposante porte latérale conduisait directement à la terrasse.

— Avez-vous déjà entendu les conversations de madame Allanic avec ses nièces ?

La gouvernante jetait des regards nerveux alentour, elle se sentait mal à l'aise.

— Bien sûr que non. (Elle chuchota :) Je préparais le café ou le thé, je servais des biscuits, rien de plus.

— Et vous, vous ne résidez pas ici ?

— Ma maîtresse ne le voudrait pas. Il y a une petite maison pour le personnel au début de la rue, dans le village.

— Y a-t-il d'autres domestiques ?

— Autrefois, oui. Mais voilà longtemps que je suis toute seule.

— Je vous remercie, madame Lezu.

Dupin se rendit sur la terrasse. Un profond soulagement marquait le visage de la gouvernante. C'était comme dans un film. La terrasse, au moins cinquante mètres carrés, était un petit royaume ceint d'une rambarde à mi-corps courbe, d'un blanc immaculé. Un panorama à couper le souffle, sur la droite la petite mer intérieure, sinon, où que se porte le regard, l'infini de l'horizon. Le légendaire vert émeraude qui contrastait fortement avec le blanc et le bleu marin du ciel. S'y ajoutaient le noble vert des pins maritimes et toutes les tonalités du gris des falaises et des rochers.

À l'abri du vent le long du mur et exposé au soleil, il y avait un fauteuil en rotin occupé par madame Allanic et, juste à côté d'elle, une table rectangulaire en fer forgé et trois chaises. La vieille dame portait un chapeau de paille au large bord arrondi avec un bandeau d'un rose soutenu. Sur la table, un petit plateau avec une théière argentée, une tasse en porcelaine bleu et blanc, et son pot à lait assorti.

Madame Allanic ne bougeait pas, comme figée. Son regard vague se perdait dans l'océan. Elle semblait ne pas avoir remarqué le commissaire ni sa gouvernante. Ses cheveux courts, châtains, peignés en arrière, brillaient d'un blanc léger sur les tempes. Son front marqué était dégagé. Pour une nonagénaire, elle avait la peau étonnamment lisse. Son nez était étroit, ses lèvres discrètement maquillées.

— Bonjour, madame Allanic.

Dupin parla plus fort qu'à l'accoutumée.

Elle sortit brusquement de son immobilité et se tourna vivement dans sa direction. Du coin de l'œil, Dupin remarqua que la gouvernante se retirait discrètement.

— Mon mari revient bientôt. (Elle était agitée.) Et il va remettre de l'ordre dans tout ça. Il remet toujours de l'ordre, vous verrez. Je me moque de mourir. Il va rapporter d'autres trésors ! Beaucoup de nouveaux trésors, de plus grande valeur encore que les anciens. Elles les ont volés, oui, volés ! Vous ne pouvez pas m'obliger à parler, je ne dirai rien.

Soudain, elle se tut. Elle retomba dans son état végétatif, à la différence qu'elle ne regardait plus la mer mais Dupin.

— Je suis le commissaire Dupin, madame Allanic, de la police nationale. Vous vouliez me parler.

Dans son regard, il y eut comme un profond étonnement. Et du désarroi. Elle portait une veste en laine chinée sur un chemisier bordeaux avec un liseré blanc sur le col et une broche dorée sertie d'une seule pierre. Un pantalon noir à pinces. Aussi élégante fût-elle, on voyait tout de suite sa fragilité, à ses mains surtout. Le grand âge.

— Vous arrivez trop tard. (Soudain, elle prit un ton résigné, triste.) Ça s'est déjà passé. Ils l'ont tuée.

— Vous voulez dire Blanche ? Votre nièce ?

De nouveau un air hagard, comme si elle se demandait d'où il tenait cette information.

— C'était ma préférée. Et elle va bientôt me rendre visite. (De nouveau, elle se figea. Puis une nouvelle impulsion :) Ils sont venus et nous ont tout pris ! Ce sont de sales voleurs. Ils sont venus à bout des hauts murs de notre ville. Je vais aller au Canada, vous savez. Le Canada nous appartient. Au Canada, chez ma sœur.

— À qui vous léguez toute votre fortune, si je ne m'abuse.

Dupin la regarda attentivement.

— Au Canada !

Elle se tut.

La vieille dame semblait enfermée depuis longtemps dans sa propre nuit noire. Il ignorait comment la calmer. Inutile d'envisager une conversation normale…

Elle reprit :

— C'est Blanche qui l'a. Blanche ! Elle les a toutes. Les épices. Les arômes du monde entier. Des pays lointains. Que personne sauf elle ne connaît, et mon mari. C'est Blanche qui a le livre de recettes. C'est elle. De son père. Elle a un don.

— Pensez-vous que Lucille a tué Blanche pour cette raison ?

Elle le regarda cette fois avec une grande stupéfaction. Puis, comme si elle avait rassemblé de nouvelles forces :

— Les corsaires étaient des hommes fiers. Nous avons dominé le monde entier. Je suis une corsaire. Et je ne vais pas le dire. Et à Blanche non plus.

— Qu'est-ce que vous n'allez pas dire, madame, précisément ?

Elle regarda le sol.

— Carvi royal iranien, safran afghan, les épices les plus chères de la terre, vanille Bourbon des Comores, poivre de Tasmanie, cardamome du sud de l'Inde, fleur de muscade arabe… De vrais trésors ! Mais je ne leur ai rien dit.

De nouveau, c'était pour le moins sibyllin.

— Je vois que vous avez retrouvé votre chapeau de soleil. Une chance qu'il n'ait pas été volé.

Dupin venait de se rappeler ce détail que lui avait confié la gouvernante au téléphone.

— Ils ont tout volé. (Sur ses traits, de l'effroi.) Tout.

Une sonnerie. Un SMS.

Dupin jeta un rapide coup d'œil à l'écran de son téléphone. Un message d'Huppert : « Interrogatoire L. Trouin 14 h. » Elle avait réussi. Parfait.

— Madame Allanic, vous savez que le mari de Blanche, Kilian Morel, a été tué hier…

Il crut percevoir un hochement de tête. C'était déjà ça.

— Y a-t-il quelque chose qui puisse nous aider, madame ?

— Mon mari est parti à Rio sur son navire majestueux. Il a fait le tour du monde.

Elle fixait Dupin avec une intensité particulière.

— Ce matin, madame, il y a eu un meurtre supplémentaire. On a tué l'antiquaire Walig Richard à Saint-Suliac. Un ami de Blanche.

Elle ne dit mot.

Peut-être n'avait-elle tout simplement plus la force. Dupin éprouvait de la compassion pour elle. Cette conversation était une torture. Il fallait qu'il renonce. Le commissaire appréciait cette vieille dame dans la tête de laquelle tout dérivait, où se nouaient des événements qui n'avaient rien à faire ensemble et se recomposaient de manière désordonnée. Pour elle, c'était un univers clos, son monde à elle. Dupin se dit qu'il n'aurait rien contre le fait d'errer, perdu à l'intérieur de son monde à lui, à la fin de ses jours.

— Comment se passe l'enquête ? Kilian était un homme bon. Où est Lucille ?

Dupin n'était pas certain d'avoir bien entendu. Des phrases construites, clairement énoncées, des questions concrètes, réalistes – des paroles de ce monde. Et, de toute évidence, à lui adressées.

— Lucille est en détention provisoire, au commissariat. Mais elle ne veut pas parler.

Madame Allanic réagit par un hochement de tête sans équivoque.

— Savez-vous pourquoi Lucille a fait ça ? Pourquoi elle a poignardé Blanche ?

Elle ne répondit pas. Un silence différent de ceux qui l'avaient précédé, songea le commissaire – à moins que ce ne fût le fruit de son imagination ?

— Nous cherchons un mobile, madame. Pour expliquer le geste de Lucille et les autres meurtres. L'histoire qui relierait l'ensemble. La connaissez-vous, madame ?

La vieille dame semblait se battre contre elle-même.

— Il est parti.

Trois mots prononcés bien distinctement.

— Qui ça ? Qui est parti ?

— Mais mon mari va revenir. Il est déjà sur le chemin du retour.

— Votre mari ?

L'intonation n'était plus la même.

— Il va remettre de l'ordre dans tout ça. Je ne sais pas sur quel navire elle voyage. Blanche aimait la vanille. Comme mon époux. Lucille, elle peut être très méchante.

— Que voulez-vous dire par là ?

Elle lui adressait dorénavant un regard vide.

Le sursaut de bon sens semblait avoir disparu, pour peu qu'il ait existé.

— Je ne dirai rien.

Le commissaire attendit. Longtemps. La vieille dame se taisait obstinément.

— Je vous remercie, madame Allanic. (Dupin décida d'en rester là.) Et je peux vous assurer que nous allons faire tout ce qui est en notre possible pour… remettre de l'ordre dans tout ça.

Un court instant, son regard se planta attentivement dans celui du commissaire avant de retourner se perdre au loin.

— Au revoir, madame.

Elle retomba dans sa léthargie puis fut parcourue d'un léger frisson, bien que la température ait monté au cours de la demi-heure passée.

Il tourna les talons.

Dupin se sentait légèrement perdu ; les trois derniers quarts d'heure lui semblaient avoir été irréels. Il laissait aller son regard çà et là, puis il se ressaisit avant de prendre place au volant.

Dix heures avaient sonné depuis peu, il avait encore du temps devant lui. Il devait rencontrer Joe Morel à midi, Lucille Trouin à quatorze heures.

Il mit le contact, consulta la carte du GPS et l'agrandit jusqu'à trouver ce qu'il cherchait.

Trois minutes plus tard, il était arrivé.

Depuis la route, il avait emprunté un chemin truffé de nids-de-poule qui bifurquait d'un coup. Devant lui s'étendait le terrain de Lucille Trouin, désormais sans valeur. Un pré avec des haies et des buissons jusqu'à la falaise. Un emplacement magnifique, non sans rappeler celui de la tante, à quelques centaines de mètres à vol d'oiseau.

Dupin prit un sentier en direction de la mer. Sur sa droite, assez éloigné, un long bâtiment moderne, un haut toit à deux pentes, de la forme d'une tente. Sans doute le restaurant connu dont Huppert avait parlé.

Il ne tirait aucune conclusion de tout ça. Bien entendu, le fait que le terrain soit si proche de chez madame Allanic n'était que pur hasard. Mais dans cette affaire on s'efforçait constamment de faire s'imbriquer des éléments qui n'avaient rien à voir ensemble, jusqu'à en avoir le tournis.

Le plateau où se trouvait le terrain était à trente mètres au-dessus de la mer. Sur l'avancée rocheuse la plus lointaine en contrebas s'élevait une croix isolée.

Dupin descendit le sentier escarpé et fit une halte à la croix. Puis, en compagnie de trois mouettes qui décrivaient des cercles au-dessus de lui, il se risqua dans un passage plus raide encore, jusqu'à la mer. Il chercha où s'asseoir au soleil. Ce n'était pas évident ; les sombres rochers étaient abrupts, leurs arêtes tranchantes, et il devait faire attention aux vagues.

Au bout de quelques pas, il s'arrêta ; une énorme roche lui barrait le chemin.

Il entendit, entre deux vagues qui se brisaient sur la grève, la sonnerie de son téléphone.

Huppert.

— Oui ?

— Dupin, Nedellec est connecté aussi. Le légiste a affiné son estimation de l'heure de la mort de Walig

Richard, entre huit heures et dix heures hier matin. Plus important encore : un examen minutieux des blessures montre que la même arme a été utilisée pour tuer les deux hommes. Un genre de grand couteau de poche. Une lame de neuf à dix centimètres, qui provoque des petites blessures, très caractéristiques.

— Donc, fit aussitôt Nedellec, mon hypothèse était juste. La même personne les a tués, l'un et l'autre, mais nous ignorons qui l'a été en premier.

— Le légiste suppose que Kilian Morel est mort un peu avant.

Dupin était absent. C'était étrange. Sans doute n'était-ce qu'une interprétation de sa part mais, à travers une crevasse dans la roche, il distinguait un visage sur l'un des rochers de l'autre côté. L'impression, vague au prime abord, s'était faite évidence. Il cligna des yeux. Lorsqu'il les rouvrit, il vit des traits humains sur un deuxième rocher. Et sur celui d'à côté encore. C'était inquiétant : tout l'éperon rocheux s'éveillait à la vie, partout des visages, des têtes, des grimaces. Il se secoua, essaya de garder les idées claires.

— Ce qui signifie, poursuivit Huppert, que nous avançons sur la reconstitution des événements d'hier.

Dupin détourna le regard des rochers. Son imagination était-elle à ce point surmenée qu'il était le jouet de mirages ?

— Notre affaire, résuma Huppert, commence lundi à treize heures cinquante pour se terminer mardi entre sept heures trente et dix heures. Autrement dit, il ne s'est plus rien passé depuis vingt-quatre heures.

Dupin fit demi-tour sans même jeter un regard derrière lui.

— Il pourrait y avoir une nouvelle victime à tout moment. Il se pourrait que la mécanique macabre soit encore à l'œuvre…

La formulation de Nedellec était inutilement dramatique, mais il avait raison.

— Nous verrons… Nedellec, comment se passent les interrogatoires des employés de Walig Richard, de ses amis et de ses proches ?

— J'en ai fini avec le personnel. Je n'ai rien appris de probant. J'ai également parlé au meilleur ami de Richard, ici, à Saint-Suliac. Un musicien, un pianiste, qui est l'un des vignerons du mont Garrot. Ils faisaient des balades ensemble, ou restaient à discuter au bistrot, sur le quai. Il m'a dit qu'il n'avait pas la moindre idée d'affaires dans lesquelles son ami aurait pu tremper… Lundi soir, ils ont bu pas mal de verres. Richard devait être dévasté par le meurtre de Blanche Trouin, car son ami a cru discerner, en plus de la tristesse, de la douleur et de la stupeur. Une sorte d'inquiétude. Très manifeste, même. Il lui a demandé ce dont il retournait, mais Richard a éludé.

— Il avait peur ?

Dupin avait atteint la croix, il était essoufflé.

— Il a simplement parlé d'inquiétude. Le pianiste est resté avec lui jusqu'à vingt-trois heures. Ensuite, Richard voulait être seul. Il a confié à son ami qu'il comptait aller dans les vignes de bonne heure. Ce qui ne lui a aucunement paru étrange ; Richard aimait ce lieu, les vignes, la solitude, et les premières heures du jour. Selon son ami, il voulait se changer les idées. C'était pour lui une sorte de méditation.

— Bien. Qui devez-vous voir encore, Nedellec ?

— Le maire, que Richard connaissait bien. Puis son voisin. Je vous rappelle plus tard.

— Et de votre côté, Dupin, qu'a donné la visite chez la tante ?

— Pas grand-chose à en tirer.

Il aurait eu du mal à synthétiser cette rencontre.

— Je vous propose qu'on se reparle tous les trois après l'interrogatoire de Lucille Trouin par Dupin. D'accord ?

Elle raccrocha.

Dupin était de nouveau dans la prairie, sur le terrain de la cheffe. Il regarda l'heure. Dix heures trente-cinq. Un peu tôt encore, mais il allait tout de même prendre la route de Cancale.

Dupin avait quitté la D201 au-dessus de Cancale. Il prit directement en direction du port, tout droit vers la baie du Mont-Saint-Michel. De petites maisons blanches, sans doute construites jadis par des ostréiculteurs, de part et d'autre de la chaussée. Il fut bientôt sur la large promenade, soutenue par un mur massif, qui s'étirait le long de la ville.

Dupin aima immédiatement l'ambiance locale. La Mecque de l'huître, du belon précisément, un pèlerinage pour les amateurs, dont le commissaire faisait partie. Les vastes et renommés parcs à huîtres se trouvaient pile devant la ville. Le fond marin de la célèbre baie de Cancale, à travers laquelle se situait la frontière entre Bretagne et Normandie, n'était composé que de sable blanc.

Dupin eut de la chance ; il trouva immédiatement une place libre pour se garer à côté de la promenade.

Le bar à huîtres de Joe Morel ne devait pas être loin. Il marcha jusqu'au bord du quai et s'arrêta.

À marée haute, comme c'était le cas, la mer couvre les parcs à huîtres. Celles-ci se gavent alors de plancton, des heures durant. Elles reposent ensuite à l'air libre, au soleil par une belle journée comme celle-ci. On devine les parcs à huîtres, qui dessinent des ombres sur le fond marin. C'est dans la baie de Cancale que les marées peuvent, en fonction des coefficients, battre tous les records bretons. Et ce n'est pas tout, leur amplitude, qui peut atteindre treize mètres, est la plus grande d'Europe.

Un air limpide, un paysage envoûtant, la baie se déployait, d'une impressionnante largeur. Le regard portait jusqu'à la côte, en face ; les plages qui scintillaient au loin se trouvaient en Normandie. On voyait la silhouette du Mont-Saint-Michel. La mer était d'huile. Aucune touche de vert émeraude ; un bleu d'aigue-marine dominait, se déclinant en de multiples nuances jusqu'à l'horizon.

Le commissaire, contemplant ce panorama bien différent de ce qu'il connaissait, trouvait tout cela fort peu breton. Un sentiment mélancolique l'envahit, comme celui qu'on éprouve quand on doit quitter un lieu qu'on apprécie. Peut-être était-ce dû à la couleur caractéristique de la Manche. Ou alors, il ressentait que la Bretagne s'arrêtait ici simplement parce qu'il le savait.

La proximité de la Normandie le fit penser à Claire, sa Normande.

Il décida de l'appeler ; il était cinq heures du matin chez elle, mais, au moins, il y avait peu de chance qu'elle soit en vadrouille. Il tomba sur le répondeur.

« Bonjour, c'est Claire. Laissez-moi un message. »

Dormait-elle si profondément ? Normalement, elle entendait toujours son téléphone… déformation professionnelle d'une cardiologue.

Il laissa un bref message :

« Content d'entendre ta voix. Même de cette manière. (Quelle phrase stupide !) J'espère que tout va bien. Je te rappelle. Bisous. »

Il raccrocha. C'était déprimant.

Il alla jusqu'au bout de la jetée qui s'enfonçait loin dans la mer. Quelques bateaux d'ostréiculteurs y étaient amarrés.

Il pensait à la mort de Walig Richard. L'homme était inquiet, selon ses amis. Avait-il raison de l'être ? Il songea au commerce d'antiquités, à sa conversation téléphonique avec Flore Briard, et bien entendu à son étrange entrevue avec la vieille dame.

Dupin vit trois tracteurs rouges sur la route qui longeait la promenade. Il retourna vers le quai. Au début de la jetée, il y avait une douzaine d'étals d'huîtres fraîchement récoltées. Les bâches arboraient les couleurs de la mer, du bleu et du blanc surtout. Dans de grandes caisses de bois, toutes sortes de mollusques et de toutes les tailles. Les noms des récoltants s'affichaient sur des panneaux. Ça sentait le varech et les algues sur lesquelles reposaient les huîtres.

Dupin se passa la main sur le front, il transpirait. Il allait faire de plus en plus chaud, la marche ne serait plus un plaisir. Il chercha un bistrot.

À onze heures quarante-sept, après avoir bu deux espressos et ressassé ses pensées, il se retrouva devant l'établissement de Joe Morel, La Cabane à huîtres.

Sur la façade, du bois peint en blanc. Sobre. Des chaises et des tabourets le long du bar. Une terrasse qui accueillait trois petites tables, il n'y avait pas la place pour plus. Pour le moment quelques rares clients, mais ça allait bientôt s'animer.

Dupin entra, se figea aussitôt.

Une silhouette connue s'approcha.

Flore Briard.

— Quel hasard, commissaire !

Elle portait une robe beige clair, de grandes créoles et des espadrilles montantes. Ses cheveux blonds étaient lâchés, son visage illuminé d'un large sourire. La situation ne semblait pas la déranger le moins du monde.

— Que faites-vous là ?

— Le travail. Un rendez-vous professionnel avec mon fournisseur d'huîtres. La vie doit suivre son cours, non ? Je suis spontanément venue chez Joe. Ça m'a fait du bien de le voir. Il est derrière, dans la cour. (Elle désigna un étroit couloir au fond du bar.) Il devrait arriver bientôt.

Dupin avait bien des questions à lui poser… Est-ce que ça en vaudrait le coup ? Il se pouvait que tout soit conforme à ce qu'elle prétendait. Et pourtant… c'était étrange.

— Qui est votre fournisseur ?

Flore ne sembla nullement perturbée par cette question.

— Marcel Duché. Il a un stand sur le quai.

— C'est auprès de lui que vous vous approvisionnez pour vos croisières ?

— Tout à fait.

— Vous ne passez pas par le restaurant de Lucille Trouin ?

— Non, je traite directement avec lui. Mais c'est le même fournisseur. On le connaît bien, toutes les deux.

— De quoi avez-vous parlé avec Joe Morel ?

— De cette tragédie. (Elle parlait à mi-voix.) Terrible et mystérieuse. Par ailleurs, afin que vous ne l'appreniez pas après coup et pour vous éviter de vous creuser les méninges : je vais voir Charles Braz. Au restaurant de Lucille. Nous avons besoin de nous parler.

Autrement dit, trois des quatre suspects s'y trouveraient bientôt, dont Colomb Clément, le sous-chef, en cuisine. Quant au quatrième, Flore Briard venait de lui rendre visite. Drôles de coïncidences… ou pas.

— Je comprends.

Il s'efforçait de rester stoïque.

— Parfait. À bientôt, commissaire. Allez voir Joe dans la cour. Vous n'avez qu'à traverser la cuisine.

Il opina du chef et s'exécuta.

Il passa une porte battante et arriva dans une grande pièce. D'un côté, une cuisine professionnelle, de l'autre, une vieille table en bois entourée de quatre chaises et un canapé usé en cuir noir. Un jeune homme et une jeune femme, affairés autour d'un plan de travail, lui adressèrent un regard interrogateur.

— Les toilettes sont à gauche, dans le couloir.

La femme tenait un couteau à huîtres, elle était sur le point d'ouvrir une creuse. Devant elle, il y en avait une pleine caisse en bois.

— Je vais voir Joe Morel.

D'un discret signe de la tête, elle indiqua la porte ouverte sur l'extérieur.

Morel était installé à une petite table bleue, les jambes étendues. Il fumait une cigarette.

Dupin fondit sur lui.

— Bonjour, monsieur Morel.

— Commissaire Georges Dupin… Nous avons rendez-vous, je sais. Votre collègue est venu me voir hier.

Son ton était acide.

Leurs regards se croisèrent. Morel portait un vieux jean élimé, troué à l'un des genoux, un tee-shirt noir. Silhouette sportive, mince, au moins un mètre quatre-vingts, il faisait plus jeune que ses quarante-deux ans. Des cheveux épais, en pagaille, comme s'il venait de tomber du lit, les pommettes saillantes. Cependant, il y avait dans ses traits quelque chose d'obstinément doux. De ses yeux bleu clair pétillants bien des femmes avaient dû tomber amoureuses.

— Toutes mes condoléances, monsieur Morel.

L'homme ralluma une cigarette. À côté du cendrier, une tasse de café vide.

— Merci.

Il n'avait pas bougé. Dupin, debout devant lui, regardait alentour. Ils se trouvaient dans un petit jardin, dissimulé par la maison, au gazon mal entretenu, protégé de hauts murs de pierre. Deux grands palmiers semblaient s'être égarés là.

— Vous parvenez tout de même à travailler ?

— Qu'est-ce que je pourrais faire d'autre ? (Il parlait posément.) C'est mon commerce.

Dupin prit place sur la chaise en face de l'homme.

— Êtes-vous de nouveau en couple avec Lucille Trouin, monsieur Morel ?

Il regarda Dupin.

— Non. Mais on s'entend bien.

Il tira sur sa cigarette et inhala profondément.

— Êtes-vous devenus amis ?

Morel expirait doucement la fumée.

— C'est beaucoup dire. On s'est vus deux ou trois fois au cours des six derniers mois.

— Blanche et votre frère le savaient-ils ?

— Je ne leur ai pas dit, non.

— Même pas à Blanche ?

— Même pas.

Il tira une nouvelle bouffée. Ses mains étaient incroyablement calmes.

— Votre belle-sœur, Blanche, était une proche amie à vous.

— Oui. (Cette fois, son regard ne s'arrêta pas sur le commissaire.) On se voyait presque toutes les semaines, la plupart du temps dans un bar, ou bien nous déjeunions ensemble. Parfois, on faisait également des escapades sur mon bateau.

— Vous parlait-elle de ses tracas ?

— Pas de tous, non. Mais de certains.

— Et n'y aurait-il pas un lien entre ce qu'elle a pu vous raconter ces derniers temps et les événements d'aujourd'hui ?

Une question plutôt abstraite, pensa Dupin. Mais Nedellec l'avait déjà interrogé sur tous les aspects concrets, les recettes, l'histoire du sous-chef…

— Je ne vois pas, non.

— Blanche vous a-t-elle paru changée ?

— Non, pas le moins du monde. Et je l'ai encore vue lundi de la semaine dernière.

— Éprouvez-vous des remords d'avoir revu Lucille sans en informer sa sœur ?

— Ça aurait inutilement compliqué les choses. Sans compter que ça n'a aucun intérêt. Parfois, elles disjonctent pour rien.

— Vous voulez parler de leur concurrence exacerbée ?

Un mouvement de tête.

— Comme des enfants. Mais c'était du sérieux. Blanche savait ce que j'en pensais. Et ça ne la gênait pas.

— Serait-il possible que Blanche ait appris, pour vous et Lucille ?

— Je ne pense pas. Mais ce n'est pas exclu. En tout cas, elle ne m'en a jamais parlé.

— Elle l'aurait fait ?

Il inclina la tête sur le côté.

— Je pense. Mais peut-être pas. Difficile à dire.

— À quand remonte votre dernière entrevue avec Lucille Trouin ?

— Il y a deux ou trois semaines. Elle est venue spontanément ici. Elle avait des trucs à faire dans le coin. C'était une visite rapide.

— Et rien de ce qu'elle vous a raconté ne ferait écho aux tragiques événements de ces derniers jours ?

— Non.

— Vous a-t-elle parlé du terrain qu'elle avait acheté à Rothéneuf ?

— Non.

Joe Morel écrasa sa cigarette. Il se redressa sur sa chaise.

— Étiez-vous proche de votre frère ?

Il prit le temps de répondre. Il ferma les yeux.

— Je l'aimais vraiment. Beaucoup. Nous nous sommes toujours bien entendus. Sans être très proches.

Ça pouvait vouloir dire tout ou rien.

— Vous voyiez-vous souvent ?

Il sembla réfléchir.

— Tous les deux mois, peut-être. La plupart du temps, c'est lui qui venait. Lorsque j'avais à faire à Dinard, je lui rendais visite, bien entendu.

— La dernière fois que vous l'avez vu ?

— Il y a un mois, je dirais. Nous avons mangé des huîtres ici.

Morel n'était pas du genre à laisser libre cours à ses sentiments. Dupin ressentait pourtant sa tristesse.

— Vous a-t-il parlé de choses inhabituelles ? Des soucis ? D'argent ? Des conflits ?

— Non.

Le commissaire se leva soudain.

— Vous héritez tout de votre frère. Qui a lui-même tout hérité de sa femme. Et ça fait pas mal d'argent.

Il haussa les épaules.

— C'est possible, oui.

— Vous n'avez pas d'alibi solide pour hier matin.

— On a établi un procès-verbal qui consigne où j'étais, ce que je faisais, quand et avec qui. (Il reprit sa position initiale, ainsi qu'une cigarette.) Croyez-le ou non, mais je ne peux vous aider davantage.

— Vous savez qu'en raison de cet héritage vous êtes l'un des principaux suspects ?

Un haussement d'épaules, rien de plus.

— Qu'allez-vous faire du restaurant ? Des épices ? Du magasin en ligne ?

— Les vendre.

Il y semblait résolu.

— Directement ?

— Je pense, oui. Je n'ai aucune envie de m'occuper de tout ça. Mon bar me suffit.

Ça aussi, c'était brutal. Pendant des années, des décennies, quelqu'un avait construit quelque chose avec ses tripes, lui avait consacré toute sa vie. Puis une mort soudaine réduisait tout ça à néant.

— Vous ne voulez pas vous agrandir ? Vous auriez assez d'argent, dorénavant…

— Certainement pas.

— Vous habitez ici, à Cancale, n'est-ce pas ?

Le commissaire faisait les cent pas, l'autre le suivait des yeux.

— Oui, juste devant, là. (Il fit un vague geste en direction de la rue.) La maison m'appartient.

— Connaissiez-vous bien Walig Richard ?

— Il ne m'était pas particulièrement sympathique. Ce que Blanche savait. Je ne l'ai vu que très rarement. Mais il comptait beaucoup pour Blanche.

— Avez-vous une relation en ce moment, monsieur Morel ?

— Non.

Une certaine acrimonie s'était emparée de Dupin. Il avait la désagréable impression qu'ils ne faisaient que gratter la surface des choses, depuis le début.

— Flore Briard n'est-elle qu'une amie ?

— Parfaitement.

— Elle sort d'ici. Aviez-vous rendez-vous ?

Dupin savait qu'ils n'avaient pas eu le temps de se concerter.

— Non, elle passait à l'improviste. Très rapidement.

— Que faisait-elle à Cancale ?

— Elle se fournit en huîtres.

— De quoi avez-vous parlé ?

— On n'a pas parlé beaucoup. Elle est très accablée.

— Pas vous ?

— Si. Bien entendu.

L'humeur de Dupin s'était encore assombrie. Tout cela lui était franchement pénible.

— Ce sera tout, monsieur Morel. Je vous ferai signe plus tard.

— Bien. (L'homme ne broncha pas. Il se leva.) C'est tout droit.

Une fois dehors, Dupin appela Huppert.

— Pourriez-vous envoyer l'un de vos hommes à La Noblesse pour surveiller quelques personnes ?

Dupin en avait plus qu'assez. Ils devaient changer leur manière de procéder. Radicalement.

— Qui et pourquoi ? demanda calmement la commissaire.

— Charles Braz et Flore Briard. Ils ont rendez-vous pour déjeuner. Colomb Clément sera en cuisine.

C'était sans doute vain. Si Braz et Briard avaient quoi que ce soit à voir avec les meurtres, ou Clément, et qu'ils devaient se parler, alors ils ne choisiraient pas un lieu public, et encore moins le restaurant de Lucille. Cependant, le plus visible était parfois le moins voyant.

— Bien. J'envoie quelqu'un.

— Tout de suite ?

— Oui.

— Je vous rappelle.

Il raccrocha.

Le commissaire atteignit les étals colorés qui se succédaient en bord de mer. Depuis qu'il avait posé le pied à Cancale, il avait l'eau à la bouche. Des huîtres partout : en mer, dans les bars et les restaurants, sur les stands, sur des panneaux publicitaires…

Sans doute pouvait-il céder à la tentation. Il avait rendez-vous au parloir à quatorze heures, il devait absolument se nourrir. Il aurait besoin de toutes ses forces. Et rien sur cette terre ne stimulait autant la matière grise que la chair miraculeuse de l'huître.

Il se dirigea sans hésiter vers l'un des étals où il semblait y avoir déjà beaucoup de clients. Les affaires de la mi-journée commençaient. *Huîtres Simon.* Elles avaient l'air prometteuses. La toile du stand était bleu foncé, rayée de jaune, et elle semblait répondre au turquoise de la baie.

— Six plates et six creuses, s'il vous plaît.

Son humeur s'améliora aussitôt.

L'homme prépara la commande.

— Je vous mets une bouteille de muscadet ? Ou un verre ?

C'était un crève-cœur. Il devait garder toute sa tête.

Il prit place à l'un des mange-debout, sur lequel arrivèrent bientôt deux assiettes d'huîtres, une corbeille de pain, une carafe d'eau et de la vinaigrette. Et un verre de muscadet. Dans l'agitation qui régnait, on n'avait pas compris sa réponse et Dupin n'avait pu se résigner à refuser.

Il en but une gorgée. Un délice. Tout était parfait : le vin frais, avec des notes de citron, la meilleure manière de préparer ses papilles à la première huître. Fameuse.

Son regard errait sur la vaste baie, mi-bretonne, mi-normande.

Le commissariat de police de Saint-Malo se trouvait dans la rue du Calvaire, à l'intersection avec le boulevard Théodore-Botrel. Un haut bâtiment moderne, en forme d'étrave, dont l'entrée, toute de verre, était surmontée des couleurs bleu, blanc et rouge. Il faisait partie du même complexe que l'École nationale de police. Dupin avait l'impression que ce séminaire remontait à plusieurs semaines.

Sa petite pause au stand d'huîtres ne s'était pas déroulée aussi bien qu'escompté. Il n'avait pu réfléchir à l'affaire en raison d'appels téléphoniques intempestifs. Le premier avec Nedellec et Huppert. Le commissaire avait fait un résumé de ses auditions des proches de l'antiquaire. Il n'y avait rien de spécial à en tirer. Huppert leur avait communiqué les relevés téléphoniques de Walig Richard : hormis deux conversations, l'une avec Blanche Trouin, l'autre avec son époux, Kilian Morel, dont ils étaient au courant, rien de notable. Quant au portable en lui-même, toujours aucune trace.

C'était ensuite Nolwenn qui avait téléphoné, pour lui rappeler que tout le commissariat de Concarneau se tenait à son entière disposition.

Alors que Dupin n'était plus qu'à quelques mètres de l'entrée, la porte vitrée s'ouvrit et laissa passer la commissaire Huppert.

— Vous arrivez à la dernière minute. (Il était treize heures cinquante-sept.) Suivez-moi. Je vous y conduis. Je pense que nous devons la confronter à tout ce que nous avons appris depuis le début, ajouta Huppert alors qu'ils prenaient l'ascenseur.

— C'est également mon avis.

Ils avaient besoin de frapper fort. Le plus solide élément dont ils aient eu connaissance, c'était sa désastreuse situation financière.

Ils arrivèrent au troisième étage.

— Je vous attends dans la pièce à côté. Son avocat, maître Giscard, est déjà arrivé.

Dupin n'aimait pas ces auditions filmées. Mais qu'importe ! Au moins serait-il seul avec la coupable.

Ils tournèrent dans un couloir au bout duquel la commissaire Huppert s'arrêta subitement.

— 318, ici. Ils sont dedans. Avec deux fonctionnaires. Je suis à côté, si besoin.

Dupin était satisfait, il s'était attendu à une ennuyeuse réunion préparatoire.

Il entra.

Une longue table étroite, trois chaises de chaque côté. Une unique fenêtre, donnant sur la rue du Calvaire. Dupin s'assiérait dos au miroir sans tain à travers lequel ils seraient observés. Lucille Trouin et son avocat, face à lui.

Ce dernier, portant un costume élégant et une barbe de trois jours, se leva et se dirigea vers lui.

— Maître René Giscard. Vous savez que ma cliente ne souhaite pas s'exprimer. Il n'y a donc aucune raison de lui faire passer une nouvelle audition.

Les deux policiers qui se tenaient à côté de la table sortirent.

— Nous sommes au courant, maître. Nous sommes au courant.

Dupin déplaça une chaise en toute tranquillité, de manière à se trouver pile en face de Lucille Trouin. Une femme particulièrement attirante, jugea le commissaire, qui paraissait avoir plutôt trente-cinq ans que quarante-deux. Des cheveux noir de jais éclairés de quelques légers reflets auburn lui arrivaient aux épaules. De grands yeux marron, presque noirs, et des sourcils soulignés par le maquillage. Un pull-over simple mais élégant, une chaîne sobre, en argent, autour du cou avec une seule pierre, de belle taille, un jean noir. Elle regardait par la fenêtre, le regard vide.

— Je suis Georges Dupin, l'un des trois commissaires en charge de cette enquête. Bonjour, madame Trouin.

Elle se tourna vers lui. Il était impossible de lire la moindre émotion sur son visage. Dupin n'avait que rarement vu une telle absence d'expression. Ses lèvres, légèrement maquillées, étaient serrées.

— Madame Trouin, dit l'avocat, a déjà été auditionnée par le commissaire Huppert et ne souhaite pas, comme je vous le disais…

— Nous sommes au courant, le coupa Dupin calmement, de votre ruine financière, du fiasco avec votre terrain. Nous savons que vous avez un besoin urgent d'argent pour ne pas tout perdre. Tout ce que vous avez construit ne tient plus qu'à un fil. (Dupin ne regardait que la meurtrière, comme si l'avocat n'existait pas.) En faisant faillite, et c'est là, peut-être, le pire pour vous, vous auriez également, dans la lutte acharnée qui vous oppose à votre sœur, été la perdante. Telle est la motivation de votre crime. (Dupin n'avait pas d'autre choix ; il fallait tenter l'emphase.)

Nous doutons que votre acte n'ait été qu'une conséquence d'un trouble ayant aboli votre discernement et nous menons nos investigations en ce sens. Nous pensons également que les meurtres de Kilian Morel et de Walig Richard sont liés à celui de votre sœur. Nous allons élucider cette affaire, croyez-moi. Ce n'est qu'une question de temps.

Un coup en l'air. Qu'importe, il comptait juste provoquer une réaction de sa part. La tirer de sa réserve, dans le meilleur des cas. C'était une meurtrière. Elle se taisait. Il leur fallait rompre ce silence.

Il attendit.

Elle n'avait pas cillé.

Il attendrait encore. Jusqu'au moment où ce qui avait été dit perdrait en force. Alors il reviendrait à la charge.

— Nous savons également que votre sœur avait fait une offre à votre sous-chef. Clément avait déjà signé, et il aurait bientôt commencé à travailler pour elle. De même que nous savons que vous aviez rompu avec votre compagnon et que vous voyiez Joe Morel.

Il s'agissait d'appuyer là où ça faisait mal, de réveiller en elle les rancœurs les plus tenaces, de susciter sa colère. Dupin devait y aller franchement.

— Enfin, nous avons appris que les recettes de votre père étaient sur le point d'être publiées. (Une information qui, si elle ne la connaissait pas, ne manquerait pas de la déstabiliser.) Votre sœur y travaillait avec un éditeur renommé. Ainsi allait-elle prouver à la face du monde qu'elle était une grande cheffe.

Un silence de plomb. Lucille Trouin semblait se maîtriser complètement. C'en était inquiétant.

— Je ne comprends pas où vous voulez en venir, commissaire, intervint l'homme de loi. Pour quelle raison racontez-vous…

Dupin se leva d'un coup. La chaise manqua tomber.

— Ce sera tout, nous concernant. (Il continuait d'ignorer l'avocat. Il fixait Lucille Trouin dans les yeux.) Madame, merci.

Le commissaire quitta la salle d'interrogatoire.

Ne poser aucune question à Lucille Trouin, qui de toute manière n'aurait pas répondu, était un stratagème qui, bien qu'improvisé, était volontaire. Son jeu n'avait que trop duré. Il ne restait qu'à voir si ça fonctionnerait, si elle serait assez en colère pour parler.

Il arpentait le couloir, il lui fallait prendre l'air. Derrière lui, une porte s'ouvrit. La commissaire le rattrapa en une fraction de seconde. Il n'avait pas envie d'un débriefing.

— Habile, Dupin.

Elle lui lança un regard en coin.

— Mais dangereux. Vous l'avez poussée dans ses retranchements… Nous verrons ce qu'il en ressort.

Cette critique annulait le compliment qui l'avait précédée.

Ils avaient atteint l'ascenseur.

— Je suis sur le point d'éplucher les comptes de Walig Richard, l'informa la commissaire. Nous sommes convenus, avec Nedellec, de nous retrouver à seize heures à mon bureau. Ah ! Le fonctionnaire envoyé à La Noblesse pour épier Flore Briard et Charles Braz n'a pu le faire. Ils se trouvaient dans un box à l'écart, à une table de deux.

Exactement ce qu'on fait lorsqu'on ne veut pas être espionné.

— Quant au sous-chef, il ne s'est pas montré.

— Comment se comportaient-ils l'un vis-à-vis de l'autre ?

Huppert savait bien à quoi il pensait.

— Ils avaient l'air de bien s'entendre. Mais le collègue n'a rien vu qui laisserait penser à une relation plus personnelle.

Ça valait le coup d'essayer.

— Je vais mettre Nedellec au courant.

— À plus tard. Ah ! Encore une chose, Huppert.

Il baissa la voix. Ça le taraudait. L'expérience avait vraiment été étrange.

— Entre le terrain de Lucille Trouin et la maison de la tante, sur les rochers, au bord de la mer, j'ai vu quelque chose…

Il se demandait comment le formuler.

— Ce n'était pas des hallucinations, Dupin. (La commissaire, souriante, venait à son secours.) Ne vous inquiétez pas. À la fin du XIXe siècle, un abbé a sculpté trois cents statues dans la roche. S'il en est un qui délirait, c'était lui.

Dupin se sentit soulagé, même si cet abbé lui semblait bien inquiétant.

Il prit congé de sa collègue, la porte du commissariat s'ouvrit, glissant sans un bruit.

Dupin se dirigea vers la droite, vers la plage longue de plusieurs kilomètres qui conduisait à Rothéneuf. Il y était presque. Sur sa gauche, la ville fortifiée et l'imposant Fort national. Il allait tirer profit de l'heure qu'il avait devant lui pour se balader. La meilleure manière de réfléchir.

Grande plage du Sillon, la plus belle plage de France, annonçait un panneau, rappelant non sans fierté que le lieu avait remporté un concours.

Dupin était obsédé par l'interrogatoire, qui lui laissait un sentiment d'inachevé. Il aurait dû prendre plus de temps, afin que ses paroles puissent frapper plus juste. Et si, en partant si rapidement, il avait ruiné tous leurs efforts ? Ou alors, tout cela avait troublé Lucille Trouin et son départ précipité lui avait été d'une aide précieuse.

La manière dont se déroulait l'enquête depuis le commencement le chagrinait de plus en plus. Bien entendu, il y avait toujours, pendant les investigations, des moments d'abattement. Mais cette fois, rien ne semblait vouloir se révéler. Jamais Dupin n'avait vécu cela. Les statistiques de la police sont formelles : suite à un crime, chaque nouvelle heure sans indice probant fait drastiquement baisser les probabilités de l'élucider. Dupin se démenait contre la résignation qui l'accablait, en vain lui semblait-il.

Le sable était incroyablement fin. Le commissaire avançait avec difficulté. La plage du Sillon méritait tous les honneurs ; large, longue, magnifique. À droite, des villas cossues. Protection supplémentaire contre les assauts de l'océan, on avait ajouté contre le quai des rangées denses de troncs d'arbres enfoncés profondément dans le sable.

Sur la plage, les premiers estivants profitaient du soleil. On se prélassait, on lisait, des enfants jouaient, les plus courageux s'aventuraient dans une eau qui se partageait en deux couleurs. Une bande turquoise à proximité de la rive, une autre, émeraude, au large. Le ciel était d'un bleu puissant. Un ton uni, sans dégradé ni nuances, qui faisait penser à un trait de peinture.

Dupin atteignit une avancée rocheuse plane qui s'étirait dans l'eau. Il se promenait depuis vingt bonnes minutes lorsque retentit son téléphone.

La commissaire Huppert.

— Qu'y a-t-il ?

— Elle veut se mettre à table, Dupin. Maintenant, sur-le-champ. Je me rends en salle 318. Elle a pris conseil auprès de son avocat après votre départ.

— J'arrive tout de suite.

Il avait déjà fait demi-tour, il accélérait le pas.

— Nous ne pouvons pas… attendre… (La commissaire était à bout de souffle, elle semblait courir.) J'entre et je vous tiens au courant…

Enfin, il se passait quelque chose !

Un quart d'heure plus tard, alors qu'il tournait dans la rue du commissariat, la sonnerie de son téléphone retentit de nouveau.

Encore elle :

— Elle a fait sa déposition.

— Et alors ?

Les nerfs du commissaire étaient incroyablement tendus.

— Elle prétend que c'est un trouble du discernement. Qu'elle a perdu la raison. Qu'elle a fait tout ça hors d'elle. Comme en transe. Elle n'aurait ressenti que de la rage et de la colère. Tout ce qu'elle a couvé pendant des années, des décennies, les humiliations, les vexations, les brimades, tout ça aurait soudain explosé.

La manière dont elle lui rapportait ces propos ne trahissait pas ce qu'elle en pensait.

— Au cours des semaines passées, ses problèmes financiers l'auraient terrassée. Elle serait devenue extrêmement fragile psychiquement. Elle n'aurait pas fermé l'œil pendant des nuits et des nuits… Elle a récité à peu près tout ce qu'on peut lire dans des livres de droit à ce sujet. Tout y était.

— Et quel serait le déclencheur de cette explosion ? Qu'est-ce qui aurait provoqué ce trouble du discernement ?

Dupin apercevait le commissariat.

— Ah ! J'y viens. Accrochez-vous. (Sa voix avait pris une étrange sonorité.) Elle prétend avoir eu vent, dimanche dernier, de la publication des recettes.

— N'importe quoi. Je n'en crois pas un seul mot.

— Attendez, il y a mieux. Déjà, à ce moment, elle était hors d'elle. Le lundi, elle se serait alors rendue sur le marché où Blanche lui aurait confirmé, pour le livre. Sans le moindre remords. Puis elle lui aurait annoncé le débauchage de Clément. C'est alors qu'elle aurait perdu le contrôle d'elle-même. La suite, vous la connaissez.

À quelques mètres du commissariat, Dupin s'arrêta, figé net. Il ne trouvait pas les mots.

— Après ses aveux, elle s'est mise à pleurer. Elle regrettait, elle était infiniment désolée, elle aurait aimé que ça n'ait pas eu lieu. Ridicule. Maintenant elle veut à tout prix parler au psy. Le même à qui elle n'avait pas dit un mot. Parce qu'elle était en état de choc, à l'en croire, ce qui serait la seule explication à son mutisme. Toujours selon ses dires. Subitement, grâce à votre intervention musclée, elle aurait recouvré la raison. Puis elle a fait sa déclaration.

C'était monstrueux. Elle excédait de loin toutes les audaces auxquelles le commissaire avait dû faire face jusqu'à ce jour. Trouin avait renversé les rôles. Elle avait tiré profit de ce qu'il avait dit pour faire croire à une altération du discernement. Il avait été abusé. Il n'y avait pas plus perfide. Comment aurait-il pu prévoir un tel coup ? Sans le vouloir, il l'avait tirée du pétrin. Une chose en tout cas lui apparaissait clairement : après son crime, elle n'aurait pu trouver de déclencheur sans prendre le risque d'être confondue. C'est pour cela qu'elle avait d'abord décidé de se taire. Pour ne pas prendre le risque d'un mensonge.

— Elle n'était au courant de rien…

Il était en rage. Personne ne l'avait encore abusé de la sorte. Ne l'avait pris à ce point pour l'idiot parfait. Elle se fichait de lui. Elle était d'une grande intelligence. Comment pourraient-ils réfuter tout ce qu'elle avait dit ? C'était ignoble.

— Bien sûr que non. Elle ne savait rien. (Il n'y avait aucun réconfort pour lui dans la confirmation de la commissaire.) Mais c'est arrivé à point nommé pour elle.

Dupin était encore figé. Comme foudroyé.

— Qui est censé lui avoir dit, pour les recettes ?

— Elle ne veut pas le dire, soi-disant pour protéger quelqu'un qui n'aurait rien à voir avec toute l'affaire.

— Foutaises.

Le commissaire s'était remis en marche. Non pas en direction du commissariat mais de la plage.

— Certes. Mais raffinées.

— A-t-elle dit quelque chose à propos des deux autres meurtres ?

— Seulement que c'était tragique et qu'elle n'avait pas la moindre idée de ce qui avait pu se passer. Elle n'a pas souhaité parler davantage. Ce qu'elle veut obtenir est très clair, résuma sèchement la commissaire. L'abolition du discernement signifie une responsabilité amoindrie donc une peine plus légère. Et elle n'a rien à voir avec les autres crimes. Vous lui avez simplement donné ce qui lui manquait pour son stratagème : un élément déclencheur plausible. On se voit tout à l'heure, Dupin. Seize heures.

Elle avait raccroché. De toute évidence, elle ne l'attendait plus au commissariat.

Dupin revint à lui, de nouveau sur la plus belle plage de France. Comparé à l'état dans lequel il se trouvait à présent, son accablement de tantôt n'était rien du tout, rien de plus qu'une ombre fugace. Cette fois, de gros nuages noirs flottaient autour de lui.

Il appela Nolwenn.

— Commissaire, comment ça se présente ?

Il hésita – par où commencer ?

— Que s'est-il passé ?

Il se fit violence pour raconter la débâcle en cours. Et tout ce qui était survenu depuis leur dernière conversation téléphonique.

Nolwenn ne dit rien dans l'instant ; pas de question, pas d'analyse, pas de commentaire.

— Pfff. C'est bien Saint-Malo, ça, lâcha-t-elle enfin. Même les criminels se croient supérieurs. Nous sommes tous les cinq, là, le téléphone est sur haut-parleur. On est avec vous.

Pour un peu, Dupin aurait été sentimental.

— N'oubliez pas : *Pa ve ar fallán an amzer, e vezer an tostan d'an amzer gaer*, commissaire. Quand le temps est le plus mauvais, on est le plus près du beau temps. C'est on ne peut plus juste !

En effet. Un proverbe breton, ça au moins, ça ne changeait pas. Et il tombait particulièrement à pic. Ça aidait un peu.

— Bien, alors…

— Le Ber veut vous parler.

— Salut, patron, fit celui-ci sur un ton encourageant. Vous allez y arriver ! Autrement… Ah oui, Labat m'a passé un article de journal de la semaine dernière… Eh bien, croyez-le ou non, on a découvert un troisième navire sur les bancs de sable au large de Saint-Malo, non loin des deux frégates, la *Dauphine* et l'*Aimable-Grenot*, découvertes en 1995 ! À même pas vingt kilomètres de la cité corsaire ! Sans doute de la même époque, du début du XVIIIe siècle. Je ne sais même pas comment la nouvelle a pu m'échapper…

— Et donc ?

— Il y a manifestement un énorme trésor sur ce bâtiment. On a déjà retrouvé de l'or et de l'argent, et des bijoux ; des diamants, des émeraudes, des rubis. Il doit y avoir un lien avec les Duguay-Trouin. Mais ce n'est que pure spéculation…

— Et sinon, autre chose à ajouter ?

— La clôture électrique à hauteur de cheville a fait un bide complet, patron.

— De quelle clôture…

Il s'interrompit. Mais bien sûr ! Le blaireau…

— Il est revenu cette nuit.

— Haut les cœurs, Le Ber !

Un court instant, le commissaire ne pensa plus à son propre échec.

— Ne vous en faites pas, patron. Ce soir, vous passerez une super soirée : dîner chez Hugo Roellinger, au Coquillage.

Ça lui était complètement sorti de l'esprit. Sur l'instant, il lui semblait absurde d'aller dans un tel endroit après une telle journée.

— Hugo Roellinger a grandi avec les légendes corsaires. Il a vécu, à Cancale, dans une maison où Robert Surcouf jouait enfant. Et il a été officier de marine avant de suivre la voie de son père Olivier, un chef trois étoiles plus qu'extraordinaire, pour devenir cuisinier à son tour. Il a maintenant deux étoiles.

Dupin se souvint de la visite de l'assistante d'Huppert. Elle avait mentionné Olivier Roellinger.

— Il dit que rien ne l'inspire tant que l'horizon. Prenez le homard au cacao et aux trois piments mexicains avec une sauce au xérès. Jamais vous n'avez mangé quoi que ce soit d'équivalent. Un hommage au grand navigateur Daniel de La Touche, qui partit de Cancale et revint avec des navires chargés de cacao, de vanille et de piments. (Le Ber profitait à plein du fait que, pour une fois, Dupin n'interrompait pas sa digression.) Et rapportez quelques exquis mélanges d'épices créés par son père ! Il n'y a pas meilleur…

— Merci, Le Ber. Je dois poursuivre.

Dupin était encore abasourdi. Il avait besoin d'un café. De toute urgence.

Le commissaire avait déniché un sympathique troquet sur la promenade, où il avait bu deux cafés. Il était parvenu à se détendre un peu et avait de nouveau sombré dans un maelström de réflexions.

À quinze heures quarante, il avait pris la direction du commissariat. Il en franchit la porte à quinze heures cinquante-neuf. À la réception, il demanda son chemin.

La réunion se tenait dans le bureau d'Huppert, au deuxième étage. Une grande pièce avec des fenêtres ouvrant sur chacune des rues, et un mobilier exagérément moderne.

Huppert était assise à son bureau, Dupin s'installa en face d'elle, à côté de Nedellec.

Ils procédèrent comme la veille : un strict exposé des faits.

Huppert était parvenue, en flirtant avec des zones grises d'un point de vue juridique, à avoir un vague aperçu des comptes de Walig Richard, Colomb Clément, Charles Braz et Joe Morel. Rien de particulier. Elle avait également reçu le rapport de l'équipe scientifique. Ni dans les vignes de Richard, ni dans aucun de ses deux magasins d'antiquités, ni dans sa maison on n'avait découvert quoi que ce soit d'inhabituel. Aucun indice ne laissait penser à une fouille par le criminel.

Enfin, on en vint à l'interrogatoire désastreux de Dupin.

— Ça a vraiment foiré, ne put se retenir de dire Nedellec tout en regardant son collègue avec compassion. On fait quoi, maintenant ?

— En tout cas, on ne va pas attendre ici qu'il se passe quelque chose, et que l'assassin commette une erreur.

La commissaire Huppert disait tout haut ce que pensait Dupin.

C'était grotesque : un meurtrier allait et venait dehors, en toute liberté, et pendant ce temps-là trois commissaires expérimentés étaient regroupés dans une pièce, prêts à rendre les armes.

— On doit tout examiner de nouveau. Recommencer depuis le début, intervint Nedellec. Il faut qu'on interroge encore tout le monde.

Probablement une action désespérée. Mais que faire d'autre ? En l'absence d'éléments nouveaux, ils devaient reprendre minutieusement depuis le commencement. Peut-être avaient-ils loupé quelque chose, un indice qui leur aurait permis depuis longtemps de résoudre l'affaire…

— Bien, fit Huppert sans manifester ce qu'elle en pensait, on refait tout une deuxième fois, on essaye de changer notre point de vue sur les événements. On a rendez-vous à dix-neuf heures avec les préfets, à Saint-Méloir-des-Ondes, juste à côté de Cancale, au Coquillage. D'ici là, nous avons le temps…

— Vous voulez dire qu'on reprend tout, ensemble et depuis le début ?

Le regard de Dupin tomba sur le grand paperboard à côté du bureau de la commissaire. Son cauchemar.

— Je vais chercher du café et…

Huppert fut interrompue par la sonnerie de son téléphone.

— Oui ?

Elle écoutait. Son visage se figea.

— À la pointe du Grouin ?

La personne au bout du fil donna une réponse assez longue.

— Je comprends… Très bien. On arrive tout de suite.

Elle se leva précipitamment.

— Charles Braz ! On a retrouvé son corps il y a quelques minutes. Il est mort…

Elle avait déjà la main sur la poignée de la porte, ses deux homologues se précipitèrent à sa suite et tous trois se hâtèrent dans le couloir.

— Il est tombé de la falaise. Pointe du Grouin, entre Rothéneuf et Cancale, là où elle culmine.

Ils avaient atteint les escaliers.

— Qui l'a retrouvé ? demanda Dupin.

— Un couple de touristes alsaciens. Ils se promenaient sur le chemin côtier. Il n'y a pas grand monde dans les environs. Sans compter qu'aujourd'hui les vacanciers sont plutôt à la plage. (Huppert dévalait les marches deux par deux.) Ça vient de se passer, manifestement. Deux gendarmes de Cancale sont sur place…

Ça ne pouvait en effet pas remonter à longtemps. Jusqu'à quatorze heures trente, il était au restaurant, en compagnie de Flore Briard.

Dupin dévalait les marches au côté d'Huppert.

— On a retrouvé sa voiture ?

— Elle est garée au bord de la route.

— J'appelle Flore Briard sur-le-champ. Elle venait de le quitter.

Ils étaient maintenant au rez-de-chaussée.

— Des traces de lutte ? Un objet contre lequel il aurait buté ?

Une mauvaise habitude, notoire, de Dupin : poser des questions sur des points de détail, auxquelles personne n'avait encore de réponse.

— Les gendarmes viennent d'arriver, répondit seulement Huppert. (Elle alla vers sa voiture.) On se retrouve là-bas.

Quinze minutes plus tard, Dupin fut le premier à se garer au bord de la route côtière, sur le haut plateau entre Cancale et Saint-Malo, derrière l'estafette de gendarmerie et l'ambulance.

La Volvo de Charles Braz était un peu plus loin. Les gendarmes avaient bouclé le périmètre. La police technique et scientifique aurait du mal à trouver des indices concernant la présence d'un second véhicule. S'il s'agissait bien d'un meurtre – sans doute l'hypothèse la plus pertinente du moment, même si l'assassin n'avait probablement pas utilisé de couteau –, alors il y avait deux scénarios possibles : ou le criminel était arrivé avec Charles Braz, ou il était venu avec sa propre voiture. Une chose était certaine : ce n'était pas encore fini. Quelqu'un exécutait un plan impitoyable, sans même craindre d'être dérangé.

Impossible de joindre Flore Briard, sa ligne était occupée.

En descendant de sa voiture, le commissaire eut le visage fouetté par un vent violent. Il se trouvait sur une côte escarpée, abrupte, faite de falaises déchiquetées, qui tombaient à pic, au moins soixante-dix mètres de haut, plus rudes que tous les autres endroits de la côte où il s'était rendu au cours de ces derniers jours ; un paysage surprenant, d'autant plus lorsqu'on le comparait à la baie douce de Cancale, à quelques kilomètres à peine de là.

Il lui fallait trouver un passage sûr pour rejoindre le chemin côtier d'où il descendrait ensuite au bord de l'eau.

Deux voitures se garèrent derrière lui. Nedellec et Huppert.

— Qu'attendez-vous ? lança la commissaire en descendant de sa voiture. C'est par là ! J'ai demandé qu'on nous amène Flore Briard, Colomb Clément et Joe Morel au commissariat pour reprendre l'interrogatoire. Il ne reste qu'eux trois. Même si nous n'avons pas encore mis en évidence le lien qui les unit, il y a un risque de fuite avéré. Et s'ils font de la résistance, je les arrête. (Elle parlait en toute quiétude.) On va se les faire, et on va vérifier tous leurs alibis pour cet après-midi.

Elle agissait comme il le fallait. Le nombre de suspects se réduisait encore. Ce qui était notable, c'était le fait qu'ils s'étaient retrouvés tous les trois ensemble, et non loin de là, au moment même du meurtre.

Les trois commissaires, après avoir emprunté un étroit sentier, avaient rejoint le chemin côtier dont l'accès avait été barré par la gendarmerie. Ils le prirent en direction de Saint-Malo.

Derrière une imposante avancée rocheuse, deux gendarmes les attendaient.

— Il a dû tomber là, les informa le plus âgé des deux, un homme corpulent, en désignant un emplacement à une vingtaine de mètres, avec un repère jaune vif. En tout cas, on l'a retrouvé juste en dessous.

— La scientifique ne va pas tarder, compléta son collègue, tout aussi corpulent. Les rochers sont pointus ici. Il n'avait aucune chance. Il y a sept ans, il y a eu un suicide ici.

— Pile à cet endroit ? fit Dupin.

— C'est l'endroit idéal… (Le gendarme marqua une pause.) Enfin, vous voyez ce que je veux dire. Mais c'est parfait aussi pour un meurtre.

— Le légiste est arrivé ? demanda la commissaire.

— Il devrait être bientôt là.

Nedellec avait continué sur le chemin côtier, prenant particulièrement soin de rester du côté gauche, afin de ne pas effacer d'indices.

Dupin suivait.

— Je descends vers les rochers.

Huppert avançait. Manifestement, elle n'était pas impressionnée.

Dupin atteignit la veste fluo.

C'était là.

Il s'accroupit à côté de Nedellec. Le chemin, de la terre battue et des cailloux, faisait tout au plus soixante-dix centimètres de large à cet endroit. Il était bordé d'herbe drue, courte. Il n'y avait pas trente centimètres avant le vide.

Au premier coup d'œil, rien de particulier. En s'approchant, on voyait, à l'endroit où le chemin devenait herbeux, un petit amas de terre, haut d'un centimètre, formé sans doute par le bout d'une chaussure qui aurait buté contre le sol. Ce n'était pas assez probant pour en tirer des conclusions définitives.

Un lieu idéal pour un meurtre. Pour le crime parfait dont rêvent tant d'assassins. Dupin ne pouvait s'empêcher d'y penser lorsqu'il se promenait dans des endroits aussi escarpés de la côte bretonne. Ici, nul besoin de lutte, pas même d'un coup violent. Quelqu'un s'extasie devant ce paysage à couper le souffle, une légère bourrade suffira à lui faire perdre l'équilibre…

Nedellec désigna l'empreinte de pas.

— Laissons travailler les experts.

— Vous avez raison. Descendons. Je vais essayer de rappeler Flore Briard.

Nedellec acquiesça et se mit en route, suivi de Dupin, un peu plus loin, le téléphone contre l'oreille.

Cette fois, on répondit aussitôt :

— Oui ?

— Madame Briard, c'est le commissaire Dupin.

— En quoi puis-je vous être utile, commissaire ?

À sa voix, on pouvait penser qu'elle n'était au courant de rien. Ou alors elle feignait. Dupin l'en croyait capable.

— Charles Braz est mort. Il est tombé d'une falaise. À la pointe du Grouin. Le meurtre n'est pas à exclure.

— Charles ?

Un effroi palpable dans sa voix.

— Ça vient de se produire. Vous allez devoir venir au commissariat toutes affaires cessantes. Où vous trouvez-vous en ce moment, madame Briard ?

— Chez… moi. (Elle avait du mal à s'exprimer.) Je suis rentrée après le déjeuner. Depuis, je n'ai pas bougé.

— Y a-t-il des témoins ?

— Non. C'est pour ça que je dois me rendre au commissariat ?

— Entre autres choses, oui.

— Vous me soupçonnez vraiment ?

Elle semblait réellement surprise.

— Naturellement, madame Briard. Pour en revenir à Charles Braz : quelle impression vous a-t-il faite lorsque vous l'avez vu ? De quoi avez-vous parlé ? Qu'avait-il prévu de faire après votre entrevue ?

— Je… C'est horrible. Charles… il est vraiment mort ?

Elle était sur le point de pleurer.

Dupin ne répondit pas. Il y eut une pause.

Il était arrivé à l'endroit où Nedellec venait de quitter le chemin côtier pour suivre – il fallait regarder attentivement – un sentier à peine emprunté qui serpentait étroitement dans l'herbe. Il permettait de descendre au pied de la falaise.

Dupin lui emboîta le pas.

— Vous êtes encore en ligne, madame Briard ?

— Oui, oui… (Voix hésitante.) Charles… il n'a presque rien dit lors du repas, aujourd'hui. Il donnait l'impression d'être détruit. Pire encore que la veille ou l'avant-veille. Il ne supportait plus cette situation. Il l'a répété plusieurs fois.

Dupin dut faire un peu d'escalade. Il bloqua le téléphone entre son épaule et son oreille.

— Qu'est-ce qu'il ne supportait plus ?

— Ce qui se passait avec Lucille, puis tout le reste. Il était effondré.

L'homme ne semblait pas en si piteux état la veille, ce qui ne signifiait rien. Il arrivait que les émotions les plus intenses ne se fassent sentir que plus tard. Sans compter qu'il avait dû se contrôler en présence de Dupin.

— J'ai essayé de lui remonter le moral, mais je ne trouvais pas grand-chose à dire. Il avait raison après tout, tout cela est horrible et dur à encaisser. Je me suis fait beaucoup de souci pour lui.

C'était un appel difficile. Si Flore Briard lui mentait, qu'elle leur mentait à eux tous, qu'il y avait bel et bien eu un meurtre supplémentaire et qu'elle en était l'instigatrice, alors cette femme était d'une duplicité exceptionnelle. Un frisson lui parcourut l'échine. Elle aurait supprimé Charles Braz, et à présent elle exagérerait son désespoir pour faire croire à un suicide. Jamais ils ne pourraient certifier l'état psychologique dans lequel il se trouvait. Bien entendu, elle pouvait également dire la vérité. On ne pouvait exclure la thèse de l'acte désespéré. Il fallait donc interroger la détresse de cet homme pour en apprendre davantage. Pour quelle raison aurait-il mis fin à ses jours ?

Dupin devait se concentrer sur le chemin, il risquait à tout moment de se prendre les pieds dans une racine.

— Est-ce que vous avez parlé d'autre chose ?

— Non.

— Où est-il allé après votre rendez-vous ?

— Il… (Elle marqua une longue pause.) Il voulait faire une balade. Il devait prendre l'air. C'est ce qu'il a dit.

— C'est ce qu'il a dit ? Une balade ?

— Oui.

— Ce sera tout pour le moment, madame Briard. On se voit au commissariat.

Dupin redoubla d'attention pour le dernier passage délicat. Il ne devait pas faire de faux pas.

Bientôt il atteignit les rochers les plus bas, juste au-dessus de l'eau.

Aucune trace de Nedellec ni de quiconque. À gauche, l'éperon qu'ils avaient contourné en suivant le sentier escarpé. Il n'y avait pas cinquante centimètres pour suivre la paroi rocheuse, et encore, seulement après le reflux des vagues.

Puis Dupin repéra le lieu de la chute. Nedellec, Huppert et quatre gendarmes s'y trouvaient.

Dupin avait déjà vu de nombreux cadavres abîmés, décomposés, mais aucun encore dans un tel état. Un spectacle difficile à supporter. Charles Braz avait heurté un rocher saillant de côté, avec l'épaule. Du sang et des chairs y étaient accrochés. La tête avait quasiment été arrachée, elle formait un angle incompréhensible avec le tronc, plusieurs vertèbres cervicales devaient être rompues. Des plaies profondes béaient au niveau de la gorge. Son polo lilas était déchiré. De la chair à vif sortait des bras fracturés, la peau pendait en lambeaux.

La tête et les épaules avaient glissé sur un rocher plus plat suite au premier choc, le tronc et les jambes étaient pris dans une anfractuosité que le sang avait remplie sur plusieurs centimètres de haut. Le corps semblait s'être vidé tant il s'affaissait mollement.

Le commissaire s'approcha. Il manqua défaillir.

— Ce ne sera pas évident de trouver des traces de lutte, remarqua Huppert, d'une voix plus douce qu'à l'accoutumée.

— Je ne crois pas au suicide, dit Nedellec, blême.

— Je… commença Dupin, avant de s'arrêter.

Cela finissait toujours ainsi lorsque son inconscient le taraudait, bien qu'il ne fût pas capable de formuler de quoi il s'agissait. Comme ici, où depuis deux jours il reliait au petit bonheur des choses vues ou entendues. Une pensée jusqu'alors souterraine avait soudain fait surface. Audacieuse, certes. Et jamais Dupin n'avait renoncé à suivre une idée.

— Ça ne va pas, Dupin ? Vous voulez vous asseoir ?

Son cerveau tournait à toute allure. Il cherchait des liens probables, échafaudait des relations. Il essayait de mettre de l'ordre dans tout ça – il n'y arrivait toujours pas.

— Je… Quelque chose m'est revenu. C'est peut-être confus, mais je… (Il se mit en marche.) Je crois que je dois creuser ça.

— Qu'est-ce que vous voulez faire ? Où allez-vous ?

Le ton de la commissaire était sévère.

Dupin s'était déjà éloigné d'elle de quelques mètres.

— Je vous fais signe ! lança-t-il sans se retourner.

Puis il se concentra sur l'ascension – et sur la pensée qui l'occupait.

Pour l'heure, ce n'était qu'une spéculation. Il avait repensé à ce que Le Ber lui avait dit lors de leur dernier appel. S'il était dans le vrai, il y avait nécessairement des indices. Ce pourrait être le cœur de toute l'affaire. Cela ne leur donnerait pas l'assassin… mais peut-être le mobile.

Dupin grimpait aussi vite qu'il le pouvait.

Il atteignit sa voiture à bout de souffle.

Son téléphone sonna.

Huppert. La troisième fois depuis qu'il était parti. De nouveau, il l'ignora. Il ouvrit la portière, s'installa. Ce n'était qu'à cinq minutes.

Le moteur gronda, les pneus crissèrent.

Il ne serait pas évident de construire une théorie irréfutable à partir d'une pensée aussi audacieuse, voire complètement folle, comme toute l'affaire. Qu'importe ! Il lui fallait un premier indice au plus vite, une vraie preuve pour tout recommencer.

Il se gara au même endroit que la veille et continua à pied.

Il ne pouvait prévoir comment cette conversation se déroulerait.

Dupin sonna. Une sonnette ancienne, stridente.

Il attendit. Il attendit longtemps.

Puis, alors qu'il n'avait entendu aucun bruit de pas, la porte s'ouvrit.

— Bonjour, madame Lezu, je dois parler à madame Allanic, annonça le commissaire sans la moindre explication.

— Je… Elle n'est pas prête pour recevoir qui que ce soit. Je ne sais pas si…

— Vous m'en voyez vraiment désolé, chère madame, dit-il en entrant, mais c'est ainsi. C'est de la plus haute importance pour l'enquête.

Elle blêmit et fit un pas de côté.

— Madame se trouve dans le salon.

Il connaissait le chemin.

— J'aimerais vous avoir à mes côtés, madame Lezu. Vous pourriez m'être utile.

Chaque mot prononcé semblait mettre la gouvernante, engoncée dans sa robe noire et son chemisier à volants, davantage mal à l'aise.

— Je crois que Madame n'appréciera pas.

Dupin arrivait à la porte du salon.

— Venez donc, madame Lezu !

On lisait sur le visage de la dame de compagnie les marques d'un pur effroi.

Dupin frappa distinctement et entra aussitôt.

La vieille dame était étendue sur une chaise longue, dos à la porte. Sa veste en laine mouchetée était boutonnée. La télévision était allumée, sans le son – il régnait un silence total.

— Elle ne vous entend pas, murmura la gouvernante. Elle a ses écouteurs.

Madame Allanic se retourna. Étonnamment, elle ne sembla pas surprise de voir le fonctionnaire au milieu de son salon.

— Bien, très bien. (Elle peina à retirer ses écouteurs.) Enfin ! Vous êtes là. C'est vraiment urgent.

C'est alors qu'elle sembla remarquer la gouvernante.

— J'ai demandé à madame Lezu de rester, expliqua Dupin.

— Mon mari est-il de retour ? Il est de retour, c'est ça ? Je vous l'avais bien dit.

Dupin savait que ce serait compliqué. Mais c'était sa seule chance.

— Il s'agit d'autre chose. J'aimerais savoir si vous possédiez des bijoux de valeur, madame.

Il y eut dans son regard une lueur de profonde stupéfaction.

— Ils ont tout volé. (Elle regardait autour d'elle en parlant, comme si elle redoutait la présence d'importuns.) Tout notre trésor.

Le téléphone de Dupin vibra. À tous les coups, c'était Huppert. Il ne décrocha pas.

— C'est précisément de ça qu'il s'agit, madame. De votre trésor. Contient-il des bijoux de valeur ? Avec des pierres précieuses ?

— C'est un trésor fabuleux, dit-elle à voix basse.

Dupin reformula sa question. Elle était décisive :

— Quel est ce trésor en votre possession, madame ? Il me semble que vous parlez de bijoux, n'est-ce pas ?

Peut-être fallait-il aller dans son monde.

Madame Allanic, depuis le début, n'avait cessé de leur parler d'un trésor. Encore et toujours. Déjà la gouvernante, lors de son appel téléphonique, lui avait dit que sa maîtresse parlait d'or et de pierres précieuses. Bien sûr, il n'avait pas réagi sur le moment, prenant cela pour de la démence. Mais au vu des circonstances, ce pouvait être bien autre chose. Et madame Allanic, toute perdue qu'elle était, n'avait également cessé de parler de quelque chose de réel. De son point de vue, en tout cas. À sa façon, à la manière obscure dont son cerveau fonctionnait. Peut-être y avait-il vraiment un trésor. Non pas sous la forme d'un coffret séculaire débordant de pièces d'or et d'argent, mais de bijoux, sertis de pierres précieuses de grande valeur.

Telle était la pensée que Le Ber, avec ses histoires de frégates, d'épaves et de trésors, avait fait remonter à la surface. C'est lui également qui avait parlé de diamants, d'émeraudes et de rubis. Sous cet angle, la ritournelle de la vieille dame prenait une tout autre dimension. La veille et ce matin, elle avait parlé de vols, ce que Dupin, comme tous les autres, avait pris pour une divagation. Mais si c'était vrai ? Si on lui avait réellement dérobé quelque chose ? Si madame Allanic descendait bien de la famille du corsaire Duguay-Trouin, alors c'était encore plus probable. Peut-être avait-elle hérité de pièces d'une exceptionnelle valeur ?

La vieille dame avait les yeux grands ouverts.

— On est venu et on nous a tout pris !

Dupin se tourna vers la gouvernante.

— J'ai raison de supposer que madame possède des bijoux de grande valeur, n'est-ce pas ?

Madame Lezu lui adressa un regard empli de peur.

— Ça restera entre nous, madame Lezu.

Madame Allanic semblait en proie à une violente agitation intérieure. Elle tenta de se redresser.

— Restez allongée, madame Allanic, lui dit Dupin pour l'apaiser.

Elle lui faisait de la peine. Cette conversation la torturait au-delà du raisonnable, mais il n'avait pas d'autre moyen. Il devait continuer.

La gouvernante s'approcha de Dupin et murmura :

— Bien entendu que ma maîtresse possède des bijoux. Mais je ne sais pas quelle est leur valeur. Ils se trouvent (sa voix n'était plus qu'un murmure) dans sa chambre, dans un petit coffre-fort qui n'est plus fermé depuis des années. Derrière un tableau.

Dupin s'approcha de la vieille dame, qui essayait encore de se lever. Il l'aida. Elle le regarda, déconcertée mais reconnaissante.

— Madame Lezu, pourriez-vous nous laisser seuls un moment ?

La gouvernante prit une mine pincée.

— Mais vous…

— Ce serait bien aimable.

Une fois de plus, son téléphone vibra. Huppert ne renonçait pas.

— Soit.

Offensée, la gouvernante quitta le salon.

— Maintenant que nous sommes en tête à tête, madame Allanic, quel bijou vous manque-t-il ?

Elle trembla, Dupin la soutint.

— Je ne dirai pas un mot.

Tous ses muscles étaient tendus. Elle se tenait le plus droite qu'elle pouvait. Sa manière de protester.

— Alors jamais nous ne récupérerons le trésor, madame. Je suis là pour vous aider.

Dupin était sérieux.

— Il est parti.

— Je sais, madame, et je vais le récupérer. Comme votre mari l'a fait.

— Il est revenu, n'ai-je pas raison ?

Ses yeux s'illuminèrent.

Madame Allanic voulait de nouveau sa chaise longue. Dupin l'aida.

— Qui vous a volé les bijoux, madame ?

Un regard étrangement agité.

— On vous a volé, madame. Des voleurs.

— Je sais qui c'est.

Dupin s'arrêta. La raison s'exprimait par ces mots.
— Et vous me le diriez ?
Elle était de nouveau allongée. Sur son visage un sourire, qui disparut aussitôt.
— Je pars pour le Canada, monsieur. Et je prends tout avec moi.
Ses mains fripées devinrent des poings, comme un geste d'enfant. Geste qui affecta étrangement le commissaire.
— Auparavant, aidez-moi à retrouver le trésor, madame Allanic.
Elle inclina la tête et détourna le visage. Son regard se perdit dans l'inconnu. Ou en elle.
— Je vous en prie, madame. Dites-le-moi. Qui est le voleur ? Qu'a-t-il volé ?
Hélène Allanic ne manifestait plus la moindre émotion.
Dupin attendit. Chaque minute qui passait amenuisait l'espoir qu'il avait de poursuivre cette conversation.
Il dut se résoudre à prendre congé.
— Je vous remercie, madame. Je dois partir. Si vous voulez m'aider à retrouver le trésor, vous pouvez me joindre jour et nuit. Votre gouvernante a mon numéro.
Aucune réaction.

La gouvernante attendait le commissaire juste derrière la porte.
— J'espère que madame n'est pas fâchée que…
— Madame Lezu, savez-vous ce qu'on lui a volé ? Je vous prie instamment de me le dire, si vous êtes au courant. Sans quoi, vous vous rendez coupable d'entrave à la justice.

— Je… (Elle blêmit.) Mais, monsieur le commissaire, je ne sais rien. Je… (Elle essayait de ne pas perdre contenance.) Vous le pensez vraiment ? Ça fait longtemps que Madame ne cesse de répéter qu'il y a des voleurs dans la maison. Pour l'heure, je n'ai encore rien remarqué…

— Vous n'avez donc pas la moindre idée d'un objet qui aurait disparu ? Un bijou, par exemple ?

Elle se mit en colère.

— Je vous l'aurais dit tout de suite. Madame n'a plus toute sa tête…

— Montrez-moi le coffre de la chambre, madame Lezu, l'interrompit Dupin.

C'était un ordre.

Dupin regardait les autres portes, qui donnaient sur le couloir, l'air inquisiteur.

— Madame ne saurait accepter…

— Je dois malheureusement insister.

Il savait qu'il outrepassait ses droits et risquait de le payer cher.

— Elle me mettrait à la porte, et…

— J'en prends toute la responsabilité.

Il se dirigea vers la première porte.

— Je crois qu'il vous faut un mandat.

Elle essayait de prendre une voix convaincante.

— Madame Lezu, voulez-vous aider la police à élucider plusieurs meurtres ou non ?

Malgré son air contrit, elle gagna la porte à l'autre bout du couloir.

— Par là.

Le commissaire la suivit dans la chambre à coucher. Une grande pièce avec sa propre terrasse.

Contrairement au salon, l'ameublement était sobre. Une commode surmontée d'une huile sur toile – une scène portuaire dans un style impressionniste –, une armoire et un lit.

La gouvernante s'approcha de la peinture.

— Si on la pousse un peu, on voit le coffre. (Elle rougit brièvement.) Ça m'arrive quand je fais les poussières. Vous verrez qu'il est entrouvert.

Dupin décala la toile sans plus réfléchir. C'était d'une simplicité enfantine.

Il y avait une niche carrée dans le mur, de quarante centimètres sur quarante, à l'intérieur de laquelle on avait encastré un coffre-fort vieillot en métal massif. La porte n'était en effet que poussée. Dupin avait déjà vu ce type de coffre-fort dans la maison de sa mère – c'est ainsi qu'avant on mettait à l'abri ses objets de valeur.

— Madame ne parvenait pas à se souvenir de la combinaison et elle ne savait plus où elle l'avait notée. C'est pour cette raison qu'il n'est jamais fermé.

Pour quelqu'un qui prétendait n'en avoir jamais parlé avec sa maîtresse, la gouvernante paraissait très au courant.

Dupin ouvrit la porte ; à l'intérieur (où il y avait une lampe allumée) un bazar étincelant. Des dizaines de bijoux entrelacés, dont certains semblaient imbriqués à jamais les uns dans les autres. De longues chaînes, des courtes, des bracelets, des barrettes, deux montres. Tout avait l'air très ancien. Quelques-unes des bagues, broches ou boucles d'oreilles étaient serties de pierres précieuses de toutes les couleurs.

Dupin n'aurait pu dire quelle était la valeur de ce contenu. Il fallait mandater un expert, ce qui n'était pas possible sans l'accord formel de madame Allanic. Sans compter que le trésor était bel et bien là : à quoi bon, alors, le faire expertiser ? Il était en sécurité dans son coffre. Seuls quelques bijoux avaient pu être volés.

— Madame Lezu, avez-vous une assez bonne connaissance de ces bijoux pour me dire s'il en manque ?

Elle prit un air outré.

— Comment pourrais-je le savoir ? Madame ne porte jamais beaucoup de bijoux. La plupart, je ne les ai encore jamais vus. Je ne suis même pas sûre que madame elle-même sache s'il manque quelque chose.

Dupin ne savait s'il devait la croire. Si elle avait farfouillé ici de temps en temps, il était évident qu'elle n'en dirait rien.

— Il lui arrive de porter deux bagues, précisa la gouvernante. Son alliance et la chevalière de sa famille. Certains jours, elle porte une chaîne avec une opale qu'elle affectionne particulièrement, et toujours cette broche. C'est tout ce que je sais.

— Est-ce que vous voyez la chaîne à l'opale quelque part dans ce coffre ?

Il ne l'avait pas vue sur la vieille dame.

— Là, juste devant. (Elle montra une chaîne assez longue.) C'est celle-ci.

— Madame a-t-elle des amies proches qui connaîtraient ses bijoux ?

La gouvernante lui adressa un regard consterné.

— Je ne compterais pas là-dessus à votre place. Madame est très discrète sur sa fortune. Elle a deux amies, oui, mais ne les voit que rarement.

— Savez-vous si madame Allanic a déjà parlé des bijoux avec ses nièces ? Ou si elle a montré le coffre à l'une ou l'autre ?

— Non. Lorsqu'elles venaient lui rendre visite, je me trouvais la plupart du temps dans la cuisine. Et, bien entendu, je n'ai aucune idée de ce qui se passait pendant mes jours de repos.

Dupin ne savait plus dans quelle direction aller.

Il soupira, remit la porte du coffre dans sa position initiale, puis le tableau.

— Je prends congé, madame Lezu. Je vous remercie grandement pour votre collaboration. Cette petite inspection reste entre nous.

Intimidée, elle fit signe que oui de la tête.

Dupin se hâta vers la porte d'entrée. Quelque chose venait de lui revenir.

— Je vous fais rapidement signe, madame Lezu.

— Et qu'est-ce que je dois faire maintenant ?

— Vous ne changez rien à vos habitudes. (Il avait déjà ouvert la porte d'entrée.) Occupez-vous de madame Allanic.

Il dévala les escaliers.

L'adresse était déjà enregistrée dans son GPS. Saint-Suliac.

Dupin avait gagné une route assez large en direction du sud. Il composa le numéro d'Huppert.

Elle répondit aussitôt :

— Dupin, qu'est-ce que ça veut dire ! (Il ne restait plus rien de son ton habituellement si factuel.) Je vais demander à la préfète de…

— Je pense avoir trouvé la clé de l'affaire.

Il devait frapper fort, y aller franchement pour la calmer.

— Où êtes-vous ? Que faites-vous ?

— On se retrouve au magasin de Walig Richard. Aussi vite que possible. Dites à Nedellec de venir avec son ami pianiste. Et avec l'employé de ce matin.

— Je ne vais nulle part avant que vous ne m'ayez dit…

— Saint-Suliac, dans un quart d'heure, alors vous saurez tout. Je suis désolé.

Il était sérieux.

— Je… (Elle semblait tiraillée.) Si vous n'avez pas la solution, vous allez avoir des ennuis, Dupin !

— Faites-moi confiance !

Dupin bluffait, comme au poker. Mais son instinct lui disait que c'était la bonne piste.

Elle sembla hésiter, puis se montra coopérative.

— Bien. On se voit à Saint-Suliac, alors. Nous sommes encore à la pointe du Grouin.

— Et alors ? Qu'a dit le légiste ?

— Qu'il ne peut encore rien affirmer hormis le fait que Charles Braz ne se trouve pas là depuis longtemps. (Il l'entendit se mettre en marche.) Et que l'autopsie prendra du temps, compte tenu de l'état du corps. Il est très sceptique… Des traces de lutte ou de coups seront très compliquées à trouver, compte tenu, là aussi, de la gravité des blessures.

— Quelqu'un s'est-il déjà rendu chez Braz ?

— Quatre collègues s'y trouvent en ce moment. Rien de spécial. Pas de lettre d'adieu. À tout de suite, Dupin ! Je suis impatiente.

Dupin mit les gaz.

Douze minutes plus tard, il se garait devant la boutique de Walig Richard.

La lumière avait décliné. Il n'était pas loin de vingt heures. Le soleil descendrait lentement derrière les douces collines sur la rive d'en face. Ça promettait d'être splendide ; les couleurs semblaient se préparer. Un silence de paix régnait sur le lieu. Il n'y avait de l'animation qu'au bistrot de la Grève, où le commissaire avait pris un café ce matin même.

Il entra dans la cour aux artichauts en fleur, se rappela qu'il n'avait pas les clés du magasin ; il devrait attendre ses deux collègues.

L'occasion d'appeler rapidement Nolwenn.

Dupin alla sur la digue étroite qui s'enfonçait dans les bancs de sable de la baie à sec.

— Bonsoir, commissaire. Nous sommes au courant du dernier meurtre.(Elle parlait rapidement.) Pour le coup, ça commence vraiment à dégénérer, non ?

— Je crois savoir ce dont il s'agit, Nolwenn. Je pense avoir identifié le nœud de toute cette affaire.

— Pardon ? Attendez…

Dupin supporta l'agaçante mélodie de l'attente téléphonique. Il avait presque atteint l'extrémité de la jetée.

— On est tous là, j'ai mis sur haut-parleur.

Dupin entendit soudain des voitures débouler à vive allure dans le port de plaisance. Il se retourna.

— Désolé, Nolwenn, je dois partir. Je vous fais signe dès que je peux !

Huppert et Nedellec se garèrent derrière la voiture de Dupin, sortirent rapidement, claquèrent les portières.

L'employé de Richard s'approchait à grandes enjambées.

— Ah, vous êtes là ! lança Huppert. (Le commissaire était de nouveau dans la cour.) Nous avons hâte.

— Dites-nous tout !

Nedellec, qui tenait la clé de la boutique, brûlait d'impatience.

— Je suis venu aussi vite que j'ai pu !

L'employé les avait rejoints.

— Merci, l'accueillit Dupin. On a encore quelques questions importantes à vous poser.

— Bien entendu. (L'homme était presque obséquieux.) Comment puis-je vous aider ?

Le magasin était dans la pénombre. Dupin alluma la lumière et alla directement vers la vitrine contenant les bijoux anciens. Le matin même, cela l'avait préoccupé. Depuis lundi, à plusieurs reprises, il était passé tout près du cœur de l'affaire.

— Mettez-nous au parfum, Dupin, lui intima la commissaire, qui l'avait rattrapé.

— Bientôt, bientôt. (Il se tourna vers l'employé.) Vous nous avez appris ce matin que monsieur Richard était devenu expert en joaillerie au cours des années passées…

— Absolument, oui.

— Y compris en pierres ? En pierres précieuses ?

— Naturellement. Ce sont elles qui font la valeur d'un bijou.

Ils étaient tous les quatre devant la vitrine.

— Autrement dit, monsieur Richard était capable d'évaluer la valeur de pierres précieuses ?

— Parfaitement.

— Savez-vous s'il a expertisé de telles pierres au cours des semaines passées ? Une seule, plusieurs, peut-être, qui sortiraient de l'ordinaire ?

De cette manière, l'antiquaire se serait retrouvé impliqué dans l'affaire avant d'en être l'une des victimes. Même si cette thèse était encore vague, c'était la première qui permettait de relier Richard à l'affaire. La première qui faisait sens.

— Je ne suis au courant de rien, mais ça ne signifie pas grand-chose. Walig emportait souvent des objets chez lui. Ou il restait plus longtemps que nous le soir. C'est arrivé deux fois la semaine dernière. Il aurait eu tout le temps d'examiner des objets. Les week-ends également.

Dupin s'adressa inopinément à Nedellec :

— Pourriez-vous poser la même question aux autres employés ?

— D'abord, expliquez-nous…

— C'est extrêmement urgent, Nedellec. Tout dépend peut-être de ça.

Ce dernier plissa le front.

— Que dois-je demander précisément ?

— S'ils savent, à tout hasard, si Walig Richard a pu s'intéresser à un ou plusieurs bijoux. Qu'importe comment ils l'ont su : qu'ils aient aperçu une fenêtre ouverte sur son navigateur Internet, entendu un coup de fil, lu un mail, qu'importe.

Rien de plus qu'un vague espoir, mais il fallait tout essayer.

— Vraiment, ce pourrait être un indice décisif, ajouta Dupin non sans y mettre une pointe de dramatisation.

— Compris.

Nedellec gagna l'escalier qui menait au premier étage et sortit son téléphone.

— Y a-t-il aussi des bijoux dans l'autre magasin ? demanda Dupin à l'employé.

— Non. Ici seulement.

— Y a-t-il un coffre ?

— Non. Il n'y a que cette vitrine. Mais nous n'avons rien de grande valeur…

— Le logement de Richard a été passé au peigne fin par la police scientifique, intervint Huppert. On m'a donné un inventaire de tous les objets de valeur qui s'y trouvaient. Aucune trace de bijoux.

Dupin se mit à faire les cent pas devant la vitrine.

— Avez-vous encore besoin de moi ?

L'employé se sentait manifestement mal à l'aise.

— Vous pouvez y aller, mais restez joignable. Et faites-nous immédiatement signe si quoi que ce soit vous revenait à l'esprit.

L'homme sortit, l'air soulagé.

Il n'avait pas encore atteint la porte qu'Huppert prit la parole :

— Et maintenant, dites-nous enfin, Dupin, ce que vous avez dans la caboche. Et dans les moindres détails.

Dupin n'avait plus d'échappatoire, il devait parler :

— Je suppose qu'on a volé des bijoux à madame Allanic. Un seul, plusieurs ? De grande valeur, en tout cas. (Il hésita.) La voleuse est l'une des nièces.

Il continuait à aller et venir devant la vitrine.

— Hmm. (Huppert croisa les bras.) Et ensuite ?

— Je ne sais pas encore.

Ce qu'il venait de formuler constituait le fondement de sa théorie. Tout le reste n'était encore que pure spéculation.

— Bon… J'imagine qu'il s'agit de Lucille. Comme nous le savons, elle aurait eu bien besoin de cet argent. Mais pourquoi tuer Blanche ? Sur le marché, devant tout le monde ? Considérons qu'elle ait appris pour le vol et qu'il faille la supprimer ? Ou alors que le bijou ait d'abord été dérobé par Blanche ?

Ça se tenait. Cependant, il restait trop de scénarios plausibles. Beaucoup trop. Et ils étaient si différents les uns des autres qu'on ne pouvait pas encore parler de logique. Dupin avait déjà envisagé plusieurs variantes.

— Pourquoi Kilian Morel et Walig Richard devaient-ils mourir également ? s'enquit Huppert.

Au moins semblait-elle adhérer à l'hypothèse de départ.

— Peut-être étaient-ils au courant, pour le vol du bijou. Ou parce qu'il s'est retrouvé, après la mort de Blanche, chez l'un d'eux. Kilian Morel, sans doute. Ça expliquerait qu'on ait fouillé la maison avec tant d'application ; l'assassin recherchait le bijou.

Qu'on ait mis sens dessus dessous leur domicile accréditait le fait que Blanche ait été en possession du bijou. D'autres questions demeuraient en suspens. Le criminel avait-il trouvé ce qu'il cherchait ?

— Blanche Trouin a dû demander à Walig Richard d'estimer le bijou. Il se trouvait donc chez lui, du moins pendant quelque temps, alors on l'a tué.

Dupin s'arrêta devant la vitrine.

— Mais pourquoi Blanche Trouin aurait-elle fait ça ? (Huppert gardait les bras croisés.) Voler sa propre tante. Elles avaient l'air proches. En plus, Blanche n'avait pas besoin d'argent…

— Je ne sais pas.

— Et si c'était elle la voleuse, quel rôle joue Lucille ?

Des questions qui allaient droit au but. Encore une zone d'ombre. Dupin reprit son manège.

— Elle a dû apprendre que Blanche détenait le bijou…

— Et le meurtre de son compagnon, Charles Braz ? Comment l'expliquer ?

— Ex-compagnon. Sans compter que c'est peut-être un suicide.

— Quand bien même… Ça n'a pas de sens. (Elle s'arrêta, le regard pétillant.) Comme si Charles Braz…

Elle n'eut pas besoin d'achever la phrase. Dupin y avait pensé pendant le trajet.

— Tout à fait possible.

— Mais pourquoi se tuer alors ? Culpabilité ? Il tuerait de sang-froid le mari de Blanche et son ami, Walig Richard, à cause du bijou, puis, le lendemain, il serait tellement rongé par le remords qu'il attenterait à sa vie ? En outre, si on s'en tient à votre hypothèse, il aurait dû être en possession du bijou qui aurait tout déclenché.

Dupin perçut du scepticisme chez la commissaire.

— La pierre a peut-être une telle valeur qu'elle aurait pu résoudre les problèmes financiers de Lucille en une seule fois. (Dupin savait que ce n'était pas une réponse.) Je ne sais pas, à vrai dire…

Il était honnête, en disant cela.

— Et Lucille Trouin ? Quel rôle joue-t-elle ? Si Charles Braz était le criminel ? Pensez-vous qu'elle a tout imaginé ? Qu'elle l'a manipulé ? Ou qu'elle savait ce qu'il avait en tête ?

— Aucune idée, là non plus.

La commissaire fronça les sourcils.

— Quelles preuves avez-vous pour expliquer toute cette histoire ? (Elle se faisait pragmatique.) Des indices, au moins ?

— Il n'y a que madame Allanic, aussi fou que ça puisse être.

Il n'était pas sans savoir que ce n'était ni une preuve ni un indice. Mais pour l'heure, c'était tout ce dont il disposait.

— Cette vieille dame démente ?

Dupin raconta sa visite.

— Ça expliquerait tout, conclut-il. Peut-être nous a-t-elle tout expliqué. Malheureusement, c'est codé. Il se pourrait qu'elle possède des bijoux d'une valeur exceptionnelle qui viendraient de cette vieille famille de corsaires, les Duguay-Trouin. Ce serait une histoire bretonne et… (Un élément important pour convaincre Huppert :) Votre découverte de la veille serait décisive. Lucille avait besoin d'argent, et de toute urgence.

— N'importe quel juge déclarerait madame Allanic irresponsable. De plus, elle n'a rien confirmé, pour peu qu'elle en soit capable. Permettez-moi d'en douter.

Dupin ne pouvait dire le contraire.

— Il nous faut du concret, Dupin. Du solide. Et de vraies preuves. Au plus vite.

Tel était bien le problème.

— Avez-vous une idée de l'endroit où le trésor peut se trouver ?

— Non.

Tous ceux qui, selon ses conjectures, auraient pu être en possession du bijou ou auraient pu attester de son existence étaient morts. Hormis Lucille Trouin.

— Lucille Trouin est-elle au courant de la mort de Charles Braz ?

Cette question lui avait traversé l'esprit à plusieurs reprises.

— Je lui ai téléphoné sur les lieux de la chute. Je voulais qu'elle l'apprenne directement de notre part. Et je voulais étudier sa réaction.

— Et ?

— Elle a écouté, mais n'a rien dit.

— Que lui avez-vous dit concernant un possible meurtre ?

— La vérité. Que nous ne savions pas encore.

— Flore Briard pourrait être de mèche avec Lucille Trouin. Elle n'a pas d'alibi – ni pour hier, ni pour aujourd'hui. Sans compter qu'elle a, elle aussi, besoin d'argent, si nos informations sont fiables. Et tous ceux qui auraient pu lui nuire ont maintenant disparu. Elle n'aurait plus rien à craindre. Il nous reste une seule possibilité pour la confondre : nous devons retrouver le bijou chez elle.

En effet.

— Ce qui est valable pour les trois personnes qui restent, compléta la commissaire. Ainsi que pour Charles Braz. Rien de spécial du côté de ses communications téléphoniques. Il n'y a que son coup de fil à Flore Briard. Mais nous étions au courant.

Ils restaient au point mort. Ils avaient beau échafauder des hypothèses, imaginer des scénarios, rien. Aucun résultat probant.

— Briard, Clément et Joe Morel sont depuis longtemps arrivés au commissariat, lui rappela Huppert. Nous…

— Rien. (Nedellec descendait l'escalier.) Parmi ses amis et ses collaborateurs, personne ne sait quoi que ce soit au sujet d'un bijou ou d'une expertise.

C'était déprimant. Ils avaient rapidement besoin d'un peu de chance.

Huppert prit son téléphone et gagna la sortie.

— Je m'occupe de l'audition des trois autres.

Dupin soupira. Il n'avait pas la moindre envie de tout raconter de nouveau à Nedellec.

— Bon, dit celui-ci après avoir écouté le résumé de quelques minutes. Ça paraît un peu fantasque, d'accord, mais pour le moment nous n'avons rien d'autre.

Il ne semblait pas totalement convaincu, mais Dupin s'était attendu à pire.

— Si j'ai bien compris, ça pourrait signifier que Lucille Trouin est l'instigatrice de toute l'histoire…

Dupin ne l'avait pas exprimé aussi précisément, mais c'était une des possibilités. Une parmi d'autres.

— Ce qui signifierait…

— Briard, Clément et Morel nous attendent dans la salle d'interrogatoire, les interrompit Huppert.

Jamais encore Dupin n'avait passé autant de temps dans les salles d'un commissariat au cours d'une enquête, pas même à Concarneau. C'était la troisième fois qu'il se rendait à celui de Saint-Malo dans la journée.

Il n'avait pas conduit aussi vite que d'habitude et était arrivé bon dernier. Durant le trajet, il avait appelé Nolwenn pour lui faire part de sa théorie et la tenir au courant des dernières avancées.

Les trois commissaires s'engagèrent dans le couloir menant à la salle d'interrogatoire.

— J'ai demandé à la scientifique de bien vouloir de nouveau passer au peigne fin les domiciles de Lucille Trouin et de Charles Braz, dit Huppert. Le seul problème, c'est que je ne parviens pas à leur dire précisément ce qu'on cherche. Un ou plusieurs bijoux d'une valeur inestimable ?

On ne pouvait le dire plus justement, selon Dupin.

— En revanche, on n'a pas assez d'éléments pour émettre un mandat de perquisition à l'encontre de Briard, Morel et Clément, ajouta la commissaire. Et Briard a sans doute hérité de bijoux. Elle aura beau jeu de dire qu'ils lui appartiennent tous.

— Comment conduit-on cet interrogatoire ? demanda Nedellec.

Une question essentielle.

— Une confrontation, je dirais. On met tout sur la table. On se fonde sur l'hypothèse de Dupin et on passe leurs alibis au crible.

— Bien.

Nedellec et Dupin étaient d'accord.

— Alors on y va.

Huppert ouvrit la porte, suivie des deux autres.

Flore Briard était assise entre Joe Morel et Colomb Clément, respectivement à sa droite et à sa gauche. Ils formaient un étrange tableau.

— Madame, messieurs, bonjour, les salua Huppert.

Elle prit place sur une chaise du côté opposé de la table. Les deux autres commissaires s'installèrent autour d'elle.

— Auriez-vous la gentillesse de nous expliquer… commença Flore Briard d'un ton sec.

— Nous n'avons pas l'intention de perdre notre temps en d'inutiles querelles, madame Briard. (Huppert la fixait droit dans les yeux.) Il y a, parmi vous trois, un meurtrier multirécidiviste en possession d'un bijou inestimable. Il appartient à la tante des sœurs Trouin. Nous savons tout.

Huppert laissa la phrase faire son effet.

Les trois suspects réagirent, y compris Joe Morel ; on le lisait sur leurs traits.

— Un bijou ? La tante de Lucille ? (Briard fut la première à s'insurger. Elle tenta un sourire, qui s'évanouit dans l'instant.) C'est grotesque. Vous pensez qu'ils sont tous morts à cause d'un bijou ?! En tout cas, je ne suis au courant de rien.

Comme toujours, il était impossible de savoir si sa colère était réelle ou feinte.

— Vous êtes précisément la personne supposée être la plus au courant, madame. Vous êtes la confidente de Lucille Trouin, vous travaillez avec elle, vous n'avez pas d'alibi pour la période donnée et vous avez besoin d'argent, dit sèchement Huppert.

— C'est grotesque ! Et infâme ! s'agaça Briard, furieuse.

— Et vous, monsieur Clément ? Que pouvez-vous nous dire ? intervint Nedellec. Vous aussi, vous travaillez avec Lucille Trouin. Jusqu'à ce jour en tout cas. Vous a-t-elle mis au courant de ses projets ? Ou bien vous avez entendu parler de ce bijou… et décidé d'opérer de votre propre initiative ?

— Moi ? Non !

Le jeune chef montant était de toute évidence ébranlé. Fébrile. L'offensive de Nedellec avait fait son effet, et même davantage que ce à quoi Dupin s'attendait.

— Je n'ai rien à voir avec tout ça. Et madame Trouin ne me raconte pas ce genre de choses. C'est seulement ma patronne. Je suis innocent, je vous le jure.

— Ces derniers temps, vous étiez également lié à Blanche Trouin. Vous faisiez des affaires avec les deux sœurs, continua Nedellec, impitoyable. Vous avez certainement vu ou entendu quelque chose.

Des gouttes de sueur perlèrent sur son front.

— Rien du tout. Je n'ai rien vu ni entendu.

— Pourquoi êtes-vous si nerveux, alors ? intervint Dupin.

— Je… ne suis pas nerveux, bafouilla-t-il.

— Vous êtes même très, très nerveux.

Une petite pause.

— Ma… ma patronne est-elle au courant de l'offre de B… Blanche ? balbutia Clément. Que j'ai déjà signé ? Je vais me retrouver sans emploi…

C'était donc ça qui l'inquiétait. De son point de vue, pour peu qu'il soit innocent, c'était compréhensible.

— Ne vous faites pas de souci à ce sujet, monsieur. (Huppert resta très factuelle.) Madame Trouin aura d'autres choses à régler dans l'immédiat. Où vous trouviez-vous aujourd'hui, entre quinze et seize heures ?

— Eh bien… Au restaurant, jusqu'à quinze heures ou pas loin, puis je suis allé chez moi pour dormir un peu.

— Quelqu'un pour en témoigner ?

— Non.

— Alors vous n'avez pas d'alibi, résuma Nedellec d'un air satisfait.

Quant à Dupin, il sentait la mauvaise humeur l'envahir. Cette audition ne mènerait nulle part.

Huppert se tourna vers Joe Morel.

— Lucille Trouin et vous-même, vous vous êtes rapprochés, ces derniers temps, monsieur Morel, commença la commissaire d'une voix énergique. Par ailleurs, vous héritez de toute la fortune de votre frère et de sa femme, qui pourrait comprendre un bijou volé. Que vous soyez impliqué dans cette affaire est donc plus que possible…

Morel s'inclina en arrière avant de répondre.

— Que vous dire ? (Il haussa imperceptiblement les épaules.) Je n'ai aucune idée de tout ça. Et je n'ai pas non plus d'alibi vérifiable pour cet après-midi.

Dupin s'arrachait mentalement les cheveux. Ni lui, ni Huppert, ni Nedellec ne disposaient de quoi que ce soit pour arracher l'un des trois suspects à sa réserve.

Huppert perdait patience :

— Il faut donc que nous prenions d'autres mesures. Je m'occupe sur-le-champ des mandats de perquisition pour vos domiciles…

— Vous ne les aurez pas.

Flore Briard avait réagi dans la seconde.

Joe Morel ne manifesta aucune réaction, comme si tout cela ne le concernait pas.

— Chez moi, vous ne trouverez rien, dit simplement Clément.

Dupin se leva soudain. Il ne tenait plus en place.

Son dépit s'était mué en ressentiment. Il se produisait exactement ce qu'ils avaient voulu éviter : ils étaient en train de perdre l'élan nouveau de l'enquête.

— Ça ne suffit pas, nous devons parler à Lucille Trouin. (Dupin parlait comme si les trois suspects n'étaient pas là, tout en allant vers la porte.) Elle doit savoir que nous sommes au courant de ce vol de bijou.

C'était à devenir fou. Alors qu'ils se démenaient ici, Lucille Trouin se trouvait dans le même bâtiment, juste à côté d'eux, comme une provocation. Elle avait commencé par faire lanterner Dupin en refusant de parler, puis s'était fichue de lui en expliquant avoir agi sous l'effet d'une altération du discernement. Peut-être ses émotions avaient-elles pris le dessus lors de l'homicide de sa sœur sur le marché, mais il n'en demeurait pas moins, selon Dupin, qu'elle était une tueuse de sang-froid, qui avait suivi son objectif avec détermination : trouver le bijou pour en obtenir de l'argent.

— Dupin, attendez ! lança Huppert.

Trop tard, il était sorti.

Elle se tourna vers les suspects.

— Nous en avons fini. Nedellec, vous les raccompagnez.

Elle rattrapa Dupin dans le couloir.

— Trouin voudra son avocat.

La commissaire semblait d'accord avec l'intervention de Dupin.

Ils atteignirent l'ascenseur.

— Je m'occupe de tout, Dupin. On se retrouve dans une demi-heure.

Il avait absolument besoin de prendre l'air, d'un peu de réalité. Il devait se dégourdir les jambes, respirer l'air iodé.

Malgré le peu de temps dont il disposait, il était retourné sur la longue plage. Il s'arrêta sur la grève.

Le ciel était encore clair lorsqu'il était venu de Saint-Suliac – maintenant que le soleil était passé derrière l'horizon, il faisait sombre. De lourds nuages menaçants, comme plus tôt dans la journée, étaient apparus, bien plus nombreux. Çà et là, de rares rayons de soleil les traversaient, dans des tonalités rouges, lilas, orange, roses, jaunes… Un effet théâtral des plus impressionnants.

Et la mer devenue plus foncée, dont le vert émeraude se fondait en un vert sombre tirant vers le noir, s'irisait, c'en était presque aveuglant, sous ces rayons. Les vents forts de l'avant-veille étaient de retour, de même que les vagues, dont l'écume mariait l'air et l'eau.

Dupin devait se concentrer sur une seule et unique question, et mettre tout le reste de côté, quelle qu'en soit l'importance : où se trouvait le bijou ?

Après être resté un moment immobile, il regarda l'heure. L'interrogatoire de Lucille Trouin allait bientôt commencer. Le deuxième.

Ça n'avait été qu'une courte promenade, mais elle lui avait fait du bien.

Dix minutes plus tard, il se trouvait de nouveau devant la salle d'interrogatoire. La 318.

Huppert arriva quasiment au même moment, essoufflée.

— Ils sont là. Je suis à côté, avec Nedellec.

Dupin entra sans se presser. Il referma très calmement la porte.

Lucille Trouin donnait l'impression d'être parfaitement maîtresse d'elle-même. Elle affichait un air souverain, une fierté inflexible. Aucun signe d'inquiétude ni d'une quelconque tristesse, alors qu'elle venait d'apprendre la mort de Charles Braz. On avait l'impression qu'elle s'était refait une beauté, ses sourcils avaient l'air plus noirs, plus marqués que l'après-midi, son teint plus mat. Le reflet roux dans ses cheveux avait disparu en même temps que la lumière du jour.

— On se revoit déjà.

Dupin se dirigea vers la chaise, passa devant sans s'arrêter et se posta devant la table, face à Lucille Trouin et à son avocat.

— Un moment, dit l'avocat.

Ce soir, il portait un polo rose. Il s'approcha de l'oreille de sa cliente, à qui il murmura quelques mots. Puis elle lui parla à son tour. Cela dura quelque temps.

— Bien. Madame Trouin est prête. De quoi s'agit-il, à cette heure ? J'aimerais…

— Nous savons de quoi il retourne. (Dupin fixa Lucille Trouin. Il parlait lentement, pas trop fort.) Vous avez tué votre sœur pour récupérer un bijou particulièrement onéreux ayant appartenu à votre tante. Ce n'était pas seulement un trouble du discernement.

Il marqua une pause.

Les yeux de la meurtrière s'étaient un peu écarquillés, estima Dupin. Ce fut sa seule réaction visible. Elle avait un contrôle extrême d'elle-même, cela devait énormément lui coûter. Impossible de savoir ce qu'elle pensait ou ressentait.

Elle repoussa une mèche qui retombait sur son visage du revers de la main. Le commissaire remarqua la finesse de ses articulations.

Il s'approcha de la table, y appuya ses deux mains, se penchant vers elle.

— C'est le cœur de toute cette histoire. C'est aussi simple que ça. Vous vouliez le bijou. En le revendant, vous évitiez la faillite tout en pérennisant les revenus du labeur de toute votre vie. Ç'aurait été le moyen de vous tirer d'affaire. La somme obtenue vous aurait même permis de mener vos nouveaux projets à bien. Qui sait ? Mais le plus décisif, pour vous, c'est qu'ainsi vous n'auriez pas été considérée comme battue par votre sœur au cours de la lutte sans merci qui vous opposait. Rien que pour ça, vous étiez prête à tout. Et vous l'êtes encore.

C'était sinistre. Cette femme était assise là, immobile, comme une poupée de cire. Aucun clignement des yeux, aucun tremblement des lèvres. Pas un soubresaut, pas le moindre mouvement de la partie supérieure de son corps, même infime. Rien.

— Tous les détails (Dupin éleva la voix), par exemple : a-t-on tué sur vos ordres, le criminel a-t-il agi seul, s'agit-il de Flore Briard, de Joe Morel ou de Colomb Clément ?, tout ça, on va finir par le trouver. Très bientôt. De même que le rôle que jouait votre ex-compagnon, Charles Braz, et ce qui lui est arrivé.

— Vous m'ennuyez.

On ne l'avait presque pas entendue, tant elle avait parlé bas.

— Votre théorie est parfaitement ridicule, monsieur. Toute votre théorie.

Elle se leva.

— Ma cliente ne souhaite pas répondre à ces accusations infondées. (L'avocat s'efforçait de conserver une posture formelle.) Cette audition est maintenant terminée.

Dupin se demanda rapidement s'il voulait poursuivre. Il y renonça.

L'avocat suivit Lucille Trouin, qui était arrivée à la porte. Elle appuya sur le bouton de sonnette.

— Bonsoir, commissaire, dit l'avocat.

Dupin resta seul.

Soudain un grondement violent : le tonnerre.

— Encore un coup d'épée dans l'eau.

Nedellec venait d'entrer, Huppert sur ses pas. Il n'y avait rien de moqueur dans sa réflexion.

— Je n'en suis pas encore certaine, commenta Huppert. L'équipe envoyée chez Braz vient d'appeler. Aucun bijou. En outre…

Un grondement menaçant interrompit la commissaire, suivi d'un second. Elle attendit patiemment qu'il soit passé.

— En outre, j'ai demandé au légiste de bien vouloir examiner de nouveau les vêtements du mort. Il n'a rien trouvé.

— Il faudrait aussi que nous fassions fouiller les magasins de Charles Braz, le restaurant et la fromagerie de Lucille Trouin, rue de l'Orme. Ce qui vaudrait également pour les maisons et les lieux de travail des autres suspects.

— De pire en pire, grogna Nedellec.

— D'abord les commerces de Charles Braz et de Lucille Trouin (Huppert y était fermement décidée), puis nous verrons pour la suite.

— La personne qui possède le bijou et qui a tué pour lui (Nedellec plissa le front) a dû bien le dissimuler. Comment le trouver sans indice ? Nous ne savons rien. Est-ce une bague ? Une chaîne ? Une broche ? Plusieurs pièces différentes ? (Un casse-tête, pour le moins.) Ils peuvent également avoir planqué le bijou à un tout autre endroit. À l'extérieur de chez eux. Ce serait bien plus intelligent, d'ailleurs.

Nedellec enchérissait de lui-même.

— J'ai également ordonné la filature de Briard, Morel et Clément. (Huppert était furieuse.) Ils ne pourront plus faire un pas sans que nous le sachions.

Dupin alla à la fenêtre.

— Et s'il ne s'agissait aucunement d'un bijou ? (Nedellec était pensif.) Et si nous faisons fausse route ? Peut-être courons-nous après un fantôme ?

En tout cas, cette théorie n'avait cessé de les mener dans des voies sans issue. Objectivement, on ne pouvait lui donner tort d'être sceptique. Bien entendu, Dupin avait pu se tromper, être parti sur une voie de garage… Ça lui était déjà arrivé, autrefois. Pourtant son instinct lui disait de s'y tenir. Dans des situations désespérées comme celles-ci, lorsqu'il commençait à voir les choses en noir, Nolwenn avait un vieux proverbe qui, pour des oreilles non bretonnes, pouvait sembler macabre, du genre : « Il faut parfois mourir à plusieurs reprises pour prouver qu'on est malade. » Curieux, mais vrai.

— C'est la meilleure hypothèse que nous ayons pour l'instant. Et la seule. Je pense qu'il faut s'y tenir jusqu'à ce qu'elle nous conduise à la solution. Ou jusqu'à ce que nous en ayons une autre, résuma Huppert en faisant preuve d'une logique imparable.

Dupin en fut soulagé ; c'était une argumentation plus solide que de se fier simplement à son instinct.

— Et que proposez-vous ? Que devons-nous faire ?

Par chance, Nedellec ne semblait pas d'humeur à entrer dans un débat de fond.

— La fouille de la maison de Trouin est en cours. La surveillance des suspects également, et je vais leur donner les autres missions. Pour l'heure, nous n'avons d'autre choix que d'attendre et de réfléchir.

Huppert, tout en parlant, rejoignit Dupin à la fenêtre.

Il pleuvait à verse. De grosses gouttes martelaient les carreaux. Le vent violent se transformait en une véritable tempête dont on entendait les manifestations à travers les fenêtres pourtant bien insonorisées. Le bruit des vagues déferlantes. Partout ça claquait et tambourinait. La lumière vacillante d'un lampadaire éclaira le visage d'Huppert. Dupin remarqua qu'elle avait l'air éreintée. Les jours qui venaient de s'écouler avaient laissé leur marque. Chez tout le monde.

— C'est exactement comme ça que je vois les choses, abonda Dupin, qui avait pris les paroles de la commissaire pour le signal du départ.

Il avait un besoin urgent de temps pour lui ; les dernières heures avaient été un galop endiablé. Et beaucoup trop en équipe. Rester ici à se torturer l'esprit ne leur apporterait rien. Avant tout, il lui fallait de la caféine pour lui permettre de tout reprendre à zéro.

Huppert regarda l'heure.

— Nous avons tous besoin de repos. Nous nous voyons demain de bonne heure. Les préfets nous ont donné rendez-vous pour huit heures à l'École de police. Ils ont déjà terminé de dîner. (Dupin crut percevoir un soupir.) Tous les trois, on devrait se voir à sept heures trente.

Approbation générale.

— Café du Théâtre, Saint-Servan. (La commissaire alla à la porte.) Vous connaissez, Dupin, n'est-ce pas ?

Personne ne pipa mot. Les deux hommes suivirent leur homologue.

Cette fois, le soupir fut distinct.

— J'ai dû promettre aux préfets que nous viendrions avec une piste toute chaude.

Le ciel gronda de nouveau.

— Comme d'habitude ? Le J.M ?

Le sympathique patron du Solidor était apparu à la table de Dupin.

Le commissaire commençait tout juste à se détendre. Sur les quelques mètres entre le parking et le bistrot, il s'était fait tremper jusqu'aux os. Son jean et son polo lui collaient à la peau.

Le restaurant s'était déjà vidé. Seules deux tables étaient encore occupées.

— Un double, oui. Et un café. La cuisine est-elle encore ouverte ?

Ils avaient malheureusement raté le dîner dans le célèbre restaurant de Cancale. Il avait faim.

— Il nous reste un plat du jour. Pluma de porc et purée. Les porcs sont élevés dans une ferme biologique des environs, des porcs noirs, bien meilleurs que les porcs ibériques. La viande est glacée au miel et au vinaigre balsamique. Et la purée est préparée à partir de vitelottes, vous savez, ces petites pommes de terre à la chair violette. Je vous mets un verre de languedoc ?

— Parfait.

L'homme souriait.

— C'est exactement ce qu'il faut après une telle journée.

Bien entendu, il avait entendu parler des événements. À la radio, à la télévision, sur les journaux en ligne… On ne parlait que de ça. Dupin appréciait que le patron ne l'importune pas avec l'enquête et qu'il soit reparti fissa en direction des cuisines.

Il prit son carnet de notes.

Où pouvait se trouver le bijou ? En la possession de qui ?

Dupin parcourait les pages noircies de son écriture. Il feuilletait au hasard.

La sonnerie de son téléphone le tira de ses pensées décousues.

Huppert.

— Nedellec est connecté aussi, Dupin. Lors de la perquisition chez Lucille Trouin, on a trouvé dix-huit bijoux. Des bagues, dont certaines avec des pierres, des chaînes et des boucles d'oreilles. Ce qui n'est pas forcément étonnant. Il pourrait s'agir de ses propres bijoux. Elle les conserve dans un coffret en bois dans sa chambre, qui figurait déjà au procès-verbal suite à la fouille de lundi. Les collègues ont tout embarqué. Aucune des pièces n'a l'air d'être d'un grand prix ni particulièrement ancienne, mais seul un expert pourra en juger. Qui sait ? Elle aurait pu planquer les bijoux volés parmi les siens. Rien n'est mieux caché qu'au vu et au su de tous. C'est là que l'on cherche en dernier.

— Sans l'aide de madame Allanic, impossible de dire si le bijou volé se trouve dans le coffret, releva Nedellec.

— Nous devons faire évaluer tout le contenu. Ainsi, nous saurons s'il y a une pièce d'une valeur extraordinaire dans le coffret.

Huppert avait raison, c'était un premier pas.

— L'expert doit se mettre au boulot.

Dupin sentait revenir en lui une agitation fébrile et productive.

— Bien. À plus tard.

Huppert mit fin à la conférence téléphonique nocturne.

Dupin prit le verre de rhum sur le petit plateau qu'avait déposé le patron pendant sa conversation.

Il en but une grande lampée. Il appréciait cette douceur au fond de laquelle se dissimulait de la force.

Légèrement sucré et épicé. Dupin aimait les contrastes forts, les combinaisons inattendues. Le café s'accommodait parfaitement au rhum.

La pluie tombait à seaux, poussée par un vent furibond. Des éclairs zébraient régulièrement le ciel, suivis par un puissant tonnerre.

— Et voici !

Le propriétaire du bistrot était comme surgi de nulle part. Cette fois, avec une grande assiette.

Le porc était délicieux. La marinade au miel et au basilic n'était pas trop sucrée, et la viande d'une grande tendreté. Mais le meilleur c'était la purée de pommes de terre, relevée à la noix de muscade et au curry. Divin ! Son seul fumet rendait heureux.

Cela lui traversa l'esprit d'un coup.

Il en laissa presque tomber sa fourchette.

Ça pouvait coller. Mais bien sûr !

Qu'avait dit Huppert, déjà ? « Rien n'est mieux caché qu'au vu et au su de tous. »

Il y avait un lieu encore plus visible que tous les autres, plus encore que la cassette de Lucille Trouin.

Et si ce qui venait de lui passer par la tête se révélait juste, alors il l'avait déjà vu, ce lieu. De même que le bijou. Un seul bijou. Un bijou très particulier.

Il se leva d'un coup.

Ce serait complètement fou. Ses pensées tourbillonnaient.

Il déposa quelques billets, puis, une fois sorti, il prit son téléphone et se rendit en courant à sa voiture.

— Qu'est-ce qui se passe ?

— Venez au commissariat, sur-le-champ, Huppert ! Je…

— Allô ? Je n'entends rien…

L'orage recouvrait tout.

— Un moment ! cria-t-il.

Il serait vite dans sa voiture.

— Allô ?

Huppert criait à son tour.

Il ouvrit la portière rapidement, un coup de vent fit entrer la pluie dans l'habitacle.

— Venez au commissariat ! Sur-le-champ ! (Il devait continuer à s'époumoner, on n'entendait guère mieux à l'intérieur.) On se voit là-bas, je suis en route. J'y serai dans trois minutes.

— Qu'est-ce qui s'est passé, Dupin ?

— Je vous raconte sur place.

Il raccrocha.

Les pneus tournèrent dans le vide sur l'asphalte mouillé, puis le véhicule fit un bond en avant.

La porte coulissante de l'entrée principale du commissariat était désactivée la nuit, au profit d'une entrée latérale.

Dupin sonna. Il s'engouffra dans le bâtiment.

— J'attends la commissaire Huppert, annonça-t-il aux deux plantons qui lui lançaient des regards interloqués. Elle va arriver.

— Vous voulez peut-être aller dans son bureau ? Le 212, deuxième étage.

— Oui, merci.

Il s'était rué, passant devant eux, il connaissait le chemin.

Arrivé dans le bureau, une fois allumée la lumière il s'approcha de la fenêtre et regarda la nuit d'orage furieuse. Il était de nouveau trempé comme une soupe. Ses vêtements lui collaient encore plus à la peau. Il laissait des flaques sur le sol.

— Me voici.

Dupin avait sursauté. Huppert se tenait dans l'encadrement de la porte. Sur son bras, une cape de pluie bleu foncé.

Elle avait fait vite. Dupin réalisa qu'il ne savait pas où elle habitait. De toute évidence à proximité. Ou alors elle était de sortie.

— Dupin, que se passe-t-il ?

— Nous devons parler une fois de plus avec Lucille Trouin. Tout de suite.

La commissaire, conservant un calme olympien, accrocha son manteau à la patère.

— D'abord, expliquez-moi…

Une lumière vive traversa la pièce. Un éclair. Puis un coup de tonnerre, particulièrement violent. L'orage ne semblait pas vouloir se calmer.

— Bon sang ! (Dupin, tout à ses réflexions, avait oublié un point essentiel.) Appelez son avocat. Il doit venir immédiatement !

Un instant, la commissaire n'eut pas l'air de savoir comment se comporter.

— Je vais tout vous expliquer, Huppert, je vous le promets.

Elle le regarda attentivement.

— Une de vos révélations ?

— Oui.

— Bien. (Elle s'était décidée et elle prenait le commandement.) Vous attendez ici. J'organise tout.

Et je vous tiens au courant. Vous ne bougez pas d'un cheveu.

Dupin n'avait pas la moindre idée de ce qu'elle redoutait, mais si c'était la seule condition, alors…

— D'accord. Mais nous devons mener cet entretien dans sa cellule.

— Je ne vous demande pas pourquoi…

Elle avait disparu.

Dupin, anxieux, commença à faire les cent pas. Les coups de vent faisaient claquer la pluie perpendiculairement aux fenêtres, chargée de son lot de petites branches brisées provenant des deux arbres tout proches. Les silhouettes vert-noir se contorsionnaient, sévèrement malmenées par d'invisibles forces.

Le commissaire n'était pas en état de formuler une idée claire. Il voulait juste savoir si les choses étaient bien telles qu'il le pensait.

Il fallut vingt-quatre minutes exactement avant que ne réapparaisse la commissaire. Une éternité. Il était minuit quarante-cinq.

— OK, nous y sommes. L'avocat est déjà là. Je viens avec vous.

Dupin n'y voyait pas d'inconvénient.

Ils gagnèrent l'escalier.

— Impossible de joindre Nedellec ! s'écria Huppert en dévalant les marches. Je lui ai laissé un message…

Ils étaient arrivés au premier. La cellule se trouvait au bout du couloir.

— On y est.

Huppert ouvrit la porte sans prendre le soin de frapper.

Une pièce sobre, assez profonde, s'ouvrit à eux. Une fenêtre à barreaux relativement discrète, une petite table et deux chaises, d'un ton vert triste. Les murs nus et blancs, un lit, une table de nuit. Une armoire étroite, pour les vêtements et autres effets personnels. Une lumière froide, clinique.

Lucille Trouin et son avocat étaient assis à la petite table.

L'homme de loi se leva.

— Ça ne peut pas durer comme ça !

Le ton de sa voix, plutôt conciliant, n'allait pas avec la théâtralité de sa gestuelle. On avait l'impression qu'il faisait un show, sous la contrainte.

— Ma cliente ne peut tolérer ça ! Elle dormait et…

— Épargnez-vous ça.

Dupin alla en direction de la femme et s'arrêta devant elle. Huppert s'était adossée au mur, à côté de la porte.

Dupin la jaugeait ouvertement. Le haut de son corps, sa gorge.

Bien entendu, elle s'était changée pour dormir. Elle portait un tee-shirt bleu aux manches longues et un large pantalon en coton noir. Ses cheveux de jais étaient en pagaille, la rendant plus ravissante encore. Peut-être aussi parce qu'elle n'était pas maquillée.

— De quoi s'agit-il, commissaire ?

L'avocat s'efforçait de prononcer des paroles efficaces.

Dupin s'était détourné de la prisonnière pour s'approcher de l'armoire.

— Que comptez-vous faire, commissaire ? réitéra l'avocat.

Au lieu de répondre, Dupin l'ouvrit d'un geste calme.

— Qu'est-ce que ça signifie ? (Dans la voix de Lucille Trouin, un énervement manifeste.) N'y touchez pas. A-t-il le droit ?

Elle s'était tournée vers l'avocat, fébrile.

— Hmm… Difficile à dire… Si les circonstances l'exigent, alors… (Il hésita.) Je…

— Il a le droit, le coupa brutalement Huppert.

L'armoire était maintenant grande ouverte.

À mi-hauteur, une tringle. Au-dessus, plusieurs casiers avec des vêtements – que Charles Braz et Flore Briard avaient apportés.

Le regard de Dupin fouillait minutieusement les entrailles de l'armoire.

Des cintres étaient suspendus à la tringle. Une veste, un pantalon, deux chemisiers et un pull noir, sans doute celui qu'elle portait encore ce midi.

— Nous devons tout sortir, dit Dupin.

Huppert et l'avocat échangèrent un regard en silence. Lucille Trouin se balançait sur sa chaise, agitée.

— Nous devons regarder chaque…

Il ne finit pas sa phrase.

Il avait vu quelque chose. Il saisit le cintre avec le pull-over.

Quelque chose d'autre pendait du cintre, à peine visible. Sous le décolleté, quelque chose scintillait.

Une chaîne.

Une chaîne en argent.

La chaîne que Lucille Trouin portait ce midi et ce soir. Il s'en souvenait parfaitement.

Il s'en empara précipitamment.

Il ne put réprimer un sourire.

Au bout de la chaîne, une pierre.

Une pierre bleue, remarquable.

— Ne touchez pas à cette chaîne ! C'est un souvenir de ma mère…

Elle bondit.

Huppert semblait avoir anticipé. Elle lui barra le chemin.

C'est à ce moment que s'ouvrit la porte, laissant apparaître Nedellec, à bout de souffle. Il avait dû courir.

— Que se passe-t-il ?

— Un instant, Nedellec, répondit la commissaire. Nous maîtrisons la situation.

Dupin revint vers Lucille Trouin sans se hâter. Elle semblait pétrifiée, son regard était fixé sur la chaîne.

— C'est de ça qu'il s'agit. Seulement de ça. (Dupin parlait très calmement.) De cette pierre. Elle appartient à votre tante. J'imagine qu'elle a une valeur inestimable.

Lucille Trouin restait muette. Sur son visage, plus aucune expression.

— Ici ? Dans sa cellule ? (Nedellec s'approcha.) Elle avait caché le bijou ici ?!

Il parlait comme si elle n'était pas là.

— La parfaite cachette. Ou presque.

Huppert fixait elle aussi la chaîne avec la pierre.

— C'est pour cette pierre qu'on a tué. (Dupin la tenait, la chaîne pendouillait.) C'est elle, le cœur de toute l'histoire. (Il lança un regard perçant à la meurtrière.) Elle va pouvoir tout nous raconter.

Trouin semblait s'être ressaisie.

— Comme je vous le disais, c'est une partie de l'héritage de ma mère.

Parfaitement cynique. Elle n'était pas sans savoir qu'il ne serait pas possible de vérifier ce qu'elle disait, donc qu'il ne serait pas possible de le réfuter. Seule madame Allanic le pouvait – en théorie.

— Pendant longtemps je ne l'ai plus portée, je l'avais presque oubliée. Mais, depuis quelques mois, je la porte régulièrement. Ce lundi…

— Quelqu'un a dû la lui apporter au commissariat, la coupa Huppert. Le soir de l'arrestation, je ne l'ai pas vue. J'en suis certaine. Aussi sûre qu'aujourd'hui elle l'avait. Mais pas avant-hier.

Elle prit une profonde respiration, ce qui était inhabituel de la part d'une femme normalement si réservée et impénétrable.

— Ce quelqu'un, ça ne peut être que Charles Braz ou Flore Briard, après avoir tué Morel et Richard pour mettre la main sur le bijou. Les deux seules personnes au courant ont été supprimées.

C'est exactement ce à quoi avait pensé Dupin. Briard et Braz avaient apporté à tour de rôle des affaires à Lucille Trouin. L'un ou l'autre avait réussi à faire entrer la chaîne. Charles Braz, lorsqu'il l'avait serrée contre lui ? Ou Flore Briard, en la dissimulant dans les vêtements qu'elle lui avait remis ?

— Je vais faire venir l'expert immédiatement. (Huppert se faisait pragmatique.) Et envoyer quelqu'un chez Flore Briard. Elle est en état d'arrestation.

— On ferait mieux d'y aller nous-mêmes, afin qu'elle n'ait pas le temps de réfléchir.

Dupin ne voulait plus courir le moindre risque.

— Bien. Allons lui rendre visite.

Dupin tendit la chaîne à la commissaire.

L'avocat, qui avait assisté à la scène sans dire un mot, retrouva la parole :

— Vous n'avez pas le droit de prendre les effets personnels de ma cliente de la sorte…

— Et comment, que j'en ai le droit ! Je crois que notre petite entrevue de ce soir a rempli ses objectifs, maître. Aussi est-elle maintenant terminée. (Huppert se tourna vers Lucille Trouin.) Madame, peut-être souhaitez-vous ajouter quelque chose ? Passer aux aveux ?

— Il s'agit (sa voix était ferme) d'un bijou en ma possession depuis vingt ans. Je portais déjà cette chaîne avant-hier, qu'importe ce que vous en dites.

— Alors elle figurera sur le registre des affaires que vous aviez en arrivant. C'est facile à vérifier.

Sans même attendre une réponse, la commissaire alla à la porte. Elle se retourna une dernière fois.

— Vous pouvez rester encore avec votre cliente, monsieur Giscard. Je ferme la porte. Pour sortir, appuyez sur le bouton. Il y a deux collègues dehors.

Nedellec et Dupin quittèrent la cellule avec elle.

L'orage perdait un peu en intensité. Le tonnerre ne grondait plus que de loin en loin, la pluie était plus faible.

La commissaire Huppert était installée à son bureau, Nedellec et Dupin face à elle. Elle les regardait, satisfaite. La chaîne était posée devant elle. Elle tenait la liste des effets de Lucille Trouin à son arrivée.

— Aucune trace de chaîne. C'était évident. Pas davantage dans les affaires que Charles Braz et Flore Briard lui ont apportées.

— Elle ne cessera pourtant pas de l'affirmer. De même que c'est un héritage de sa mère. Elle mettra ça sur le dos d'une erreur du fonctionnaire et elle continuera son petit jeu. (Malheureusement, Nedellec avait raison.) Il nous faut des preuves concrètes. D'abord, il faudrait savoir ce que vaut la pierre. Puis nous assurer qu'elle a été dérobée à madame Allanic.

— Les collègues qui la filent ont confirmé que Flore Briard était chez elle. (Huppert en était déjà au coup d'après.) Mais d'abord, l'expert. Il devrait bientôt être là, avec son matériel. Nous n'aurons pas sa valeur précise cette nuit, mais une première estimation suffira.

— Ne devrions-nous pas montrer la pierre à madame Allanic et voir sa réaction ? Peut-être, malgré son état, pourrait-elle l'identifier ?

Nedellec disait tout haut ce que Dupin pensait tout bas, même s'il avait rapidement rejeté cette idée.

— Je crains cependant que ça ne nous conduise à rien.

Même avec la meilleure volonté du monde, Dupin ne pouvait imaginer que cela puisse aboutir.

— Elle n'est pas en mesure, confirma Huppert, de délivrer un témoignage recevable. Sans compter qu'elle devrait prouver que la chaîne était bien à elle sur la foi de documents. La déposition d'une personne sénile de quatre-vingt-treize ans ne nous aiderait en rien.

— Peut-être y a-t-il une assurance ? dit Nedellec.

— Pour le savoir, il faudrait demander à la tante, répondit Dupin.

— Je vous propose, trancha Huppert, que nous attendions le verdict de l'expert concernant la valeur de la pierre. Puis nous aviserons. La gouvernante sait peut-être si le bijou est assuré et où se trouvent les documents en attestant.

Le téléphone de Dupin sonna. C'était Claire. Il ne pouvait répondre, ce n'était vraiment pas le moment.

Il se leva et prit la chaîne.

Il observa la pierre.

Elle était presque ronde, polie minutieusement, sertie dans une gangue argentée et filigranée. Dupin estima son diamètre à un centimètre et demi, peut-être un peu plus. Mais le plus frappant, c'était son bleu exceptionnel. Un bleu magique, étincelant, de plus en plus intense en s'approchant du cœur – passant de bleu clair à bleu profond. D'infinies nuances qui changeaient à chaque mouvement, à chaque variation de point de vue. En s'approchant, on se perdait dans un infini de triangles qui se reflétaient et se chevauchaient, qui scintillaient de nuances variées. On se noyait dans un vertige de strates et de facettes.

— Un diamant bleu.

Nedellec, à côté de Dupin, faisait l'expert.

— Un instant.

Dupin venait d'avoir une idée. Il sortit son téléphone, mit le haut-parleur.

Il se passa un petit moment avant qu'on ne réponde. Il était une heure quarante-cinq.

— Patron ? Qu'est-ce qui se passe ?

Une voix endormie. En tout cas, l'inspecteur n'était pas à la chasse au blaireau.

— Le Ber, un diamant bleu de belle taille. Il fait partie de l'héritage des Trouin, les corsaires. Ça vous parle ?

Peut-être cette pierre était-elle connue.

— Vous avez trouvé un diamant chez la tante des sœurs Trouin ?

Toute sa fatigue semblait s'être éclipsée d'un coup.

— Sur Lucille Trouin. Mais il aurait pu appartenir à la tante.

Une courte pause. L'inspecteur digérait l'information.

— Les diamants bleus sont les plus rares, les plus chers, dit-il enfin. Quelle taille ?

— Entre un centimètre et demi et deux centimètres.

— Envoyez-moi une photo, patron. Je vais chercher. Comme ça, rien ne me vient à l'esprit. Mais il y a une série de diamants célèbres qui passent pour disparus.

— Faites-moi signe aussitôt, si vous trouvez quoi que ce soit.

— C'est noté. Toute l'affaire tourne autour de ce diamant ?

— Je pense, oui.

— Pas mal. Et vous savez qui est l'assassin ?

— Pas encore, mais bientôt.

— Je comprends. Je tiens tout le monde au courant, commissaire. À plus tard.

Il raccrocha.

— Mon inspecteur principal, dit Dupin sous le regard interrogateur de ses collègues. Un peu brouillon à ses heures perdues, mais un génie universel. Notamment pour tout ce qui touche à la Bretagne et à l'histoire bretonne.

— Vous pensez qu'il pourrait s'agir d'une pierre légendaire ?

Nedellec semblait impressionné.

— Aucune idée, mais…

On frappa à la porte.

— Entrez, dit Huppert.

Un monsieur trapu, la soixantaine, chauve, portant un costume gris élimé et tenant une mallette en cuir de la main gauche, se présenta.

— Malguen, diamantaire.

Une voix timide.

— Bonsoir. (La commissaire se leva.) Venez, venez, asseyez-vous.

Elle désigna l'une des chaises.

— Voici la pierre en question. (Elle lui posa la chaîne sous les yeux.) Il nous faut une simple estimation, même approximative, mais rapidement.

L'homme ouvrit sa mallette, d'où il sortit divers instruments.

Il saisit la pierre entre le pouce et l'index de la main gauche, prit un appareil qui ressemblait à un large thermomètre équipé d'une série de diodes lumineuses. Une sorte d'échelle : les quatre premières étaient vertes, suivies de quatre orange et quatre rouges.

— Un testeur de diamants, commenta-t-il sobrement.

Une pointe sortait de l'extrémité de l'appareil, un peu à la manière de la mine d'un stylo à bille.

L'expert appuya prudemment l'ardillon sur la pierre et il pressa un petit bouton sur le côté de sa machine.

Un signal sonore retentit et toutes les diodes s'allumèrent.

— OK. (Il fronça les sourcils.) En tout cas, ce n'est pas un faux. Ç'aurait pu être une copie, de l'oxyde de zirconium. Mais ce n'est pas le cas.

Il sortit un microscope de poche – *Microscope 75 ×*, pouvait-on lire sur le boîtier –, alluma la lampe qui était montée dessus et l'approcha de son œil droit.

Il inspecta la pierre sans hâte ; de temps en temps il la retournait, très professionnel.

— Cette couleur est très rare.

Il fit une assez longue pause.

— VVS1 Clarity, je pense, lâcha-t-il enfin. Une pureté exceptionnelle. Une clarté et des couleurs superbes.

Une nouvelle pause. Il prenait son temps, il retourna la pierre.

— Pas d'imperfections qui viendraient gâter le bleu. Polissage de grande qualité, excellente brillance, excellente symétrie.

Il reposa la chaîne et la pierre.

— Alors ? le pressa Dupin.

— Il s'agit probablement, très certainement même, d'un *fancy blue*, un diamant extrêmement rare, d'une qualité extraordinaire.

— Et ?

— Encore un instant.

Il posa la pierre avec la chaîne sur un troisième instrument : une balance noire compacte avec un petit plateau argenté.

— Alors ?

L'impatience de Dupin était à son comble.

— Je dirais… entre quatre cents et cinq cents points. (Il fronça encore davantage les sourcils.) Quatre à cinq carats. Je ne pourrai le dire précisément qu'une fois le diamant enlevé de son support.

— Et ? Ça signifie ?

Cette fois, c'était Huppert qui demandait.

— Vous voulez dire combien il vaut ?

— Tout à fait.

— Pas évident… De telles pièces sont vendues aux enchères la plupart du temps, et leur valeur est assez volatile, en fonction de l'offre et de la demande. Il n'y a pas de prix fixe.

— Un prix minimum ? Vous diriez combien ?

C'était bien compliqué pour Dupin.

— Hmm… (l'homme inclina la tête sur le côté) je dirais… cinq à six millions. (Aucune pointe d'excitation dans la voix.) Une pierre à l'extraordinaire pureté, aucun doute. Peut-être même plus, en fonction…

— Mais… six millions ? s'écria Nedellec. C'est de la folie pure.

Absolument. De la folie pure. Cela surpassait toutes leurs spéculations. Même Huppert en était bouche bée.

Cela expliquerait donc tout. Toute l'affaire.

Une telle somme aurait sauvé Lucille Trouin de la faillite. Lui aurait permis de poursuivre ses ambitieux objectifs, d'assurer l'expansion de ses activités. Ainsi aurait-elle accompli quelque chose de grand, tout en surpassant sa sœur.

— Avez-vous encore besoin de moi ? demanda l'expert.

Il avait commencé à ranger ses appareils.

— Nous avons bientôt fini, monsieur, répondit la commissaire. Est-ce difficile de vendre ce type de pierres ?

— Il y a des collectionneurs passionnés pour qui l'argent n'est pas un problème. Pour certains, la provenance de la pierre n'a pas d'importance. Pour cinq millions, ça doit aller assez vite, je pense. Quelques jours. En faisant des recherches, on trouve les gens qui connaissent le milieu. C'est plus simple qu'on pourrait le penser.

— Est-il possible qu'il s'agisse d'une pierre célèbre ?

— En tout cas, elle ne fait pas partie des pierres précieuses légendaires dont on aurait perdu la trace. Mais peut-être était-elle connue autrefois.

— Merci, monsieur Malguen. Ce sera suffisant pour l'instant. Nous vous ferons signe si nous avons d'autres questions.

C'était bien plus qu'ils n'auraient espéré. Dupin s'était préparé à des renseignements plus vagues.

Huppert raccompagna le diamantaire à la porte.

— Encore merci, et bonne nuit. Ah ! (L'homme était déjà à la porte.) Puis-je vous demander de ne rien dire à qui que ce soit ?

— Cela va de soi, commissaire. Au revoir.

— C'est le moment d'aller rendre visite à Flore Briard.

Huppert prit la chaîne.

— Je la dépose dans mon coffre, à l'armurerie. On se retrouve dehors.

De tout le trajet, ils ne croisèrent que deux voitures. Saint-Malo et Dinard étaient comme mortes, les rues vides. Le ciel également. C'était inimaginable. Une belle nuit étoilée d'après la tempête. Les nuages avaient disparu comme ils étaient arrivés, comme si tout ça n'avait été qu'une apparition. Seules les grandes flaques témoignaient de la violence de l'orage.

Ils avaient pris la voiture de Dupin, garée juste en face du commissariat. Il ne leur avait pas fallu un quart d'heure pour atteindre la majestueuse villa de Flore Briard.

La lune s'était levée, de l'autre côté de la baie, au-dessus de Saint-Malo. Une demi-lune à la lumière falote, faisant ressortir la demeure de façon encore plus saisissante. Les pignons élancés se découpaient distinctement sur le ciel nocturne.

On voyait la mer, de toute beauté. Le fantastique vert émeraude avait laissé la place à la magie monochrome d'un gris bleuté. Les navires se balançaient plus fort, un dernier stigmate de la tempête.

Dupin sonna. Trois, quatre fois.

Ils attendirent. Sans doute devait-elle dormir profondément.

Il sonna de nouveau.

Un bruit dans l'interphone.

— Qui est-ce ?

Une voix endormie.

— Police. Huppert, Nedellec et Dupin. On doit vous parler, madame Briard.

Un court silence. Puis :

— Pourquoi ?

— Laissez-nous entrer, madame Briard, la somma Huppert.

La porte s'ouvrit.

Dupin connaissait le chemin.

Ils traversèrent la gigantesque salle de réception, se trouvèrent devant la porte des appartements de Flore Briard.

Deux minutes plus tard elle apparut en legging et tee-shirt bleu. Elle n'était pas maquillée, les cheveux en bataille. Cela lui donnait un côté sauvage.

— Et qu'y a-t-il de si important pour que vous me tiriez du lit au milieu de la nuit ?

Elle fit demi-tour et prit la direction du grand salon et de son fantastique panorama.

— Nous sommes venus vous arrêter, madame Briard.

Huppert avait dit cela sans la moindre intonation dramatique.

— On vous soupçonne fortement d'avoir commis deux, voire trois meurtres, et un vol.

Elle ne bougea pas, elle avait l'air calme.

— Pour vous, c'est donc moi la meurtrière ? Je pensais que c'était une menace pour…

— On a la pierre. Le diamant bleu, madame Briard, la coupa Nedellec.

— Quel diamant ? (Elle haussa les épaules.) De quoi parlez-vous ?

— Nous parlons d'une extraordinaire pierre précieuse d'une valeur de cinq millions d'euros, qui a été volée à la tante de votre meilleure amie.

— De la pierre pour laquelle Kilian Morel et Walig Richard ont été assassinés. Et que vous avez apportée à Lucille Trouin avant de pousser Charles Braz de la falaise.

— On dirait une vieille histoire de corsaires… (Flore Briard n'était nullement impressionnée.) Je n'ai rien fait de tout ça. Et je ne sais rien de ce diamant.

Dupin la regarda droit dans les yeux.

— Depuis le début, vous êtes de mèche avec Lucille Trouin. Sans doute est-elle à la manœuvre, mais qu'importe. Elle vous aura promis une part non négligeable. Vous n'auriez pas eu besoin de vendre la villa, et vous auriez pu consolider vos affaires.

— Avec Charles Braz, vous êtes les seuls à avoir apporté des affaires à Lucille Trouin pendant sa détention, compléta Nedellec. Nous avons trouvé le diamant cette nuit, dans sa cellule. Lors de son emprisonnement, elle ne le portait pas, sans quoi il serait inscrit dans le registre.

— Enfin, conclut Huppert, vous n'avez pas d'alibi pour hier matin, ni pour cet après-midi.

Flore Briard ne donnait pas l'impression de se sentir acculée.

— Bien. Hormis le fait que je n'aie pas le moindre problème d'argent, pourquoi vous en prendre à moi, et non à Charles Braz ?

Il fallait s'y attendre.

— C'est exactement pour toutes ces raisons que la détention provisoire a été prévue, continua Huppert sans lui répondre directement. Pour pouvoir enquêter, sur la base de soupçons solides, et en raison d'un danger de fuite imminent, afin de réunir les dernières preuves qui conduiront à votre incarcération définitive. La loi nous donne vingt-quatre heures. Allons-y, madame Briard.

La patience de la commissaire était maintenant à bout, ce que comprenait fort bien Dupin.

— Vous commettez une grossière erreur, commissaire. (Les yeux de Flore Briard s'étaient rétrécis, sa voix chuintait, elle avait perdu sa superbe.) Je vous préviens qu'il y aura des suites.

Elle fit un geste soudain vers le canapé.

Huppert attrapa la crosse de son arme, Dupin se tendit.

— Mon portable est là-bas. Je veux appeler mon avocat.

— Faites ! (La commissaire ne la quittait pas des yeux.) Dites-lui de nous rejoindre au commissariat. Nous y serons dans un quart d'heure.

Le retour fut sinistre. Personne ne décrocha le moindre mot. Ce qui était à mettre sur le compte de la fatigue ambiante. Ils étaient debout depuis plus de vingt heures. Il y avait eu de très nombreux rebondissements. Pas assez, hélas, pour faire toute la lumière sur cette affaire.

Une fois au commissariat, ils parlèrent brièvement à l'avocat de Flore Briard, avant que lui-même reste un moment en tête à tête avec sa cliente. Bien entendu, elle protesta énergiquement, avant de se résigner. Compte tenu des circonstances, ils étaient parfaitement en droit de l'arrêter, ce que contestait vivement l'homme de loi.

Huppert avait programmé un interrogatoire pour le lendemain. Ils conduisirent Flore Briard dans la deuxième cellule du commissariat, à côté de celle de Lucille Trouin, accompagnés de l'avocat.

— Et maintenant ? s'enquit Nedellec.

— On va dormir, répondit Huppert, sûre d'elle. On se voit demain à sept heures trente au Café du Théâtre.

Un bref instant, Dupin fut à deux doigts d'exprimer ses doutes : ils risquaient de perdre l'avantage. Ils étaient peut-être sur le point de trouver les réponses aux dernières questions – mais il se sentait à bout de forces. Complètement rincé.

Les trois fonctionnaires prirent des directions opposées.

LE QUATRIÈME JOUR

Dupin arriva à la Villa Saint-Raphaël peu après trois heures trente. Trois minutes plus tard, il était couché. Malgré sa fatigue, il eut besoin de vingt minutes pour s'endormir – le rhum, bien que miraculeux, remontait à trop longtemps. Il avait trop de choses en tête pour bien dormir.

Lorsque sonna le réveil, à six heures cinquante, il lui fallut du temps pour recouvrer ses esprits. La douche ne le requinqua que partiellement.

Il arriva très tôt au Café du Théâtre, commanda deux espressos pour achever de se réveiller.

Nedellec et Huppert firent leur apparition à sept heures trente.

Ils prirent place dans un coin calme. Dans la salle régnait l'agitation pleine d'entrain du matin.

Huppert les informa des derniers rebondissements.

— L'avocat de Flore Briard va porter plainte pour privation illégale de liberté à l'encontre de sa cliente. Il exige qu'elle soit relâchée sur-le-champ. J'ai parlé à la préfète, elle nous soutient complètement. L'interrogatoire aura lieu à neuf heures trente.

Dupin se consacra à son pain au chocolat. Il en était à son quatrième café. De temps à autre, l'un des clients regardait dans leur direction ; « les Trois Fantastiques », crut entendre Dupin à plusieurs reprises. Il n'avait pas accordé le moindre regard aux journaux disposés sur plusieurs tables, aux manchettes sensationnelles.

— Que disons-nous aux…

La sonnerie du portable de Dupin interrompit Nedellec.

Le Ber.

— Allô ?

— Bonjour, patron. Des nouvelles concernant la pierre ? Nous n'avons rien trouvé sur un diamant bleu qui aurait joué un rôle dans l'histoire bretonne.

Dupin résuma ce qu'avait dit l'expert durant la nuit.

— Pas mal ! Entre quatre cents et cinq cents points ! Incroyable !

Il était réellement impressionné.

— Et hormis ça, Le Ber, du neuf ?

— Succès total, patron. Sur toute la ligne.

— Qu'est-ce que vous voulez dire ?

— De l'essence. C'est ça qu'il fallait. Hier soir, j'ai mis de l'essence partout le long du terrain. Plus la moindre trace du blaireau. Incroyable !

Ça semblait un moyen plutôt extrême, mais si ça fonctionnait…

— C'est pas vraiment le moment, Le Ber. Je suis avec la commissaire Huppert et…

— Je comprends, patron.

— Pardonnez-moi. (Dupin se tourna vers Nedellec en rempochant son téléphone.) Que vouliez-vous dire ?

— Je me demandais ce que nous devions raconter aux préfets. Nous avons la pierre, donc le mobile probable, mais nous n'avons pas encore la moindre idée de qui a pu commettre le crime. Si Flore Briard ne passe pas aux aveux et que nous ne trouvons pas très rapidement quelque chose qui nous permettrait de relier les meurtres et le vol, alors nous devrons la libérer. Quant à Charles Braz, notre deuxième suspect, il est mort. Nous ne savons toujours pas s'il s'agit d'un suicide ou d'un meurtre.

C'était rageant. Ils étaient si près du but ! Plus Dupin était opérationnel, plus tout cela lui semblait dramatique. Le pire : ils ne pourraient plus charger Lucille Trouin. Elle pourrait continuer à mentir et faire passer le meurtre de sa sœur pour un coup de folie.

— Je vais rendre une petite visite à madame Allanic.

Dupin engloutit sa viennoiserie et se leva.

— Faites. (La commissaire était blême, elle accusait le manque de sommeil.) Il faut tout tenter.

Le gros plus de cette visite, c'était qu'il allait manquer une partie de la rencontre avec les préfets.

Il était encore tôt, le trajet – en prenant l'avenue John-Kennedy, parallèle à la plage – ne prendrait pas dix minutes.

Le ciel matinal, d'un bleu clair sans nuages, rayonnait, comme s'il venait d'être entièrement repeint.

À neuf heures cinquante, le commissaire atteignit le premier rond-point de Rothéneuf. Il ralentit. Devant lui, la colonne familière de vieilles voitures circulait tranquillement. Manifestement les Journées nationales des véhicules d'époque se poursuivaient. Dupin remarqua une Peugeot 404 bleu foncé – son père avait la même, c'était le premier véhicule dont il se souvenait. Des phares notamment, tout ronds, qui avaient constamment l'air de regarder le monde avec curiosité. Cette fois encore, plusieurs chauffeurs et passagers lui adressèrent un signe de la main. Ah ! Il venait de comprendre. Il avait lu récemment dans le journal que son modèle de Citroën XM fêtait ses trente ans cette année. Ce qui en faisait un véhicule de collection. Il était donc l'un d'entre eux.

Peu après il se gara au bord de la petite route au bout de laquelle s'élevait la villa de madame Allanic. Sur la droite, la fabuleuse mer intérieure.

Dupin gravit les marches et sonna.

Une deuxième fois. Une troisième puis une quatrième.

Personne ne réagissait.

Peut-être la vieille dame dormait-elle encore ? Dure d'oreille comme elle était, elle pouvait ne pas entendre la sonnerie. Peut-être la gouvernante ne commençait-elle sa journée que plus tard ? À huit heures trente, ou à neuf heures ? Il aurait dû y songer. C'était toujours comme ça pendant une enquête : il oubliait que le monde continuait de tourner en dehors de l'affaire dont il s'occupait.

Il prit son téléphone et appela madame Lezu.

— Allô ?

— Commissaire Dupin. Êtes-vous encore chez vous, madame ?

— Oui, mais je me mets tout de suite en route. Hier soir, je…

— J'ai une question au sujet d'un bijou bien précis. (Dupin réalisa que c'eût été plus simple s'il avait pris la chaîne avec lui. Il devrait se contenter des photos envoyées à Le Ber.) Je suis devant la villa.

— Vous… ? Pardon ?

Elle avait l'air effrayée.

— Je me trouve devant la villa de madame Allanic.

— Est-ce que vous l'avez réveillée ?

La gouvernante semblait inquiète.

— Je ne pense pas, non.

— Je suis là tout de suite, commissaire.

Quinze minutes s'écoulèrent avant son arrivée. Dupin les avait mises à profit pour gagner les rochers en bord de mer en empruntant le chemin qui contournait la maison. Cela lui avait fait du bien. Il ressentait néanmoins les effets de la courte nuit, malgré toute la caféine.

Madame Lezu arriva bravement à pied.

— Me voici. (Elle tenait la clé.) J'espère que vous n'avez pas de nouveau sonné…

Le téléphone du commissaire l'interrompit.

Huppert.

Il s'éloigna pour répondre.

— Oui ?

— Une lettre adressée à Lucille Trouin vient d'arriver au commissariat. Une lettre de Charles Braz. Il y a son nom comme expéditeur. Écrit à la main.

— Quoi ?

— Charles Braz a manifestement écrit une lettre à Lucille Trouin et la lui a postée hier.

Le message d'un mort.

— L'avez-vous ouverte ?

— Vous savez bien que nous n'avons pas le droit. En détention provisoire, le secret postal est de rigueur. Nous aurions besoin de l'accord du juge, mais, pour cela, il faudrait prouver qu'il y a un risque imminent de destruction des preuves. Ce qui, un, n'est pas si facile, et, deux, prendrait du temps. Ah ! Et si nous ouvrons la lettre, alors elle ne sera plus recevable comme preuve pour le procès.

— Bon sang !

La lettre pouvait contenir toute la vérité, apporter des réponses à toutes les questions en suspens.

— Quelle merde.

— Qui sait ? Son contenu n'a peut-être aucun intérêt pour notre enquête. Une simple déclaration d'amour ? Des paroles de réconfort ? Ou bien une lettre d'adieux ? Qui permettrait de faire la lumière sur ce dernier décès.

— J'arrive, Huppert.

Cette histoire de lettre était plus urgente qu'entendre madame Allanic. Ils devaient à tout prix trouver le moyen de la lire, qu'importe la manière, même si ça paraissait impossible. Il pourrait toujours rendre visite plus tard à la vieille dame.

— Bien. Nedellec fait son rapport aux préfets. Je vous attends dans mon bureau. Et je m'occupe du courrier, même si ça semble compliqué.

Huppert raccrocha.

Dupin se tourna vers la gouvernante, qui n'avait pas bougé – la clé en main, elle le regardait avec un mélange de curiosité et d'appréhension.

— Je dois filer, madame Lezu. Je reviens plus tard. Juste une question : savez-vous si madame Allanic a fait assurer ses bijoux ?

— Je... (La domestique semblait dépassée par la situation.) Une assurance ? Non ! (Elle était en colère, soudain.) Pour Madame, les bijoux relèvent de la sphère privée. Ce sont de très anciennes pièces personnelles, l'héritage familial. Personne ne les a jamais assurées. En plus, quelqu'un de l'assurance aurait pu avoir l'idée de les voler. (Elle secoua énergiquement la tête.) Elle ne prendrait jamais un tel risque.

On aurait cru entendre sa maîtresse, songea Dupin.

— Savez-vous quelque chose au sujet d'un gros diamant sur une chaîne en argent ?

Elle réfléchit.

— Non, rien du tout.

— Merci beaucoup, madame Lezu. À plus tard.

Douze minutes plus tard, il entrait en trombe dans le bureau de la commissaire.

— Alors ?

— J'ai demandé à deux collègues de comparer l'adresse manuscrite de l'enveloppe avec d'autres documents de la main de Charles Braz.

— Et ?

— Les écritures semblent identiques.

Elle tendit la lettre à Dupin.

— La demande concernant la levée du secret postal est faite. Mais il ne nous reste plus d'autre choix que de la lui remettre bientôt.

Dupin la regarda avec attention. Une écriture nerveuse.

Commissariat central
à l'attention de Madame Lucille Trouin
22, rue du Calvaire
35400 Saint-Malo

L'expéditeur :
Charles Braz - 12, quai Solidor - 35400 Saint-Malo

— J'ai une idée sur la manière de procéder.

Huppert fronça les sourcils.

— Et comment ?

— Ce n'est pas très orthodoxe, mais ça pourrait fonctionner.

Dupin s'était creusé les méninges pendant tout le trajet. L'idée lui était venue un peu avant son arrivée au commissariat.

— Allez !

Le plan n'était pas très compliqué. En deux minutes il l'avait exposé.

Huppert s'inclina en arrière, décontenancée.

— Je ne sais pas. Un peu excentrique, non ?

Elle reprit après un silence :

— On essaye. J'en informe l'homme à tout faire, les toilettes se trouvent juste à côté de la salle d'interrogatoire. Puis j'appelle l'avocat de Trouin. Dès son arrivée, je la fais amener. Officiellement, il s'agit de la questionner sur des faits survenus récemment et en lien avec l'enquête. Je lui pose quelques questions, je lui donne la lettre, l'air de rien. Je vous appelle rapidement avant que ça commence, puis seulement des SMS. Ah oui, se souvint-elle, et j'en informe Nedellec. Il doit être de notre côté. Un bon prétexte pour le libérer des préfets.

— Parfait ! (Dupin allait déjà en direction de la porte.) Je regarde tout ça.

Difficile de dire quelles étaient leurs chances, mais qui sait ?

Le commissaire ne tarda pas à entrer dans les toilettes à côté de la salle d'interrogatoire.

Des toilettes non mixtes. Environ quinze mètres carrés. Quatre W-C. Juste derrière la porte, à droite, un lavabo. Au-dessus, un miroir. À côté, un dérouleur de papier. Ça sentait fort le produit d'entretien.

Il regarda autour de lui.

Il entra dans le W-C le plus proche, actionna la chasse d'eau, ressortit, fit de même dans les deux suivants.

Quant à lui, il se cacherait dans le quatrième W-C, le plus éloigné.

Une fois de plus, il se fit une représentation mentale de la scène à venir.

L'air satisfait, il quitta les sanitaires pour faire les cent pas dans le couloir du troisième étage. Le temps s'étira jusqu'à ce que sonne son téléphone.

— Nous sommes prêts. Y compris le factotum. Tout est OK. L'avocat est là. On se rend dans la salle d'interrogatoire. Nedellec n'est pas encore arrivé, mais nous commençons.

— Bien.

Il mit son téléphone sur silencieux.

Puis il se rendit aux toilettes, dans le quatrième W-C. Il laissa la porte entrouverte, juste ce qu'il fallait pour n'être pas vu, et s'assit sur l'abattant. Il attendit.

De longues minutes, qui lui parurent des heures. Il ne cessait de regarder son téléphone, guettant un SMS de la commissaire Huppert.

Rien.

Cinq minutes.

Sept.

Dix minutes déjà.

Ça ne pouvait durer plus longtemps. À croire que rien dans la salle d'interrogatoire ne se déroulait comme escompté.

Il était sur le point d'adresser un message à Huppert lorsque la porte s'ouvrit.

Il se figea.

On entrait dans la pièce.

La personne s'arrêta. Probablement devant le lavabo. Elle passa – Dupin retint son souffle – devant les quatre toilettes. Elle s'arrêta de nouveau puis retourna au lavabo.

Les muscles du commissaire étaient incroyablement tendus. Mais il n'avait d'autre choix qu'attendre. Et espérer.

Pendant un moment, il ne perçut rien ; un silence de plomb.

Puis, soudain, un bruit, qu'il reconnut aussitôt. Le bruit qu'il attendait.

Le bruit d'un papier qu'on déchire.

Des bruits de pas, maintenant. Une porte qui s'ouvrait.

Là, on y était.

Il bondit. Sortit.

La porte des premières toilettes était encore ouverte, elle n'avait pas eu le temps de la refermer. Dedans : Lucille Trouin. Elle sursauta. Sur son visage, stupeur et panique. Tout se déroula en une fraction de seconde, Dupin se tenait à un mètre d'elle, elle jeta dans la cuvette les lambeaux de papier qu'elle tenait.

La lettre déchirée.

Tout se passait exactement comme Dupin l'avait imaginé. À la fin de l'interrogatoire, la commissaire Huppert lui avait donné la lettre de Charles Braz, comme convenu, ou la lui avait fait remettre par un fonctionnaire. Qu'importe : le contenu de la lettre avait plongé Lucille Trouin dans un profond désespoir. Des écrits qui l'incriminaient, relatant des faits dont elle devait avoir connaissance ou qu'elle redoutait. Elle avait dû envisager tous les scénarios possibles. Afin d'éviter que la police ne mette la main dessus, elle avait décidé de la détruire sur-le-champ. Il n'y avait qu'un lieu suffisamment sûr : les toilettes. Et un seul moment : immédiatement.

— Vous arrivez trop tard, commissaire.

Elle parlait en arborant un sourire triomphant, la main droite sur la chasse d'eau. Elle appuya. Rien. Elle recommença. Toujours rien.

Incrédule, elle regarda au fond de la cuvette.

Le commissaire utilisa cet instant pour s'engouffrer dans la cabine en la poussant sur le côté.

— Vous pouvez appuyer tant et plus, madame Trouin. On a coupé l'eau. Si cette lettre n'a pas été écrite au stylo plume, nous pourrons en lire chaque mot.

Du coin de l'œil, il avait vérifié que les bouts de papier n'étaient pas partis dans le conduit.

— Qu'est-ce qui vous prend de me suivre dans les W-C…

Un bruit tonitruant l'interrompit. On venait d'ouvrir la porte des toilettes à la volée – elle frappa le mur.

Huppert apparut. Juste derrière elle, deux policiers.

— Alors ? demanda-t-elle à son collègue, tout en fixant Lucille Trouin.

— On l'a ! (Il fit un signe de tête en direction de la cuvette.) Elle a tenté de la détruire, comme prévu.

Huppert fit un pas vers le W-C.

— Sortez de là, madame Trouin ! ordonna-t-elle.

— Vous m'avez tendu un piège… (La meurtrière serrait les poings.) Vous n'avez pas le droit de…

— Et comment ! rétorqua la commissaire, qui se trouvait à quelques centimètres de Lucille Trouin. Nous sommes responsables de votre sécurité et nous avions peur que vous vous fassiez du mal. Vous suivre relevait de notre responsabilité.

— Me faire du mal ?!

Lucille Trouin hurlait, hors d'elle.

Dupin se pencha au-dessus de la cuvette et récupéra tous les lambeaux.

— Voici. Écrite au stylo à bille. Trempée, déchirée, mais nous parviendrons à la lire.

Ils allaient immédiatement recoller le tout.

— Vous vous êtes débarrassée de la lettre, madame Trouin. (Huppert avait renoué avec son ton factuel.) Ce qui lève le secret postal.

C'était le point d'orgue de leur plan.

Dupin pouvait voir la mine chavirée de Lucille Trouin dans le miroir au-dessus du lavabo.

— C'est fini, madame Trouin.

Il parlait d'une voix douce.

Ils l'avaient amenée à un point décisif. Pour la première fois elle se trouvait dos au mur, et elle le savait. Ils devaient continuer, la pousser dans ses retranchements, obtenir sa reddition complète.

— Votre tante et madame Lezu viennent de me confirmer que le diamant bleu appartenait à votre tante. Il ne faisait donc pas partie de l'héritage de votre mère.

Sur ces mots, elle s'était retournée vers le commissaire.

Elle ne bougeait plus, son regard braqué sur Dupin. Vide, éteint, fantomatique.

Cela dura une éternité. Alors elle se mit à parler – à chuchoter :

— Charles pensait, ou plutôt il espérait me reconquérir de la sorte. En commettant ces actes barbares. (Son ton était grave, triste. Elle marquait des pauses entre les mots. Pour Dupin, c'était surjoué.) C'est… C'est lui le meurtrier. Il a tué mon beau-frère et Walig Richard. (Des larmes roulaient sur son visage. Elle fit un geste dramatique.) C'est tragique.

Indécent, surtout. Indécent au-delà de toute mesure. Comme ses prétendus aveux de la veille. Elle n'essayait même pas de rendre crédibles ses émotions. Dupin peinait à conserver son calme mais il la laissa parler. Ils avaient attendu suffisamment longtemps.

— Voici ce qu'il y a dans la lettre. Que Charles voulait me récupérer. Qu'il ne pouvait vivre sans moi. Qu'il avait fait tout ça pour moi, pour nous deux. Et qu'il ne pouvait plus supporter ce qu'il avait fait. C'est pour ça qu'il s'est suicidé.

Quoi qu'il en soit, c'était une information importante… si c'était vraiment dans la lettre. Mais à quoi bon mentir encore, de toute façon ? Ils allaient la lire, prendre connaissance de son contenu, qu'importait ce qu'elle en disait.

— Je voulais le protéger. Protéger Charles. Je l'ai vraiment aimé pendant des années, je… (Elle se tut un instant et se couvrit le visage avec les mains. Puis elle sembla se ressaisir.) Pauvre Charles ! Comme il a dû être malade, tout ce temps… J'aurais dû m'en rendre compte plus tôt. Je m'en veux tellement. Il affirmait, dans sa folie, que c'était moi qui l'aurais poussé, que je lui aurais dit qu'avec cet argent nous pourrions repartir de zéro, suite à l'achat désastreux de ce terrain… et à la crise de notre relation. Que je le lui avais promis. Son cerveau malade a tout reconstruit pour que ça colle avec ses espérances… Il… (elle soupira) m'a tout avoué lors de sa visite. Qu'il a tué Kilian Morel et Walig Richard et…

— La chaîne se trouvait chez monsieur Richard ? la coupa Huppert.

— Non. Dans la maison de ma sœur. C'est là que Charles l'a trouvée. Walig Richard a examiné la pierre à la demande de Blanche, elle voulait savoir quelle était sa valeur réelle.

Cette partie de la prestation théâtrale de Lucille Trouin correspondait à leurs supputations.

— Du coup, continua-t-elle, Walig Richard était au courant pour la pierre et, selon la logique malade de

Charles, il devait mourir. Il voulait supprimer toutes les personnes au courant.

Elle respira profondément puis ferma les yeux.

— Il vous a dit tout ça lors de sa venue au commissariat ?

Huppert ne lui laissait pas de répit.

— Il m'a prise dans ses bras. Il a murmuré dans mon oreille. Le policier n'a pas pu l'entendre. C'est à ce moment également qu'il m'a donné la chaîne. Et (des larmes roulaient sur ses joues) il m'a dit que c'était une preuve de son amour.

— Et donc ? Comment avez-vous réagi ?

— Je lui ai dit qu'il devait se rendre sur-le-champ. Que je condamnais fermement ce qu'il avait fait. Qu'il était malade. Je n'ai pas pu faire quoi que ce soit d'autre. Sans compter que j'étais extrêmement choquée.

Plus personne ne bougeait dans la pièce, pas même les deux fonctionnaires en tenue.

— Lisez sa lettre ! Il écrit qu'il n'accepte pas ma réaction. Qu'il a tout fait pour moi. Que je me détourne de lui à cause de sa preuve d'amour. Au lieu de lui donner de nouveau mon cœur… Vous voyez à quel point il était dérangé ?

Elle essuya ses larmes, ses cheveux lui tombaient sur le visage.

— Mais il ne s'est pas rendu. Il a choisi une autre voie. C'est horrible.

Dupin voyait bien pourquoi elle ne se donnait pas à plein au cours de son petit numéro. Ce qui était en jeu, ce n'était pas d'être crédible à leurs yeux, mais de tester sa position stratégique pour tout ce qui allait suivre. D'abord concernant la lettre. Elle l'avait lue, elle en connaissait le contenu, et faisait en sorte que le moindre mot colle à son argumentation. Avant que les commissaires puissent la lire. Elle était pleinement consciente du fait que ni Huppert ni Dupin ne croiraient que Charles Braz était le seul coupable. Mais elle s'en tiendrait à cette ligne claire. Un sommet de perfidie.

Dupin ne doutait pas un instant qu'elle avait utilisé son ex-compagnon comme une marionnette. Elle avait manœuvré de manière subtile et brutale à la fois. Les personnes faisant preuve d'un amour désespéré étaient prêtes à tout, d'autant plus si on les rejetait cruellement. Tout au plus lui avait-elle fait une promesse : celle de revenir à lui. Qu'une nouvelle ère s'ouvrait. Puis elle l'avait rejeté après qu'il eut accompli tous ces actes. Il avait dû en être profondément meurtri.

— Je n'en crois pas un mot, madame Trouin.

Huppert en était d'accord.

— Le seul fait que vous ayez tenté de détruire la lettre prouve que vous vouliez éviter à tout prix que nous en connaissions le contenu. Comme vous n'y êtes pas parvenue, vous essayez de nous faire gober ces mensonges. (Huppert était concentrée.) Concernant la mort de votre sœur…

— Que s'est-il passé ? Je suis venu aussi vite que j'ai pu…

Le commissaire Nedellec se tenait dans l'encadrement de la porte. Son regard allait et venait.

— Plus tard, Nedellec ! lui lança Huppert.

Le fonctionnaire se posta à côté du lavabo.

— Allez, madame Trouin, parlez !

Elle prit une nouvelle et théâtrale inspiration.

— J'ai perdu le contrôle de moi-même. C'était horrible. Pour quelques instants fatals. Comme je vous l'ai dit. Je crois qu'il y a eu trop d'humiliations et…

— On connaît votre litanie, madame Trouin. Parlez-nous plutôt de cette histoire de diamant.

— Blanche l'a dérobé à ma tante. Autrefois, alors que nous n'étions que des enfants, ma tante parlait parfois de ses bijoux et d'un diamant bleu magnifique. Je pensais alors que c'était une fable et…

— Pourquoi votre sœur aurait-elle fait ça ?

— Oh ! Il y a bien des raisons. Elle aurait pu, par exemple, agrandir son commerce, son restaurant, et ceux de son mari. Et me faire de l'ombre à tout jamais.

D'une certaine manière, c'était tragique. Sans doute le ressentait-elle de la sorte au plus profond d'elle-même. Elle était la victime, la victime depuis toujours, et elle n'avait fait que se défendre. La vérité était plus compliquée, même s'il y avait une part de vrai. Pour autant Dupin n'éprouvait aucune compassion à son égard.

— L'appât du gain. Elle a toujours été comme ça, Blanche. Même si elle a réussi à donner le change et à se faire passer pour une femme généreuse. Qui se moque de l'argent, de la propriété privée et de tout le reste. Elle…

— Sauf que c'est vous qui vous êtes ruinée. (Huppert en avait assez.) Vous aviez les projets les plus ambitieux. Je ne crois pas que ce soit votre sœur qui ait dérobé la pierre précieuse.

— Si ! C'est elle. Elle l'a volée.

— Quand ? Et comment l'avez-vous appris ?

— Il m'arrivait de regarder les bijoux lorsque je rendais visite à ma tante. Je m'arrêtais toujours sur cette grosse pierre bleue. C'était complètement irresponsable de sa part de la garder de la sorte. Il n'y avait pas la moindre sécurité ! Je le lui ai dit à plusieurs reprises. Ne serait-ce que sa gouvernante, madame Lezu. Elle aurait tout à fait pu se dire, après des années de sacrifice au service de ma tante, des années d'un salaire misérable, qu'elle avait droit à une compensation avant que tout ne revienne à notre autre tante, au Canada…

— Vous ne m'avez pas répondu…

— Lundi matin, j'étais chez ma tante pour lui rendre visite. La chaîne avec le diamant avait disparu. J'ai tout de suite compris. J'étais hors de moi. Et qu'est-ce que j'apprends ? Que ma sœur a débauché mon sous-chef et qu'elle s'apprête à publier les recettes de notre père à son nom. C'était trop. Je me suis ruée hors de la villa, j'ai pris ma voiture et je suis allée sur le stand de Blanche, au marché. Je lui ai balancé aussitôt que je savais, pour le vol. Lorsqu'elle a nié, de manière éhontée (elle regarda le sol), mes nerfs m'ont lâchée. J'ai perdu tout contrôle. Comme si… (elle feignait de ne pas trouver ses mots), comme si c'était plus fort que moi. N'importe quel psychiatre vous confirmera la force toxique de toutes ces humiliations.

Elle se passa la main dans les cheveux en prenant une mine exagérément mélancolique.

— Voilà ce que j'avais à dire. Et c'est tout ce qu'il y a à en dire. Je n'ai rien à voir avec les événements atroces qui ont suivi. Et personne ne peut s'attendre à ce que je balance quelqu'un que j'ai aimé si longtemps et que, d'une certaine manière, j'aime encore. Jamais je n'aurais pu le trahir.

Dupin avait vu bien des choses au cours de sa carrière, il avait confondu son lot de criminels sans scrupules, calculateurs, mais Lucille Trouin semblait tous les surpasser. Bien sûr, l'histoire aurait pu se passer telle qu'elle la racontait, mais elle ne pourrait y couper – ça ne s'était pas déroulé de la sorte, et elle était responsable de ce qui était advenu. Telle était la conviction profonde du commissaire.

— La seule raison pour laquelle vous ne l'avez pas livré, c'est qu'il aurait pu révéler la vérité. (Huppert ne semblait pas décidée à la laisser affabuler plus longtemps.) Et ruiner vos chances de vous tirer d'affaire. Vous étiez sur le point de réussir. Vous aviez le diamant, sans que quiconque s'en doute. En plaidant l'abolition du discernement, vous saviez que votre peine serait réduite. Au lieu de vous enfermer pour le restant de vos jours pour un meurtre avec préméditation, on aurait retenu des violences ayant entraîné la mort sans intention de la donner. Vous auriez été libérée d'ici un à deux ans. Et même plus tôt, peut-être, avec du sursis ou un aménagement de peine. Et vous auriez été millionnaire.

Un exposé radical.

Les pupilles de Lucille Trouin s'étaient rétractées.

— J'ai dit ce que j'avais à dire. La vérité, rien que la vérité.

Huppert se dirigea vers la porte.

— Raccompagnez madame Trouin. Son avocat est à côté, dans la salle d'interrogatoire. Ensuite, mettez-la en cellule. Nous aurons bientôt l'occasion de poursuivre notre conversation.

Lucille Trouin tendit le cou. Ce qui devait être un signe de fierté vira au grotesque. Elle quitta les sanitaires, encadrée par les policiers.

Les trois commissaires, dans le bureau d'Huppert, assemblaient les morceaux de la lettre.

Elle était courte.

Lucille,

J'ai tout donné. J'ai agi selon tes désirs.

Je savais que c'était une erreur, que je commettais des actes impardonnables.

Je l'ai fait pour nous, pour notre amour. Tu le sais.

Tu m'avais dit que nous repartirions de zéro.

Tu as fini par tous nous détruire.

Tu m'as détruit.

Je ne peux plus, je ne veux plus vivre, Lucille.

Je t'aime.

Pour l'éternité.

Charles

— Cette lettre confirme tout ce que nous savions, dit Huppert.

Les trois commissaires étaient l'un contre l'autre, autour de la table, comme la nuit précédente, lors de l'examen du diamant.

— C'est la preuve qu'il s'agit d'un froid calcul. Lucille Trouin a manipulé Charles Braz pour accomplir son sinistre dessein. Sans doute l'a-t-elle appelé lundi, lors de sa fuite, contrairement à ce qu'elle prétend. Depuis le premier café. Peut-être même se sont-ils vus ; ils avaient tout le temps. On la fera parler.

(Huppert était redevenue rationnelle, concrète.) Ce ne sera pas facile pour elle de convaincre qui que ce soit avec ses déclarations.

— Flore Briard, Joe Morel et Colomb Clément n'ont donc rien à voir avec tout ça. Ils sont innocents. Tout comme Walig Richard, résuma Nedellec (Huppert l'avait mis au courant lors du trajet vers son bureau). Kilian Morel savait sans doute pour la pierre, comme il pouvait en connaître l'origine. Mais il n'y a rien de plus à lui reprocher. Et encore. Rares sont les questions qui restent ouvertes.

— Ah ! Au sujet de Flore Briard, dit Huppert, nous devons la relâcher. (Elle prit son téléphone.) Puis on doit aller voir les préfets et les tenir informés des dernières évolutions de l'affaire.

— Ils connaissent déjà les grandes lignes, précisa Nedellec. Je leur ai laissé un message…

Le téléphone de Dupin.

— Oui ?

— Monsieur le commissaire ?

Une voix frêle, féminine.

— Lui-même.

— C'est madame Lezu.

Elle était effrayée.

— Vous aviez dit que vous reviendriez rapidement…

A priori, les choses étaient maintenant tirées au clair, du moins l'histoire du diamant.

— Nous avons appris qu'il s'agissait bien d'une chaîne de madame Allanic. Une chaîne avec une pierre d'une très grande valeur, un diamant bleu, à propos de laquelle je vous ai déjà interrogée. On la lui a dérobée.

Il n'y a plus d'urgence, dorénavant. Je passerai vous voir entre onze heures et midi.

Il expliquerait tout, bientôt, à la vieille dame, peu importait la manière dont son cerveau dément traiterait les informations. Avant que toute l'histoire, dans laquelle son joyau jouait un rôle central, ne soit relayée par la presse. Il devait, avant toute chose, la rassurer, lui dire qu'on avait retrouvé la pierre et qu'elle lui serait très vite rendue. Mais il devrait lui dire également que l'une de ses nièces – Blanche ? Vraiment ? – la lui avait volée. Il était certain que tout ça la paniquerait terriblement.

— Oui ? On vous l'a confirmé ? Qu'il s'agit du diamant bleu ? Que tous ces gens ont été tués à cause de lui ?

En plus de l'angoisse, il y avait dorénavant autre chose dans la voix de madame Lezu : une forte gêne.

— C'est tout à fait ça, madame. Lucille Trouin vient de nous le confirmer.

— Je… Je comprends… Je crois que je dois vous parler, commissaire. Je n'ai rien à voir avec tout ça. Strictement rien à voir. Pourtant… Il y a…

— Qu'est-ce qu'il y a, madame Lezu ?

— Je préférerais vous le dire personnellement.

Un étrange sentiment envahit Dupin.

— J'arrive tout de suite, madame. Dans dix minutes.

— Je vous attends devant la maison.

Il raccrocha.

— De quoi veut-elle parler ? Qu'en pensez-vous ? demanda Nedellec.

— Aucune idée…

— Allez-y, lui intima Huppert. On vous excusera auprès des préfets.

Madame Lezu attendait le commissaire sur la voie à sens unique menant à la villa. À peine s'était-il garé sur le bas-côté qu'elle fonça sur lui.

— Je préférerais qu'on se parle dehors. (Elle jeta un coup d'œil vers la maison.) C'est de moi qu'il s'agit. De moi. Pour ainsi dire.

Dupin n'était même pas encore tout à fait descendu de son véhicule.

— Qu'est-ce qui vous pèse ainsi, madame ?

— Je…

Elle s'arrêta. Le commissaire remarqua son léger tremblement.

— Dites-moi tout, madame Lezu. N'ayez pas peur.

Elle se lança :

— J'ai observé quelque chose. Sans le vouloir, bien entendu. (Elle semblait se sentir de plus en plus mal au fil des secondes.) Lors de la dernière venue de Lucille, voilà environ trois semaines. J'ai vu la manière dont elle regardait les bijoux de Madame. Ma maîtresse était sur la terrasse. Comme toujours dès que la météo le permet. C'était un jour où je travaillais. Sa nièce s'est glissée dans sa chambre, la porte était entrebâillée. Je… voulais nettoyer le couloir. (Elle cafouillait presque.) Je vous le jure, je ne l'espionnais pas. C'était un pur hasard.

Elle se tut comme si elle avait perdu toutes ses forces. Dupin ne la croyait que partiellement : bien sûr qu'elle avait espionné Lucille Trouin ! Ce qui n'avait pas d'importance, d'ailleurs.

— Poursuivez, madame Lezu.

— Elle tenait le diamant bleu. Je l'ai vue. De mes yeux vue !

— Et qu'en a-t-elle fait ?

— Elle l'a regardé, elle l'a pris en photo avec son téléphone – avant de le reposer.

— Et vous en êtes absolument certaine ? Certaine également qu'elle l'a remis ? C'est capital pour nous, madame Lezu.

— J'en suis absolument certaine.

— Et Lucille Trouin ne vous a pas remarquée ?

— Oh, non, en aucun cas.

Trois semaines auparavant, le diamant se trouvait donc encore dans le coffre-fort de la villa. De toute évidence, Lucille Trouin lui manifestait un grand intérêt. Peu après avoir appris que son terrain ne valait plus rien.

— Alors j'ai appelé madame Blanche pour le lui dire. Je…

— Allez ! Dites-moi.

— Je ne voulais pas en informer madame Allanic. Ça l'aurait bien trop perturbée. Elle n'aurait pas bien compris, elle…

— Vous avez appelé Blanche Trouin pour lui signaler que sa sœur avait regardé le diamant bleu ?

Dans son regard, une pure panique.

— Je… Je pensais que Blanche devait être mise au courant. Je ne savais que faire. Vous devez me comprendre, commissaire. Avec qui en aurais-je parlé ? Madame Blanche était une personne si douce, si honnête. Et je ne voulais pas être mêlée à tout ça. Je… (Son visage avait perdu toutes ses couleurs.) Ça me fait tellement de peine.

C'était donc un des appels qui figuraient sur le relevé téléphonique de Blanche Trouin. Dupin se rappela qu'Huppert l'avait évoqué. Ça collait parfaitement.

— Pourquoi n'en avez-vous pas parlé plus tôt ?

— Je... Je voulais mais j'avais peur. Pensez-vous que j'ai...

Sa voix flancha.

— Qu'a dit Blanche Trouin ?

— Elle m'a remerciée, rien de plus. Puis elle a raccroché.

— Ensuite, elle est venue récupérer la chaîne avec la pierre ?

— Je n'en sais rien. Je ne me suis plus occupée de tout ça. Ce n'était pas mes affaires, après tout.

Elle se ressaisissait lentement.

— Savez-vous si Blanche Trouin, après votre appel, est venue ici ?

— En tout cas, pas les jours où je travaillais. Impossible. Mais pendant ma journée de congé ? Qui sait ?

— Et vous n'auriez pas, à tout hasard, vérifié si la chaîne était encore à sa place ?

— Bien sûr que non ! Ce n'est pas dans mes attributions ; ç'aurait été un abus de confiance et un motif de licenciement. Comme je vous l'ai dit (elle tremblait comme une feuille, à nouveau), j'ai découvert le coffre par hasard mais je ne l'ai jamais ouvert une seule fois.

Dupin la croyait.

— Vous auriez énormément aidé la police si...

Il n'en dit pas davantage – la gouvernante risquerait de ne pas le supporter.

— J'ai fait quelque chose de mal ? Je veux dire… Va-t-on m'accuser ?

— Personne ne vous fera rien, madame Lezu. Ce que vous venez de me confier est d'une signification considérable pour notre enquête. (Il se passa la main dans les cheveux. C'était incroyable.) C'est une bonne chose que vous vous soyez décidée à me parler.

Madame Lezu venait très probablement de lui livrer la dernière pièce du puzzle : c'était Blanche qui avait pris le diamant. Même s'il ne pouvait que présumer de ses intentions. Blanche avait récupéré la chaîne et le joyau, pour les protéger de sa sœur.

À y regarder de plus près, cela signifiait que le plan de Lucille Trouin était parfait. Elle avait toutes les raisons de penser que personne n'aurait vent du larcin compte tenu de la démence de sa tante. Lorsque la sœur de madame Allanic aurait hérité, il aurait été trop tard pour reconstituer les événements.

— Vous êtes vraiment certain qu'il ne pourra rien m'arriver ?

Elle suppliait presque.

— Tout à fait certain.

Dupin se sentit abattu. C'était un désastre. Si la gouvernante n'avait pas appelé Blanche Trouin, jamais la dynamique de cette affaire ne se serait enclenchée. Qu'elle fût arrivée quelques minutes plus tard dans le couloir, qu'elle n'eût pas aperçu la nièce en train de lorgner sur le diamant, et rien de tout cela ne serait arrivé, personne ne serait mort.

Un frisson lui parcourut l'échine – il en avait la chair de poule.

— J'aimerais parler rapidement à madame Allanic.

Dix minutes plus tard, alors que le commissaire attendait sur la terrasse, la gouvernante conduisit la vieille dame (vêtue d'un tailleur vert foncé) à son fauteuil en rotin, à côté de la petite table, au soleil.

Madame Allanic avait l'air dépassée.

— Bonjour, madame Allanic. (Dupin s'installa sur l'une des chaises en fer forgé. Il alla droit au but – inutile de compliquer encore les choses :) J'ai de bonnes nouvelles. Nous avons retrouvé votre chaîne avec le diamant bleu. Elle est de nouveau là. On en a encore un peu besoin, ensuite elle vous reviendra.

Les traits de la vieille dame trahirent un incroyable étonnement.

— Mon mari, je vous l'ai déjà dit, il va trouver le voleur. Il va tout rapporter. Et lui aussi va revenir. Il va remettre de l'ordre dans tout ça.

Elle avait intégré ce que lui avait dit Dupin dans son monde. Ce monde incompréhensible à tout autre qu'elle. Dupin ressentit chez elle une profonde affliction. Cette nouvelle l'avait touchée au plus profond, et la tourmentait. Il ne l'importunerait pas davantage. Cette réaction lui suffisait, il avait accompli sa mission. D'une certaine manière, aussi étonnant que cela puisse être, l'affaire s'arrêtait ici pour lui.

— Bien. (Il se leva.) Je vous laisse donc au soleil et à la beauté du paysage, madame Allanic.

Elle paraissait repliée sur elle-même, la tête penchée, sereine malgré tout.

— Au revoir, madame Allanic. Au revoir, madame Lezu. Tout le plaisir était pour moi.

Une joie indécente avait envahi Dupin. Il ne lutta pas.

Il quitta la terrasse à pas légers, un peu plus tard il sortait de la villa.

Il prit son téléphone. Les deux autres commissaires devaient se trouver avec les préfets.

Huppert décrocha aussitôt.

— Il y a du neuf ?

Dupin résuma l'essentiel, il fut court et concis.

— C'est dingue, commenta la commissaire. Mais ça fait sens. Nous en avons presque fini ici. Je leur fais part de ce que vous venez de me dire, et ce sera tout.

Ce qui signifiait, en tout cas c'est ce qu'il comprit : « Tout est réglé de ce côté, pas la peine de revenir. »

— Bien. (Le commissaire réfléchit.) Je passerai plus tard au commissariat.

— Faites donc. Les préfets ont convoqué une conférence de presse pour midi quinze. Elle aura un écho national, c'est évident. Vous devriez, au moins brièvement…

— Je ferai de mon mieux.

C'était la dernière chose qu'il pensait ou voulait faire.

— Sérieusement, essayez. Et ce soir, il y a le grand repas de clôture. À tout à l'heure, Dupin.

Il prit l'étroit sentier qui menait à la mer intérieure. Il avait du temps devant lui. Pour une balade. Se détendre dans un endroit particulièrement beau et agréable sur le sable blanc. Et ne rien faire d'autre que de scruter le ciel, infiniment grand, infiniment bleu.

Sa petite promenade dura une heure et demie.

Ça lui avait fait du bien. Dupin avait marché un quart d'heure sur la plage, puis il avait trouvé ce qu'il cherchait.

Dans le sable confortable, le visage au soleil, il aurait piqué du nez plusieurs fois si les bruyantes mouettes ne l'en avaient empêché. Il fut saisi d'une profonde fatigue.

Plus rien ne rappelait la tempête de la nuit passée. Tout était sec maintenant. Le soleil régissait le monde, ainsi que le ciel infini. Lors de telles journées, on respirait plus profondément, plus librement.

Sur le chemin du retour, le commissaire avait appelé Concarneau et avait fait un exposé concis de la situation à Nolwenn. Les détails suivraient. Elle s'était montrée enthousiaste.

Il atteignit sa voiture un peu avant midi. Trop tard pour la conférence de presse. Plutôt que de débattre avec Huppert, il lui avait adressé un SMS. « Pas de souci. 13 h 30 à mon bureau », avait-elle étonnamment répondu. Elle ne semblait pas lui en tenir rigueur, contrairement à Guenneugues. Il avait essayé de joindre Dupin à trois reprises. Le commissaire n'avait pas décroché. Il le connaissait : sa mauvaise humeur ne serait que de courte durée – il aurait tout oublié lors de sa prise de parole.

Dupin avait directement regagné Saint-Servan depuis Rothéneuf. Il ne voulait pas apparaître dans les environs de l'École de police avant son rendez-vous avec sa collègue. Il se gara non loin du marché, avec une seule envie : boire un petit noir au Café du Théâtre – en guise d'au revoir, pour ainsi dire. Il passa devant les lieux où tout avait débuté.

Malgré le café et le repos sur la plage, il manqua s'endormir sur son tabouret. Il était à bout de forces. À la radio, il entendit des bribes de la conférence de presse concernant l'affaire. Il était heureux que le brouhaha ambiant l'empêche de tout entendre.

Dans une rue voisine et calme, alors qu'il retournait à sa Citroën, il essaya de joindre Claire. Il avait voulu le faire le matin même, alors qu'elle n'avait pas rappelé depuis qu'il avait ignoré son appel de la nuit précédente. Il tomba sur sa boîte vocale. Il commençait à être légèrement inquiet.

Peu après treize heures trente, Dupin apparut au commissariat.

Nedellec était en train de discuter avec sa préfète, Dupin se retrouva seul avec Huppert, qui, elle aussi, accusait la fatigue des jours passés.

La commissaire lui raconta la conférence de presse. Il y avait des dizaines de journalistes et des équipes de télévision. Sa cheffe, la préfète d'Ille-et-Vilaine, avait exposé toute l'affaire et sa résolution. Chacun des trois autres préfets avait ensuite ajouté un mot. Enfin, les Trois Fantastiques avaient été couverts de louanges.

La presse était au courant, pour la lettre comme pour le diamant. Dupin ne voulait même pas savoir quels gros titres inventeraient les journalistes à partir du « légendaire diamant bleu d'un trésor corsaire ». Peut-être, du reste, provenait-il vraiment d'un tel trésor. L'espace d'un instant, il songea à l'historien de la ville qui leur avait parlé de l'intrépide René Duguay-Trouin. Toute cette histoire n'aurait pu se passer ailleurs qu'à Saint-Malo.

La préfète n'avait pas évoqué la manière dont ils avaient eu connaissance de la lettre. L'exposé d'Huppert s'acheva sur une remarque joyeuse :

— Tous sont persuadés que Lucille Trouin n'a aucune chance.

Dupin ne pipa mot.

À quatorze heures cinq, il quitta le commissariat pour gagner immédiatement la Villa Saint-Raphaël.

Il s'était allongé pour se reposer un peu et se réveilla à dix-huit heures trente. Qu'importe, l'affaire était résolue.

Il prit une douche et s'habilla – un polo bleu sombre, son dernier jean propre. Demain, de bonne heure, il rentrerait à Concarneau.

Le restaurant était à deux pas. Dupin s'y rendit à pied, dans la douceur estivale.

À dix-neuf heures trente précises, ponctuel comme il ne l'avait pas été de la journée, il entra dans le Saint-Placide, la dernière étape de leur semaine gastronomique.

Dès le seuil franchi, il fut envahi d'une agréable sensation. Beaucoup de place, des tables rondes avec des nappes blanches qui retombaient jusqu'au sol participaient de cette ambiance – un peu comme un retour à l'essentiel. Des chaises d'un gris pierre parées d'accoudoirs aux formes harmonieuses, un parquet de chêne, les murs peints, où le blanc et les tons terre cuite alternaient. Des suspensions au-dessus des tables, de toutes les formes géométriques, dorées à l'intérieur, qui nimbaient l'espace d'une lumière chaude. Un bar en bois garni de dizaines de carafes à décanter.

Sourire aux lèvres, Dupin atteignit la table au fond du restaurant. Il avait beau être à l'heure, il arriva le dernier à table.

— Ah ! Le voici enfin ! Mon commissaire ! s'écria Guenneugues. Il existe encore !

Le préfet ne pourrait venir à bout de sa bonne humeur, se promit Dupin, qu'importe ce qu'il ferait ou dirait.

Le commissaire salua l'assemblée.

Les Trois Fantastiques étaient assis en rang d'oignons, Huppert au centre. Dupin s'en trouvait heureux. Vraiment heureux, réalisa-t-il, un rien sentimental.

— Vous aussi, commissaire Dupin, fit la préfète d'Ille-et-Vilaine en se levant, imitée par ses homologues. Félicitations ! Du très bon travail ! Le Finistère a brillé dans cette affaire !

Elle lui adressa un signe de tête reconnaissant.

— Nous formions une bonne équipe. (Il regarda vers Huppert et Nedellec.) Une très bonne, même.

C'était tout à fait vrai.

— Je crois (la préfète leva sa coupe de champagne) que nous devrions porter un toast à nos trois commissaires. À leurs excellentes investigations ! À nos Trois Fantastiques !

Tous levèrent leur coupe.

— Absolument, acquiesça la préfète rousse du Morbihan avec insistance.

Même la mine grincheuse de la préfète des Côtes-d'Armor s'illumina.

— Absolument !

— Quel triomphe ! (Guenneugues ne pouvait en rester là.) Les quatre départements bretons ont prouvé qu'ils pouvaient unir leurs puissances de feu. De manière bien plus efficace qu'au cours d'un séminaire ou de n'importe quel exercice. Soyons heureux que ce soit arrivé. Quelle magnifique opportunité !

C'était tellement absurde que les préfètes n'ajoutèrent rien.

— À nous ! À la police bretonne !

Ils burent.

— Bien entendu, il ne faut pas oublier les excellents résultats, continua Guenneugues, auxquels nous sommes parvenus, avec mes collègues, au cours d'intenses séances…

— Merci, cher collègue, merci. Passons à notre récompense pour la fatigue des jours passés. (Les yeux de la préfète de Saint-Malo s'illuminèrent.) Consacrons-nous maintenant aux créations célestes de Luc Mobihan, le fameux chef du Saint-Placide, l'une de nos plus grandes vedettes, récompensé d'une étoile au Michelin. C'est la dernière étape de notre voyage gastronomique.

Ils s'installèrent.

— Je laisse la parole à Isabelle Mobihan, notre hôtesse. Une exquise sommelière.

Une femme chaleureuse, portant une robe colorée, apparut devant leur table.

— Bonsoir, mesdames et messieurs, peut-être connaissez-vous déjà la devise de notre cuisine : voyages et aventures. (Elle résumait d'ailleurs toute l'affaire.) La curiosité insatiable de Luc ne cesse de le pousser à rechercher des expériences gustatives extraordinaires. Il revient toujours de nos voyages dans le monde entier, à l'île Maurice ou aux Seychelles, notamment, avec de nombreuses idées. Vous devez imaginer le Saint-Placide comme un cabinet gourmand des curiosités. Nous ne nous plions pas aux modes gastronomiques. On prétend que le plus compliqué serait le plus simple. C'est ce que nous essayons de faire. (Elle adressa un grand sourire à l'assemblée et désigna les sobres cartes blanches que l'on trouvait à chaque place.) Nous vous proposons notre menu « Choisir, c'est se priver du reste ». Il est composé de neuf plats dont vous trouverez l'ordre sur la carte.

Une excellente devise, une promesse divine. Dupin sentit monter l'excitation. Il avait faim, certes, mais c'était plus que ça : de la pure gourmandise.

— Chaque plat est servi avec un verre de vin différent. Nous vous souhaitons une bonne dégustation.

Tous se mirent à l'étude scrupuleuse de la carte. Un poème. C'est dans ces moments-là que le commissaire réalisait à quel point il aimait la culture française : lorsque la composition d'un menu rivalisait avec celle d'un opéra, d'un tableau ou d'un roman. Un événement !

Le menu était un concentré des songes les plus délicieux de Dupin : huîtres de pleine mer aux échalotes et glace au vin rouge, ormeaux à l'ail confit, coquilles Saint-Jacques cueillies à la main, agrumes et poivre de Madagascar, en passant par le pigeon rôti au jus de café et aux légumes du mont Garrot. Quant aux desserts…

Au cours des prochaines heures, ils allaient arpenter le paradis du goût, un pays de Cocagne.

Les préfets conversaient avec délice sur les promesses du menu.

Huppert prit sa coupe, au fond de laquelle il restait une goutte de champagne. Elle parla à mi-voix afin que seuls les deux commissaires puissent l'entendre :

— À nous trois.

Elle sourit. Ils trinquèrent.

Dupin n'aurait pas cru cela possible, mais ça augurait d'une soirée heureuse. Tous en avaient grand besoin.

LE CINQUIÈME JOUR

Il était tard. L'ambiance était particulièrement gaie, presque turbulente. Même Guenneugues était devenu supportable.

Dupin regagna son hôtel peu avant une heure. Huppert resta jusqu'à la fin, alors qu'elle devrait accomplir des tâches désagréables, fatigantes. Notamment la nouvelle audition de Lucille Trouin, pendant laquelle il faudrait la confronter aux déclarations de madame Lezu et, de nouveau, à la lettre de Charles Braz. Ce serait le dernier interrogatoire à Saint-Malo, ensuite elle serait transférée à Rennes. Il y avait fort à parier qu'elle trouverait un moyen d'arranger la réalité à sa guise. Cela ne la sortirait pas d'affaire ; elle encourait la perpétuité.

Les rayons du soleil réveillèrent le commissaire peu avant huit heures trente.

Il avait dormi la fenêtre grande ouverte, laissant s'engouffrer la merveilleuse fraîcheur matinale dans sa chambre.

Il repensa à toute l'affaire : les deux sœurs rivales, les meurtres, tous les événements incroyables des derniers jours – une sinistre chimère, un sombre et nébuleux cauchemar.

Dupin avait survécu à cette semaine. C'était un homme libre. Le week-end arrivait, il avait même commencé dès ce vendredi matin. Dans quelques heures il serait de nouveau chez lui. Claire allait revenir la nuit prochaine – ces deux semaines de séparation seraient enfin derrière eux.

Dupin prit son petit déjeuner sans se hâter. La propriétaire s'était assise un moment avec lui. Ils avaient échangé quelques phrases sur l'affaire, et, surtout, ils s'étaient entretenus de la beauté de la Côte d'Émeraude.

Il avait chargé ses valises dans sa voiture, garée juste devant la porte d'entrée.

Il jeta un regard sentimental derrière lui. C'était une magnifique maison de maître, un joyau. Majestueuse, élégante, sans être écrasante. Une cour avec du gravier blanc et un haut palmier de livre d'images. Mais le plus merveilleux, c'était ce somptueux jardin exotique derrière la maison. Une petite oasis.

Madame Delanoë l'avait accompagné sur le seuil.

— Au revoir, monsieur Dupin, c'était un vrai plaisir de vous recevoir chez nous. J'espère que vous reviendrez. Espérons que ce ne soit pas encore pour une histoire de meurtre, mais simplement pour prendre du bon temps.

— Je n'y manquerai pas. Claire appréciera l'endroit.

Dupin y avait régulièrement pensé, ces derniers jours. Il devait bien admettre qu'il était un peu tombé amoureux de la Côte d'Émeraude. Il surprendrait Claire avec une petite escapade malouine. Ce n'était qu'à deux heures de route, et la Villa Saint-Raphaël était parfaite pour un week-end. Sans compter qu'il connaissait de superbes tables, dorénavant.

Madame Delanoë lui tendit un grand sac en papier.

— Un coursier a laissé ça pour vous.

Il y avait une carte : *En souvenir de Saint-Malo. Bons baisers de la rue de l'Orme. Louane Huppert.*

Il sourit.

Une bouteille de rhum J.M, des biscuits et du miel au sarrasin, deux babas au rhum, un petit pot à épices avec une étiquette orange *Curry corsaire*, et, bien entendu, du beurre Bordier, un demi-sel, un autre à l'oignon de Roscoff.

— Fantastique ! s'écria-t-il du fond du cœur.

Il se demanda juste comment la commissaire était au courant, pour le rhum.

Il déposa son paquet dans la voiture et prit congé de madame Delanoë pour la seconde fois.

Dix minutes plus tard, il arrivait sur la route nationale, en direction de l'ouest, avant d'entrer à l'intérieur des terres pour regagner le sud de la Bretagne.

Deux heures et dix-sept minutes plus tard, il garait sa Citroën sur la grande place devant l'Amiral, à un jet de pierre du bassin portuaire et de la ville close, la vieille ville légendaire de Concarneau.

Il n'était pas encore midi et demi. Le meilleur moment pour un déjeuner léger. Quelque chose de simple.

Peut-être sa place habituelle serait-elle encore libre.

Il entra dans l'Amiral, sa seconde maison, depuis l'avenue Pierre-Guéguin.

Il se figea.

À sa place, là où il avait ses habitudes, on avait rassemblé trois tables.

Une seule chaise était encore libre. Il n'en revenait pas.

Toute la troupe. Nolwenn, Le Ber, Labat, sans oublier Le Menn et Nevou.

Ils étaient plongés dans le journal du jour, qui, comme le laissaient supposer les gros titres, ne traitait que de l'affaire.

Dupin en fut touché. Ils avaient misé sur la chance ; personne ne savait qu'il viendrait – même si la probabilité qu'il fasse une halte ici, à son arrivée, était grande.

Il se dirigea vers la table.

— Commissaire !

Nolwenn fut la première à le voir. Elle se leva. Elle donnait l'impression d'être extrêmement heureuse, comme si elle avait craint de ne pas le revoir vivant.

— Vous êtes là ! Bienvenue à la maison. Le Finistère est fier de vous ! Même si nous devons admettre (elle eut un sourire conciliant) que Saint-Malo a également bien fait les choses.

Certes.

— Il était grand temps que vous reveniez, patron.

Le Ber s'était levé à son tour, suivi de Labat.

— Content de vous revoir.

Son second inspecteur donnait lui aussi l'impression que Dupin avait quitté le pays depuis des semaines, des mois même. Un instant, on aurait dit qu'il voulait étreindre le commissaire.

Les deux policières, enfin, voulurent se lever.

— Restez assises, je vous en prie.

Il appuya son ordre en s'asseyant lui-même.

— Enfin !

Philippe Basset, le patron taciturne de l'Amiral, un vieil ami du commissaire, apparut, comme surgi de nulle part. S'ensuivit une vigoureuse accolade.

— J'ai quelques entrecôtes extra pour vous. Des morceaux spectaculaires.

— Formidable, lâcha Dupin.

Exactement ce qu'il lui fallait. Ça ne pouvait être mieux. Quelque chose de simple…

Nolwenn leva son verre – Dupin avait vu la bouteille, un de ses rouges préférés, un château La Garde, un bordeaux de tous les jours. Elle prit la parole :

— *Taol da bouez' ta !*

L'un des plus beaux proverbes bretons, à traduire peu ou prou par « Débarrasse-toi de tes fardeaux ! ».

Dupin leva son verre.

Son assistante prononça le toast de rigueur :

— *Yec'hed mad !* À la santé ! À la fortune !

Remerciements

Je remercie chaleureusement mon ami Harald Schulte pour son expertise.

Pour cette enquête du commissaire Dupin, et pour toutes les autres.

Composition et mise en pages
Nord Compo à Villeneuve-d'Ascq

Imprimé en France par

MAURY IMPRIMEUR
à Malesherbes (Loiret)
en mars 2023

POCKET - 92 avenue de France, 75013 PARIS

N° d'impression : 269036
S33216/01